勘違い白豚令息、婚約者に振られ出奔《しゅっぽん》。

～一人じゃ生きられないから奴隷買ったら溺愛してくる。～

スーロン
サミュエルが買った
奴隷その1。
豪快でおおらかな
頼りになるアニキ。
サミュエル
前向きな侯爵家次男。
脂肪の下に好奇心旺盛な
やんちゃ坊主を
隠している。
キュルフェ
サミュエルが買った
奴隷その2。
スーロンの異母弟で、
世話焼き体質。

アーサー
サミュエルが
旅の途中で出会った
お坊ちゃん。
サモナイト
アーサーの護衛。
ロレンツォ
サミュエルの兄。
弟を溺愛している。
ビクトール
サミュエルの元婚約者。
太っていて醜いと
サミュエルを振る。

第一章　十三歳の失恋狂想曲《ラプソディ》

一　勘違い白豚令息、出奔《しゅっぽん》

「――誰が貴様など愛するものか。勘違いも甚《はなは》だしい」

「え？」

その一言に、ビックリして耳を疑った。

俺はコートニー侯爵家の次男、サミュエル・コートニー。

此処《ここ》は十三から十八歳までの貴族が通う全寮制の王立学園。その中でも一番洒落《しゃれ》ているカフェテリアだ。

周りの令息達が耳をそばだてている気配がする。心臓の音がひどく五月蝿《うるさ》い。

いつも優しかった婚約者のビクトールの顔が嫌悪で歪《ゆが》んでいる、その冷たい眼差《まなざ》しに、一気に血の気が引いた。

「え、いつから……？」

「いつからだと？　一度も貴様を愛したことなどない。貴様の家との繋がりを得るための婚約だ。

だが、この度我が家も陞爵《しょうしゃく》してな、貴様に媚《こび》を売る必要がなくなった。近いうちに婚約解消の打診が父から其方《そちら》に届くだろう」

フンと傲慢《ごうまん》に吐き捨てる目の前の人物は、こんな時でも濃い金髪にアイスブルーの瞳と整った顔で、溜め息が出るほど美しかった。

ユトビア伯爵家次男、ビクトール・ユトビア。逞《たくま》しい体に文武両道で、学園でも指折りの人気者。最近、平民上がりの男爵令息に熱を上げているようだったので、俺がいることを忘れないでほしくて、ちょっと小言を言うつもりだったんだが、どうやら、それを可愛いと思ってもらえるような関係ではなかったらしい。

そーか、最初から嫌われていたのか。爵位が上がったから用なしなんだ。

うわ……なんだか惨《みじ》めだ。

「クスクス……やだぁ、聞いた？　あの白豚、ビクトール様に愛されてるって思ってたみたいだよ？」

「アハハハ。超笑える。鏡見たことないのかな？」

カァッと顔から火が出るくらい熱くなる。

白豚……

俺は自分の体を見下ろす。

芋虫《いもむし》が並んでいるみたいな指。テーブルに乗る腹。

確かに、俺の体型は幼い頃から丸い。

ビクトールも使用人も兄も父も皆、美味《おい》しいものをくれるものだから、今では、白豚よりも醜《みにく》いだろう。

『体型なんて関係なく、君自身が愛《いと》おしい』

なんて言葉を鵜呑《うの》みにして、体型や生活習慣を改善することなく、好かれる努力をしようと考えたこともなかった。

そっと周りを見ると、嘲《あざけ》りの視線を寄越す令息達は皆、華奢《きゃしゃ》だ。贅肉《ぜいにく》ではない、計算された柔らかい肉としなやかな筋肉の比率。滑《なめ》らかな肌。絶滅した女性を彷彿《ほうふつ》とさせる繊細《せんさい》な仕草。流行を意識した装《よそお》いは爪の先まで美しい。

対する俺は、贅肉《ぜいにく》、吹き出物の浮かぶ脂《あぶら》ぎった肌と、脂《あぶら》でベットリした長いだけの白い髪の毛。綺麗なのは、目の醒《さ》めるようなスカイブルーの瞳だけ。

それだって、疲れで充血している白目のせいで魅力半減だろう。

学園のお洒落《しゃれ》なカフェテリアに相応《ふさわ》しくない、異物で汚物。

今まで、どうして気が付かなかったのか不思議なくらいだ。

「そ、そうだったんだ……。ごめんね、全然気付かなくて。俺、勘違いしてた。じゃぁ、さよなら」

俺は愛想笑いを浮かべ、そそくさと退散する。

こんな俺が泣いたって、より不快な汚物としか見られないだろうから。

ビクトールはそんな俺を鼻で嗤《わら》って、清々《すがすが》しそうにエスプレッソを注文している。

その姿は、どこまでも傲慢《ごうまん》で、どこまでも洗練されていた。

Θ　Θ　Θ

俺は、学園の寮の部屋に戻ると、手早く貴重品を纏《まと》め、すぐに実家への馬車を手配した。

シャワーを浴びながら、少しだけ泣く。

私服の中で一番シンプルそうなものに着替えて、こそこそと逃げるように馬車に乗り込んだ。

ガタゴトと揺れる馬車の中、頬や腹や腕や腿《もも》や……全身の贅肉《ぜいにく》がプルンプルンと揺れるのを眺《なが》め、この振動で少しは引き締まってくれないだろうかと他力本願なことを考えていた。

暫《しばら》くして馬車が目的地に着いたので、金を払って降りる。

王都の我が屋敷の通用門の近くだ。

本来なら、門をくぐってエントランスまで馬車を進ませるところだが、今日は誰にも見られないように徒歩でそっと勝手口から入った。

すぐに使用人に見付かったけれど、何食わぬ顔で通り過ぎる。

「あら、坊っちゃん。お忘れものですか？」

「そうなんだ、ちょっと、急ぎでね。こんな所からすまない」

「坊っちゃん、お帰りなさい」

「ああ、ただいま。と、言ってもすぐ出るんだがね」

堂々としていれば何も疑われないものだ。

さっさと自室に入り、事の顚末《てんまつ》を書いた置き手紙を残す。

宝石などの換金できそうなものをかき集めて、数着の着替えと、ちょっとした買い物用として持たされていた現金と一緒に鞄《かばん》に詰めて、来た時と同じように堂々と屋敷を出た。

さようなら、父上、兄上。ごめんなさい。

俺は横幅だけの巨体を揺すり、通り掛かった辻馬車に乗り込む。

その直後に、自分の見た目を変える魔法をかけた。

「宝石通りまで頼む」

なんとなく、遠ざかる屋敷を眺《なが》める。

そういえば、あと三日で十四歳の誕生日だ。

すごく楽しみにしていたのに、今はそのことがキリキリ胸を締め付ける。

毎年、父上も兄上も素敵なプレゼントを用意してくれて、俺は本当に幸せだった。

他の人からも部屋が埋まるくらいプレゼントが届いていたっけ。何にも考えず、ただ、素直に喜んでいたな……

身内以外からはもう何を言われても、何を貰《もら》っても素直に受け取れなくなりそう。

でも、それって何が悪いんだ……？

自己嫌悪は止《や》めよう。

素直に喜んでいた俺は悪くないし、素直に受け取れなくなった今の俺も悪くない。そうさ……

取《と》り敢《あ》えず、ちょっと痩せよう。それからだな。

そんなことを考えている内に辻馬車が止まり、俺は宝石通りに降り立った。

宝石商会に行き、宝石類を売り払う。

ふと、沢山《たくさん》の金地にアイスブルーの宝石が嵌《は》め込《こ》まれたアクセサリー類に目が行く。

誕生日など事《こと》あるごとに贈られてきた、ビクトールの色。

全く……愛なんて籠《こも》っていなかったのに、俺はそれらを見る度に愛されているという喜びに浸《ひた》っていたっけ。

さようなら、俺の初恋。慎《つつ》ましく生きれば暫《しばら》く暮らせるかな。


商会を出て、近くの路地裏でまた別の姿に変えて、再び辻馬車に乗り込む。

「奴隷市場まで」

すると、さっきの馭者《ぎょしゃ》と違い、この馭者《ぎょしゃ》は一瞬鼻白む表情を見せた。

それは目的地に対してか、魔法で変えた姿に対してのものか。

両方かな？

俺の横幅に合わせなきゃだし、目的地が目的地だしで、脂《あぶら》ぎった貴族のおっさんに変身したから。

奴隷市場に着いた際は、支払いに少しだけチップを乗せる。

彼は更に嫌そうにしていたが、此方《こちら》としては不快な気分にさせた詫《わ》びのつもりだから、気にしない。

奴隷市場の中で一番大きな商会を訪れる。

「奴隷を二人ほど。……若くて見目良くて、そこそこ腕が立つか体力がある奴がありがたいが、できるだけお手頃が良い」

鋭い眼で値踏みしてくる従業員にそう言うと、見た目と相まって、俺は悪趣味田舎《いなか》貴族だとすぐに信用された。

いるんだよ、こーゆー奴。とでも言いたげな眼差《まなざ》しにほっとする。

「どうぞ、此方《こちら》へ」

倉庫みたいな場所に案内されて、ざーっと檻《おり》が並ぶ中、好きに見て回れと放置される。

良かった。

もし、変身魔法を見破られていたら、俺の身分だと綺麗な応接室に案内されて、ピックアップした奴隷が連れてこられる。

変身魔法を叩《たた》き込《こ》んでくれた家庭教師に感謝しながら、檻《おり》を一つずつ見て回った。

頭の中で、五年前に闇討ちされて死んだ親戚の男爵、ナサニエル叔父さんを思い出す。

彼は奴隷を買うのが趣味で、奴隷商のオススメ、奴隷商に舐《な》められない態度、交渉の仕方、オススメの買い方なんかを、武勇伝の如《ごと》く、いつも俺を膝に乗せて話していたっけ。

でっぷり太って脂《あぶら》ぎってチンケな小物、と誰にも相手されなかったせいか、新年パーティなんかで家に来た日は、ずっと俺に奴隷の話をしていた。

でも、パーティの日に俺にそんなに構ってくれるのはその叔父さんくらいだったし、奴隷の故郷である異国や異文化の話が多くて意外と楽しく、俺は彼が大好きだったんだ。

死んでから分かったことだが、気に入った奴隷は死んだことにしてちょくちょく別の身分を与え解放していたらしい。

死んだ時に残っていた奴隷は使用人としてそこそこ躾《しつけ》られていて、大半は平民の身分を与えてうちの使用人として鍛《きた》えた後、故郷に帰るなりそのまま働くなり好きにさせた。

彼らの大半は王都で暮らしているみたいだ。

だって叔父さんの墓は、いつ行っても花が供《そな》えてある。

安物だったりその辺の雑草だったりするけれど、一族の中で一番、頻繁に花を供《そな》えられている人だろう。

まるで見てきたかのように奴隷の故郷について楽しそうに語る叔父さんを思い出す。

ずーっと独身で、爪弾《つまはじ》き者だったから、寂しさを奴隷で埋めていたのかな。

同じく丸々とした俺の行く末を案じ、彼なりに知識を授《さず》けてくれていたのかも。

もしくは、その寂しさは別のもので埋められる、と教えたかったのか……

何にせよ、俺はこうして今、奴隷を買いに来ている。

フフフ……叔父さんの教育の賜物《たまもの》だな、と独《ひと》り言《ご》ちて、ふっと我に返る。

さっきから見るともなしに見つめていたのだろう。檻《おり》の中の奴隷が蒼白《そうはく》な顔をしていた。

「その奴隷がお気に召しましたか？」

従業員がすかさず声をかけてくる。

「いや、ちょっと今日の懐《ふところ》の温かさ具合を思い出していただけだ」

そう言って檻《おり》を離れ、一個ずつ見て回る。

ゆっくりと、値踏みするような顔で。従業員を意識しない、尊大な態度で。

『一匹一匹、まるで魚屋の魚を吟味《ぎんみ》するように見るんだ』

叔父さんの言葉を思い出す。

まあ考えてみれば、俺は魚屋に行ったことも自分で食材を吟味《ぎんみ》したこともないが。

なるべく、その時の叔父さんの表情や態度、身振り手振りを再現する。

そうして一周した後、さも不服そうに思案して、あっちとこっちを比べた。

この時、自分がちょっとでも気になった奴隷は見ちゃいけない。

「お悩みですか？」

そう従業員に聞かれ、「商品はこれだけかね？　……私は気に入れば少々の難は気にしない質《たち》でね。お買い得があれば其方《そちら》も確認しておきたい」と答える。

すると、叔父さんの言う通り、従業員は更に奥へ案内してくれた。

そこは、所謂《いわゆる》処分品室。欠損や病気、精神がダメになった者達が集められている所だ。

これで全員見た。

この中で一番、俺を一生支えてくれそうな人を選ぼう。

目の前の檻《おり》の中を、一人ずつ見ていく。

まだ切断されて間もないのか、包帯に所々血が滲《にじ》む欠損奴隷が二人、寄り添うように座っていた。

どちらも中々逞《たくま》しい褐色《かっしょく》の肉体をしていて、長い赤茶けた髪をしている。元は何処《どこ》かの敗戦国の王侯貴族かな？

従業員に頼んで話をさせてもらおう。

ふうふう言いながら彼らの前にしゃがむと、どろりと濁った四つの瞳が此方《こちら》を見て、一瞬警戒した。

すごい、変身魔法を使っていることが分かったんだ。

「おい、お前達は欠損さえなかったら、どんなことができるんだ？」

尊大に問うと、より大柄なほうが煩《わずら》わしそうに眉を動かす。

「……欠損さえなければ、私達二人共、そこそこの武術と身の回りのお世話など、大抵のことをこなせます。お値段以上の価値は働きますよ？」

より大柄なほうを庇《かば》うように、手前の青年がニッコリ愛想を振《ふ》り撒《ま》いて前に出た。右手首がなく、両足首に包帯が巻いてある。腱《けん》を切られたのかな。

より大柄のほうは右肘から下と右膝下からがない。

「若くて健康そうで、まぁ、少し工夫すれば使えなくはなさそうであるな」

フン、と鼻で嗤《わら》うつもりが、体勢が苦しくて、ふんもふ——みたいな鼻息になってしまった。

ふぅふぅ。

「彼らはおいくらかね？」

従業員がさっと手を動かす。

これで理解できなかったら、初心者と思われて値段が跳ね上がるのだ。

「ふーん……あれは？　それは？　……さっきのアイツは幾《いく》らだっけ？」

適当に数人の値段を確認すると、適正価格よりぼっていた場合、そっと値段を訂正してくれる。

目の前の奴隷が少し安くなった。

さてと、声を潜《ひそ》めて奴隷に聞いてみなければ。

「俺は一生支えてくれる奴隷が欲しいんだ。もしお前達がそうなら、お前達を買おう」

「そーいう情けないことは、あんまり言わないほうが良いぞ……」

今まで一言も口を利かなかった大柄が、苦笑いで言った。

「だけど、これが一番の願いなんだ……」

俺がポロポロと口から零すように呟《つぶや》くと、大柄は、「仕方ない、良いだろう。支えてやる。……だが、怪我がある程度治るまでは支えてくれよな」と返す。

「立てねーから」と言ってくしゃりと笑う彼は、とても奴隷とは思えない貫禄《かんろく》があった。

二　白豚令息、奴隷を買う

すんごい気合を入れて、すっと自然に立ち上がると、俺は商品など気にせずに従業員に言った。

「この二つ、買おう。宿を決めたら遣いをやるから、運んでくれ」

足の痺《しび》れをそっと回復魔法で直して、巨体を揺すり出口に向かう。

従業員は俺の身分などもう一切疑っておらず、てきぱきと契約書類を作成した。

それに偽名をさっと書き、契約印として血を取るために手を差し出す。

従業員が恭《うやうや》しくその手を取って血を抜く瞬間、今まで一度だって、ビクトールにこんなふうに手を取ってもらったことがないのに気付いた。

ああ、本当に俺は愛されていなかったんだな。

その事実に思わず微笑《ほほえ》む。すると従業員もニッコリ微笑《ほほえ》んで、そっと手の針痕をガーゼで押さえてくれた。

この従業員のほうがビクトールよりも愛してくれるなんてね。

「この辺で義足や義手が買える店はあるかな。間に合せだから安物で良いだろう」

「ご安心ください。最低限の装備は付けてお渡しします。ただ、入荷したばかりで暫《しばら》くは……。此方《こちら》で傷を塞《ふさ》ぎますか？」

傷を先に塞《ふさ》がれると、自分で回復魔法を掛けるつもりの俺には不都合だ。

「いや、傷は躾《しつけ》にも使えるから、そのまま戴こう」

従業員は恭《うやうや》しく礼をして、書類と請求書を差し出した。

危ない。あの値段は二人纏《まと》めてだったのか。思ったより安くて焦《あせ》る。

倍の値段を出していても、従業員は何食わぬ顔で受け取っていただろう。

金を払い、まぁ端数だが、釣りは要《い》らないと言って退店。

近くの宿屋通りで、そこそこ安めの宿の一番良い部屋を取り、宿の小僧に小遣いを渡して奴隷商会に行ってもらう。

頑張って一人でシャワーしたり色々準備したりしながら待っていると、小僧と従業員に支えられた二人がやってきた。

従業員と小僧に多めにチップを払い、床に座り込んだ二人と部屋に三人きりになった。

そこで変身魔法を解く。

やはり二人は見破っていたのだろう。ピクリとも驚かなかった。

「髪色と年しか変わってなかったぞ。その変身、意味あったか？」

「お前こそ、本当に奴隷か？　変身魔法じゃないかってくらい、見た目と態度があってないぞ？」

手足を切断され奴隷に堕《お》とされて、どうしてそんなに余裕なんだ？

取《と》り敢《あ》えず、少し痛むだろうけど、傷の上から用意しておいた義手と義足を填《は》めて、その動きを覚える。

「いってぇ……何すんだ？」

「ごめん、ちょっとだけ我慢して」

大柄から義手と義足を外して、今度は小柄に義手を付ける。また動きを覚えて外す。

はぁ……お腹《なか》減った。

「悪いけど、ちょっとそのままでいてもらって良い？　先に腹拵《はらごしら》えするね？」

俺の言動に、二人がぽかんとする。

俺は二人が来る前に外の露天で買っておいたバケットサンドイッチを十個、全部紙袋ごと床に置き、床に座り込んで食べ始めた。

腹がつかえて自分で上体を支えられないので、近くにあったベッドに背を預け、モグモグと食べる。

「君らも食べてね」

そうすすめると、二人とも嬉しそうに頬張り始めた。

「美味《おい》しい」

「マトモな食事は久し振りだ。ありがたいな」

「俺が一人で買ったんだよ！　褒めてね？」

「ご立派です。よく頑張りましたね」

「偉いぞ！　その体では大変だったろうに。よく頑張ったな……」

ぇへへ……と、嬉しくて腹を揺らして照れ笑いをする。そしてふっと、気が付く。

「二人とも俺に奴隷として買われたのに、どうしてそんな酒場で意気投合した、みたいな態度なの？　警戒心とかないの？」

「お前に対してはないいなぁ……。変身魔法を使って奴隷を買うなんてワケアリなんだろ？　虚勢を張っちゃいるが、一人で生きていけないから助けてって鳴いてる子豚みたいな目で見てくるし」

「まぁ、その感じだと、何処《どこ》かのお坊っちゃんで、何も一人でしたことないんでしょう？　しかも、その体、お風呂も困りますね……。従者を雇うより奴隷を買ったほうがコスパ良いですからね。良い判断ですよ」

「酷《ひど》い！　これでも、寮生活では一人でお風呂入ってたんだよ⁇」

「…………それはそれは。手が使えるようになれば、隅々《すみずみ》まで綺麗にしてあげますからね」

そんな汚物を見るような目で見ないで……！

小柄は敬語でグサグサと心を抉《えぐ》るタイプのようだ。

見た目は怖いが、大柄のほうがおおらかで優しい。

名前を聞くと、大柄がスーロン、小柄がキュルフェと答えた。

二人は異母兄弟で主従関係なんだそうだ。フクザツ。

俺はサミュエル・コートニーだよ、と軽く自己紹介する。はむえる……と二人がもごもご復唱して、よろしくと頭を揺らす。

そんな感じで話しながら、俺達はサンドイッチを平らげた。俺が四つ、二人が三つずつ。

その後、少し午睡をさせてもらう。

俺の中の魔力が満タンになるまで……

今日は、色々あって……少し、疲れたから……


少しのつもりが、夜中になっていた。

いつの間にか枕が頭の下に、体には布団が掛けられている。隣では、ベッドカバーにくるまって二人がスヤスヤと眠っていた。

それを見るとなんだかまた眠気が来て、そのまま二度寝してしまう。

暫《しばら》くして、ガタゴト、ズリズリ……ヒソヒソと聞き慣れない音に目が覚める。

「ふわっ……ごめん、めっちゃ寝ちゃった」

どうやら夜明け前のようだ。慌てて立ち上が……れなかった。ゴロンゴロン……。タイヤで遊ぶパンダみたいに前後に揺れるだけだ。

慌てて、うつ伏せになって四《よ》つん這《ば》いになり、ベッドを支えに立ち上がる。

テーブルに用意していたポーションを二つ取り、二人に向き直った。

「お前……それは？」

スーロンがハッとした顔で問いかけてくる。

勘が鋭いよね。

「ポーション。効果を高めるために回復魔法の魔力を流しながら使うから、できるだけ二人くっついて、俺が合図したらゆっくりと飲み続けて」

「そんな方法、初めて聞きました」

「良いのか？　貴重なモノだろう？」

「んー……手間と回復ポーション百個でできるから、そんな貴重じゃないよ」

「なんだと⁉」

んー、説明すると面倒臭いんだよね。

「古代魔法書の解読で手に入れた技術でね、手間さえ掛ければ作れるんだよ」

今のところ、俺の家の専売特許な秘術だけどね。

「さ、いくよ」

二人はくっついて、受け取ったポーションを開封して口許に構える。

「せーの」

そして、ぐびり、と飲んだ。ポーションに多分に含まれた俺の魔力が彼らの体の中を駆け巡り、小さな怪我を治しながら欠損部位に流れていく。

全部同じ土地で俺に育てられた薬草を使い、全部の工程を俺が行った回復ポーションを百個、門外不出の魔法陣の中で俺が三日三晩煮詰め、俺が魔法を掛けて結晶化し、満月の晩に俺の祈祷《きとう》と共に容器に封じて初めて完成する、このポーション。

更に、俺の魔力を回復魔法化して上乗せすれば、少々時間が経過した傷でも治療できる。

しかも、この二つのポーションは同じ時に作った同胞《はらから》。

後遺症一つ残さず回復してやる！

回復魔法の陣が二人を取り巻く。俺の魔力の後押しを得て、二人の体の中でポーションの魔力がきゃあきゃあ楽しそうにはしゃいでいた。

「良いよ、そのまま二人でタイミング合わせて……飲み切って……」

ポン！　と〝風船華〟という花が弾けるように、欠損部位に堪《たま》った魔力が破裂する。

植物が芽生えて成長するのを早送りで見るように、二人の欠損部位から骨、筋、神経、肉、皮膚が再生されていく。それに合わせてパラパラと包帯と糸が落ちる。

最後の一滴まで飲み切って、二人は恐る恐る目を開けた。

「お疲れ……さま……」

最後に、二人の体の中を俺の魔力が一周して、ぜーんぶ治した！　と報告してくれる。

それを感じて満足すると、力を使い切った俺はその場に倒れ込んだ。


起きたら夕方だった。

俺の荷物を確認して財布を見つけ、欠損部位が少なかったキュルフェが、まだ治っていない振りをして一泊追加の手続きをしてくれたらしい。

上体を優しく起き上がらせてもらった俺は、両側から二人にしっかとハグされて何度も何度もお礼を言われた。

それだけで、ビクトールに愛されていなかったという傷が、昔のことみたいに遠ざかっていく。

嬉しくてポロポロ泣く俺に、二人はキツツキかと思うほどキスの雨を降らせる。

そして涙が収まると、スーロンがホテル前の露天のサンドイッチを目の前に山積みにしてくれた。

朝の人気《ひとけ》のないタイミングで、窓から忍び出て買ってきたらしい。

魔力を使い切っていた俺は、それを六個ペロリと平らげた。

「……ふぅー。生き返った！　でも俺、痩せたいんだよね」

「私もサミュを痩せさせたいです。でも、魔力切れを起こした時くらい、お腹《なか》いっぱい食べても良いでしょう？」

キュルフェの優しい言葉が嬉しくて、コクンと頷《うなず》く。

サミュって愛称で呼ばれるの、何か嬉しいな。仲良くなれた気がする。

「さ、お風呂にしましょう。隅々《すみずみ》まで洗ってあげますからね♪」

笑顔に圧を感じたが、お腹《なか》いっぱいなのと仲良くなれた嬉しさでほわほわしている内に、風呂場に連れ込まれた。

結果、今、地獄のような責め苦を受けている。

「ふがぁ！　いだだだだだ！　あいやいやいやい‼　のぉぉぉ！」

「ハハハハハ……足裏痛気持ち良いだろう？　凝《こ》ってるなぁ。普段歩かないのに、頑張ったんだな！　偉いぞぉ！」

「お肉に埋もれててやりにくいですが、頑張りますね♪　わー……硬ーい。アチコチ筋肉が固まっちゃって。動き難いでしょう」

「はぃぃぃいやぁぁあああ！　ぁぁぁぁぁだいだいだい！」

全身、二人懸かりで、ゴッリゴリ、何だか分からない異国のマッサージをされた。

俺が暴れまくったせいで湯が飛び散り、二人ともびしょ濡れになっていたが、彼らは気にせず笑顔で揉《も》み続ける。

肉の襞《ひだ》を捲《めく》ってアチコチ隅々《すみずみ》まで丹念に垢《あか》を落とされ、石鹸《せっけん》で洗われた。

やめてっ、と何度も泣いてお願いしたのに、キュルフェは笑顔で俺の尻の穴まで丹念に指で綺麗にする。

家の使用人でさえ、ソコを素手で触るなどしなかったのに。

もう、お嫁に行けない！

いや、婚約解消されたんだけど……

わーん！

「自分では洗えないでしょうから、肌荒れと爛《ただ》れが気になったんですが、お尻も前も綺麗ですね」

キュルフェがニッコリと言う。

「俺は軽い浄化や回復魔法が使えるんだ……！」

「おや、では毎日お風呂と一緒に浄化も使ってたのですか？　成る程。ちゃんと清潔に保てて偉いですね。でも、やっぱりちゃんと洗うのが一番ですよ♪　これからは私にお任せくださいね？」

ま、まぁ、毎日ではなかったけど……。ソコは黙っておこう。

洗い終わって、備《そな》え付けの香油で全身をピカピカヌルヌルになるまで、二人懸かりで揉《も》まれる。

白いブヨブヨの肉体がわよんわよん撓《たわ》み、使用人に洗われているシーツみたいだ。

「はい！　終わり！　お体拭いていきますからね！」

こうして、風呂から上がる頃には、俺はぐったり疲れてしまった。お風呂怖い。

風呂から出た後、明日の予定を決める。

取《と》り敢《あ》えず、俺は田舎《いなか》男爵に変身、スーロンとキュルフェは傷口を回復魔法で塞《ふさ》がれて、慣れない義手と義足を与えられ働かされている形を取ることにした。

といっても、俺が昨日の記憶を頼りに偽装魔法をかけるだけなんだけど。

そして、馬車に乗って移動する。人目に着かない所で普通の従者二人とデブ一人に見えるよう変身魔法をかけ直して隣街に行こう。

それだけ決めて、眠気に抗えなかった俺はぐっすりと眠ってしまった。

スーロンとキュルフェは、そんな俺を、まるでちょっと昔の兄上と父上のように優しく撫《な》でて、お休みのキスをしてくれる。

もう大きくなったから、最近は父上にも兄上にもお断りしていたのに……

でも、とっても嬉しかった。

第二章　十四歳の出奔放浪人《ボヘミアン》

一　白豚令息と三日遅れの誕生祝い

翌日。

手筈《てはず》通りに宿を出て、少し離れた所で変身魔法をかけ直し、王都を後にする。

二人にノープランだと話すと、このまま観光がてらアチコチ回ろう、と提案された。

まずは海に出て海の幸を堪能《たんのう》しよう。そう言われて、海の幸とは何なのかよく分からなかったものの、旅は初めてだし、特に希望もなかったので了承した。

金は全てキュルフェに渡し、彼が管理してくれることになっている。

その上での提案なので、予算なんかも大丈夫なのだろうと、大船に乗った心持ちで馬車の車窓から外の景色を眺《なが》めた。


そして冒険者登録をして三日目。今、ダンジョンにいる。

まさか、二人が計画しているのが、冒険者登録をして行く先々で魔物を討伐し金を稼ぎつつ旨《うま》いものと良い宿を楽しむ旅だとは思わなかった。

二人とも強く、俺に危険は及ばなかったが、やっぱり怖い。

だって、魔法の授業の成績はソコソコ良かったが、俺はまだ十三歳だ。

ん？　俺はそこで、ふと気付く。

「あ、俺、誕生日過ぎちゃった……」

ポソッと呟《つぶや》いただけなのに、二人が目を丸くして此方《こちら》を見る。

「何だって⁉　いつだったんだ！」

「大変じゃないですか！　お祝いしないと！」

「お、一昨日《おととい》……」

「『つまり、誕生日の三日前に家出したんですか（のか）⁉』」

二人の声がキレイに揃う。

「おめでとう！　ちょっと待ってくれ。今日は早めに宿を決めて、どっか旨《うま》い店でお祝いしよう」

「いえ、過ぎてしまったんですから、今更慌てることはありません。今日はしっかり稼いで早く寝て、明日一日思う存分お祝いしましょう！」

「確かに、そうだな。明日は一日お祝いだ！」

過ぎてから思い出したのは俺なのに、二人は謝りながら、おめでとうのハグを沢山《たくさん》してくれた。

俺こそ今頃思い出してごめん、と言うと、バタバタしていたから仕方ないと返される。

そんなふうに言ってくれるのが愛されてる証拠な気がして、俺は気分がふわふわになった。

その日。スーロンは張り切って沢山《たくさん》魔物を狩る。彼について行くだけでヘトヘトになった俺は、
やっぱり風呂で揉《も》まれまくった。

「うぇ――――……痛い痛い痛い痛い痛い痛い痛い痛い痛いよぉぉぉ……」

「今日は沢山《たくさん》歩いたからなぁ。しっかり揉《も》んでおかないと……。足裏、初日よりは柔らかくなったが、まだまだ硬いな」

「肩甲骨もバリバリに貼り付いてますね。でも、大分軟らかくなってきてますよ。痛みも初日よりマシでしょう？」

「ううううう……」

「水が抜けたのか、この三日で大分痩せたぞ！　自分でも分かるんじゃないか？」

「確かに、ちょっと体が家出前より軽く、稼働範囲が広くなった気はするよ」

「やっぱりな！　明日はお祝いだから、今日はいつもより揉《も》んでおこうな！」

「少しでもお肌ピカピカでほっそりするように、入念にケアしましょうね？」

「うわぁ――――!!」

俺の悲痛な叫びは無視され、疲れた体を何時《いつ》までも揉《も》みしだかれたのだったのだった。


翌日は朝から、あっちこっち引っ張り回された。

此処《ここ》は王都から南の海へ向かう街道沿いの街、スッパ。ダンジョンがあるせいで冒険者が多く、そこそこ栄えた街だ。

日用品から雑貨、嗜好品《しこうひん》、仕立てた服、大体のものが揃うこの街で、俺達の財布が火を噴く。

一軒目。そこそこ良い品を扱う中古服店に入ったキュルフェは、俺の着られそうな服をどんどんスーロンの腕に掛けていった。

スーロンが布で出来た塔になった頃、店内にある俺のサイズの服が尽きたらしく、今度はソコから買わない商品を抜いていく。

ダサイとか、俺には合わない色、とか。

俺の白髪碧眼に合わない色なんてあるんだな、何でも似合うと父上が言っていたのを信じていた。

「確かに、どんなものにも合わせやすい色をお持ちですが、映《は》えるものとは違いますから」

「そーなんだ。映《は》える、か。勉強になるな」

「肌も、暫《しばら》くは日に焼けるだろうから、それも考慮しないとだしな」

スーロンもキュルフェも楽しそうだ。

あり得ないものを抜き終わると、今度は一着ずつデザインを吟味《ぎんみ》し出す。

従業員が除《よ》けた商品を片付けていく。沢山《たくさん》出したことを謝ると、大きなサイズを全てピックアップしてくれたので感謝しかないですよ、と返された。

暇なので、俺はあっちこっちキョロキョロする。

スーロンとキュルフェにはどんな色が似合うんだろう？

今は俺の服を着ているが、長袖長ズボンがどちらも五分丈、六分丈だ。

幅だけは余裕で、そのせいか、異国の服みたいに見える。二人の服も買いたいな。

奴隷市場にいた時は赤茶けた色に見えていた髪は、スーロンは紅色、キュルフェはマゼンタだった。

二人とも、日に日に髪が艶々《つやつや》になっている。手入れって大事なんだな。

二人は幾《いく》つなんだろう？　若いが、とっくに成人――十八歳は超えていそうだ。

スーロンは二メートルを軽く超える長身と隆々とした筋肉を誇る屈強な戦士然とした青年。比べて小柄と心の中で呼んでいたキュルフェだって、逞《たくま》しい筋肉を持つ百九十センチ近そうな長身の青年だった。

それに比べて俺は、まだ百五十センチに届かない短躯《たんく》と広い広い横幅と奥行き……

二人は十四歳の時、どのくらいの背丈だったんだろう。俺は大人になるまでに、あとどれだけ背が伸びるんだろう……

ビクトールはもう百八十近い長身に育っていた。兄上は、いつも大きい！　としか思っていなかったから、十四歳の時どれくらいだったか覚えていないや。

奴隷商会の従業員もここの従業員も二十代であろう青年で、身長は百七十センチ半ば、といったところか。

いつの間にか、人の身長を見て羨《うらや》ましいなー、俺も背が高くなりたいなー、なんて妄想に耽《ふけ》っていた俺は、ぽん！　と肩を叩かれて、ぼよん！　と跳ねた。

「うひっ！」

「すみません、サミュ……。お呼びしても、ぽけっとされてたので。お会計も済みましたし、出ましょうか」

あ！　二人の服を買いたいんだった！

慌てて二人を見ると、もう、上から下まで購入済みだった。わぁ、早いね。

次は、装備品を買いに武器屋に行く。

三人とも着の身着のままで、最初はスーロンとキュルフェは素手、俺は肉体を支えるのと魔法の補助の二つの役割を求めて木の枝を装備してダンジョンに潜っていた。

木の枝って、魔法の杖の代わりになるんだね。初めて知ったよ。寧《むし》ろ、木の枝なんてものを握ったのも初めてだったよ。

その後すぐ、ダンジョンに落ちていた古い剣などの武器は手に入ったものの、防具は未装備だったので、今日それを買うんだって。

俺はローブとかかな？　って思っていたのに、革の胸当てだった。

ローブはサイズが合わないし、防御力が薄いからって。二人も簡単な革鎧《かわよろい》と鎖かたびらを買ったみたいだけど、俺に一番金をかけてくれていて、なんだか申し訳ない。

「さて、一旦、宿に荷物を置いて着替えて、そこからはお楽しみタイムですよー？」

「マルシェに屋台が出てるらしい。何でも、サルトン棒というのが人気の食い物らしいぞ」

今日はダンジョンに行かないので、自身に回復魔法をかけつつ二人についていく。

自分で！　歩かないと！　痩せない！　からね！　フゥフゥ……！

二人もそれを分かっているからか、俺がついていける程度の速度で、俺がへばりそうなタイミングで足を止め待ってくれる。

何だか兄上がもう二人できたみたい。

振り返って俺を見つめる優しい眼差《まなざ》しに、そんなことを考えた。

そして、宿で買ってもらった服に着替えて、三人でマルシェに向かう。

屋台で肉や仔クラーケンの串焼きやりんご飴《あめ》、話題のサルトン棒、果物ジュース、揚げ菓子などを食べ歩く。

その後、この街で人気の小屋で芝居を見た。

役者も舞台も、王都で見るものとは比べ物にならない出来だったが、客はすごく楽しそうだし、スーロンとキュルフェが小声で次の展開を予想し合うのが面白い。いつの間にか、俺も他の観客達と一緒にのめり込んでいた。

そして夕食は、この街で一番のレストランだ。

貴族も来る所らしいが、普段着で入れちゃった。キュルフェ、中古とはいえ、かなり上質なモノで揃えたなっ！

髪と瞳の色を変えただけの俺達は、観葉植物で半個室になったテーブル席で、ゆるゆると会話と食事を楽しむ。

スーロンが自分の皿の肉を切って、俺に食べさせてくれる。

ふふふ。おいひい。柔らかいお肉が芳醇《ほうじゅん》なソースと相まって……むふふ。

ちょっと家のご飯に似ていて、俺は家出一週間で少しホームシックになっていることに気付く。

「それにしても……サミュは意外と、自分からお菓子や食事を求めませんね……。なのにどうしてそこまで真ん丸くなったんです？」

「え？　……えーっと、あんまり体型を気にしたことがなくて……。家にいると、使用人が何だかんだ軽食やお菓子を持ってきてくれるし、兄上や父上は何かしらお土産《みやげ》持って帰ってきてくれるし、貰《もら》いものも多かったから……？」

「成る程……餌付《えづ》けされまくったのですね……。聞きましたか？　スーロン、貴方もサミュにご飯をあげちゃダメですよ！　サミュのお肉を切ってあげるのもダメです。サミュにはそれだって運動ですからね？」

咎《とが》められたスーロンはひどく残念そうに手元を見て、最後に一口だけそっとくれた。わぁい。

「スーロン！　はぁ……。私だって我慢してるのに……。…………サミュには庇護欲というか、何かしてあげたい、美味《おい》しいものを食べさせてあげたい、と思わせる妙な魅力がありますね」

「確かに、最初見た時はチビのデブだと思ったが、その日の内に可愛く見えてきていたな」

「多分、悪い子じゃないな程度の好意を抱くと、メキメキ可愛がりたくなる魔性をお持ちなんでしょう。だから、屋敷では皆に可愛がられる。皆、貴方が可愛くて、餌付《えづ》けして、その体型もアリかな？　とか思ってたんですよ」

「確かに……。少々できないことがあっても、俺がやってやりゃいーから、気にせず旨《うま》いもん喰わせてやりたい。……なぁ、誕生日くらい良いだろ？　こんなに旨《うま》そうに喰うんだからさ。明日からは自分で食べさせるよ。絶対。約束する。こーゆー貴族の喰うような飯、この一週間食べてなかったろ？　こいつにとっちゃ懐かしい味だろーし……な？」

「ぐっ……誕生日を持ち出されると……。仕方ありません。今日だけですよ？　……ってことで、はいっ♪　サミュ、あーん♡」

「あーん♪」

よく分からないけど、スーロンとキュルフェが俺に餌付《えづ》けしたい欲と戦っているのは分かった。

お肉美味《おい》しい。

俺、特に魅了のスキルとかは持ってないんだけどな……

お肉を一生懸命切っていると、右から左からお肉を刺したフォークが伸びてくる。

「旨《うま》いか……？　そーかそーか」

「よぉく噛んで食べてくださいね♡」

そう言って今度は頭を撫《な》でてくる二人に、俺も自分で切ったお肉をあーんして食べさせてあげた。

振られて一週間。まだ、ビクトールの顔は見られないし、学園や社交界に戻れる気もしない。

でも、あの時傷ついた心は大分癒えた気がした。

明日からダイエットするぞー！　うお――――！

え？　ケーキ⁇　食べる食べる‼　わーい！

二　欠損奴隷、白豚と出逢う（スーロン視点）

暫《しばら》く前にハメられて、俺と異母弟の生活は一変した。

手足をもいで放つなんざ、物心ついた直後の悪ガキが虫なんかでやることで、いい年した王族が自分の異母兄弟にやることじゃない。

こんな体じゃ、もし助かったとしても王族としては生きられないだろう。

どうせなら、さっさと殺せば良いのに……生き地獄を味わせたいほど憎まれるようなこと、お前にしたっけ？

そんなふうにぼんやりと考えている内に、奴隷商人に競《せ》りに掛けられ、別の奴隷商人へ渡り、俺達は処分品コーナーに陳列された。

俺の従者だった異母弟は、自分も手を切られ満足に足も動かせなくされたというのに、必死に俺を守り呼び掛けてくれる。

「すまない。俺の巻き添えでお前まで……」

やっと現実を呑み込んで、俺は異母弟に謝った。

「何を言うんです、スーロン。兄弟ですよ？　当然です。それより、なるべく気に入られたいので、買い手が近寄ってきたら黙って笑顔ですからね？　希望は捨てずに生きましょう。傷が癒えれば、義手、義足でそこそこ動けるはずです」

そう言って笑う異母弟キュルフェの笑顔は強張っていたが、俺は気付かない振りをした。

それから暫《しばら》くして、処分品コーナーと本館を繋ぐ扉が開き、従業員が客を連れてくる。

正直、どうでも良かったので、ぼおっと考え事をしていると、なんと客は、俺達の前にフゥフゥ言いながらしゃがみこんだ。

見上げた姿に違和感を覚える。魔法や極端な身体強化を封じている術に邪魔されない程度に魔力を込めて見ると、その黒髪の豚男の中に白髪の豚少年が入っていた。

マトリョーシカのような状態に、困惑する。

「おい、お前達は欠損さえなかったら、どんなことができるんだ？」

大方、奴隷を甚振《いたぶ》る趣味を持つ親の真似をして奴隷を買いに来たんだろう。

子供のうちから反吐《へど》が出る嗜好《しこう》をお持ちだ。

尊大な物言いに思わず顔をしかめてしまう。

しまった。気分を損ねたかもしれない。だが――

「……欠損さえなければ、私達二人共、そこそこの武術と身の回りのお世話など、大抵のことをこなせます。お値段以上の価値は働きますよ？」

こんな子供の暴力など気にするものか、と思ったものの、キュルフェに庇《かば》われる。

きっとコイツは、前に出たキュルフェを殴るだろう。

そう思って身構えて白豚を見たが、彼は一瞬キュルフェの欠損状況を気遣わしげに見た後、それを隠すように尊大に口を開いた。

「若くて健康そうで、まぁ、少し工夫すれば使えなくはなさそうであるな」

そう言って白豚は、ふんもふーと鼻息を洩《も》らした。ふぅふぅと苦しそうだ。

可哀想に、どうして俺達の前にしゃがみこんだんだ？　その体型ではさぞかし苦しいだろう。

よくよく見てみると、どうやら緊張しているのが分かる。

「彼らはおいくらかね？」

従業員がさっと手を動かす。

真剣にそれを見つめ、とてもリラックスしているような素振りで彼は尊大に頷《うなず》く。

「ふーん……あれは？　それは？　……さっきのアイツは幾《いく》らだっけ？」

俺達の値段が下がった。おいおい、随分と安いな。

成る程、この白豚は本当は全く慣れていないのに、奴隷売買に慣れている様《さま》を演じているようだ。

何かワケアリだな。

すると、声を潜《ひそ》めて白豚が問いかけてきた。

「俺は一生支えてくれる奴隷が欲しいんだ。もしお前達がそうなら、お前達を買おう」

耳を疑う台詞《せりふ》だ。

しかもその声は、助けを求めるように微《かす》かに震えていて……

眼差《まなざ》しは、俺達がいなきゃ死んでしまうとでも言いたげだ。

まるで、どっかの貴族に大事に飼われていた子豚が突然森に捨てられてしまったみたいな、そんな、必死に縋《すが》る瞳。

「そーいう情けないことは、あんまり言わないほうが良いぞ……」

金を見せびらかしてプロポーズするような、そんなおバカさ加減に苦笑いしながら言うと、「だけど、これが一番の願いなんだ……」なんて、ポロポロと涙を零すように吐露《とろ》する。

馬鹿だな。本音は簡単に人に見せちゃいけないと教わらなかったのか？　俺が悪い大人だったらどーするんだ？

奴隷を絶対に裏切らない安心できるモノだと考えているのかもしれないが、奴隷契約していたって主を騙《だま》そうと思えばできるんだぞ？

ちらりと隣を見ると、キュルフェもほっとけない、みたいな顔をしていた。

うん、そうだな。どういう事情か知らんが、コイツは多分、俺達が拾ってやらなきゃ死んでしまうだろう。

「仕方ない、良いだろう。支えてやる。……だが、怪我がある程度治るまでは支えてくれよな」

立てねぇから、そう言って笑う。安堵《あんど》したのか、白豚はほにゃっとした顔で笑った。

こんな白豚なのに、なんだか可愛いじゃないか。

後は、白豚はこっちをまるで見ず、堂々と従業員と手続きをしていく。

すごいな。中々の役者だぞ。

どうやら二人分の金額を一人分だと思っていたようで一瞬動揺を見せたが、従業員に気付かれずに演じきった。

従業員は、奴隷を買い慣れた、変な我《わ》が儘《まま》なんかも言わない上客だと信じきって、とても恭《うやうや》しく対応している。

その後さっさと白豚が出ていき、俺達は従業員に丁寧に体を拭かれ、簡素な服を着せられた。

「ここに来てから、売られる際に体を拭いたり服を換えたりしてもらえた奴隷は私達だけですよ。よっぽど上客だと思ったようですね」

キュルフェがそっと耳打ちしてくる。

成る程、白豚の演技は俺達の扱いまで変えたんだな。感謝感謝。

ホテルの小僧が迎えに来て、俺とキュルフェは馬車でホテルに向かう。

実際は買われたのだが、俺達が白豚を拾ったような心持ちで、彼の待つホテルに運ばれた。


ホテルに着いた俺達は、部屋の床に座り込んで、白豚が変身魔法を解くのを見ていた。

俺達は驚かなかったし、向こうもやっぱりって顔をする。

「髪色と年しか変わってなかったぞ。その変身、意味あったか？」

「お前こそ、本当に奴隷か？　変身魔法じゃないかってくらい、見た目と態度があってないぞ？」

手足を切断されて奴隷に堕《お》とされたのにどうしてそんなに余裕なんだ？　って顔をしているな。

これでも、お前が来るちょっと前までは廃人同然だったんだぞ。

すると、おもむろに義手と義足を塡《は》められて、動かされる。

白豚よ、フゥフゥしんどそうなのに中々動くじゃないか。

あっ、もっと優しくして……

「いってぇ……何すんだ？」

「ごめん、ちょっとだけ我慢して」

今度はキュルフェにも同じことをやりだす。

一体何が始まったのかと思って、見つめてしまった。

「悪いけど、ちょっとそのままでいてもらって良い？　先に腹拵《はらごしら》えするね？」

お食事？　このタイミングで？　流石《さすが》、白豚。

俺もキュルフェもポカンとする。

白豚はごそごそとバケットサンドイッチを十個、紙袋ごと床に置き、どっすーんと床に座り込んで食べ始めた。

驚いた、転んだのかと思ったぞ。

ていうか、暫《しばら》くは世話できないから、もう一人くらい五体満足の奴隷を買ったほうがいいんじゃないか??

腹がつかえて上体を支えられないためにベッドに背を預けてモグモグと食べている彼の姿は、珍獣みたいだ。

「君らも食べてね」

なんと！　ありがたいな。

そうか、俺らも食べられるように床に座ってくれたのか。

そう思うと、何だか白豚がどんどん可愛く見えてきた。

「美味《おい》しい」

キュルフェの声に俺も嬉しくなる。お前の言った通り、希望を捨てずに生きてきて良かった。

「マトモな食事は久し振りだ。ありがたいな」

平民の成人男性が一つで満腹になるだろうヴォリュームのサンドイッチを、三人でパクパクと平らげていく。

「俺が一人で買ったんだよ！　褒めてね？」

ニコニコと嬉しそうに言う白豚――いや、子豚ちゃんに、俺の中の好感度メーターが振り切れた。

なんて可愛い奴！

露天で買い物した程度のことが、子豚の中では物凄《ものすご》い偉業だったのだろう。

三歳児並みの経験値でよくぞ頑張った！

「ご立派です。よく頑張りましたね」

キュルフェも同じ気持ちなのだろう。子豚を見る目が蕩《とろ》けている。

「偉いぞ！　その体では大変だったろうに。よく頑張ったな……」

少し前の俺なら鼻で嗤《わら》ったかもしれないが、心からよく頑張ったな、と褒めてしまう。可愛い。

ぇへへ……と、腹を揺らして笑う様《さま》は愉快でも、痩せれば中々整った顔立ちをしていそうだ。頑張って痩せさせてやろう。

「二人とも俺に奴隷として買われたのに、どうしてそんな酒場で意気投合した、みたいな態度なの？　警戒心とかないの？」

ちょっと訝《いぶか》しげにそんなことを聞いてくるので、可愛い子豚のために答えてやる。

「お前に対してはないなぁ……。変身魔法を使って奴隷を買うなんてワケアリなんだろ？　虚勢を張っちゃいるが、一人で生きていけないから助けてって鳴いてる子豚みたいな目で見てくるし」

「まぁ、その感じだと、何処《どこ》かのお坊っちゃんで何も一人でしたことないんでしょう？　しかも、その体、お風呂も困りますね……。従者を雇うより奴隷を買ったほうがコスパ良いですからね。良い判断ですよ」

キュルフェも言う。

ま、要は、利害の一致だな。

お前は考えていることが分かりやすくてバレバレだから、俺らが拾わなかったら生きていけないだろう。可哀想だし、こっちとしても変な奴に買われたくなかったので、お前を飼うことにしたって感じだよ。

ふう、そこそこ腹が膨れて気分が落ち着いてきた。

どうやら子豚ちゃんはサミュエルと言うらしい。

振られた勢いに任せて家出するとか、中々行動力のある子豚だな。

にしても、そのビクトールって奴は嫌な奴だ。

子豚ちゃん、ちょっと話しただけでも、可愛いところがいっぱい見つかるのに。

あれかな、よっぽどデブが生理的に受け付けないのか。

そうこうしている内に、サンドを四つ食べたサミュエルがこてんと午睡しだした。赤子かな？

少々、鼾《いびき》がすごいが、まぁ、今日は色々疲れたんだろ。

キュルフェが這《は》いずって、ベッドから枕と布団とシーツを取ってくる。二人で協力して巨体を床に寝かせ、枕を頭の下に挟んでやった。

俺らも、最近休めていなかったから疲れたな。

キュルフェとシーツにくるまって、子豚の横で少し仮眠することにした。

三　欠損奴隷は白豚の鼾《いびき》に安眠し、秘薬に希望を抱く（キュルフェ視点）

ふと目が覚めると真っ暗で、一瞬混乱する。

じっと気配を窺《うかが》う。隣にスーロン、背後に……？

そこで経緯を思い出した。

ああ、そうだった、奴隷として可愛い子豚に買われたんだ。

あくびを一つ。

シーツにくるまって床で寝るという状況だが、久し振りにぐっすり眠れた。というか、寝過ぎてしまった。

子豚の油断しきった鼾《いびき》が、奴隷として気を張り続けていた身に最上の子守歌になるとは……

無駄な知識を仕入れてしまった。

私が起きたからか、スーロンも目を醒《さ》ましたようだ。ずりずりと這《は》って、用を足す。

流石《さすが》、子豚が良い部屋を取ってくれたおかげで、トイレがキレイだ。這《は》う身としてはありがたい。

自分の用を足した後、スーロンが用を足すのを手伝う。

子豚がスヤスヤ寝ているのを二人で眺《なが》め、小声で取り留めのないことを話した。

トイレがキレイで嬉しいとか、子豚が意外と可愛いとか、子豚に傷を塞《ふさ》いでもらって義手と義足に慣れたら何処《どこ》に行きたいとか。

奴隷商人のもとでは会話も自由にできなかった。それに比べ、子豚の寝顔を眺《なが》めながら小声でするお喋《しゃべ》りは、すごく自由だ。

「ふわっ……ごめん、めっちゃ寝ちゃった」

夜明け前に子豚が目を醒《さ》ます。

慌てて立ち上がろうとしてゴロンゴロンと前後運動を繰り返す子豚が、とっても可愛らしい。その後、うつ伏せから四《よ》つん這《ば》いになりベッドを支えに立ち上がった時には、賢い！　偉い！　よく頑張りましたね！　と盛大に頭を撫《な》でて褒めてあげたくなった。だが多分、本人は怒るだろうから、想像だけで我慢する。

そんなふうに私もスーロンも子豚を何もできない、一人じゃ生きられない三歳児扱いしていた。なので、子豚がキリッと真剣な顔をして、何らかのポーションを二つ取ってきた時には驚いた。

「お前……それは？」

スーロンがハッとした顔で問いかける。私もごくりと唾を飲み込む。

ポーションには、低級やら回復やら色々な種類、効能があるが、この真剣な顔で傷口を塞《ふさ》ぐだけということはないだろう。

子豚よ、それは何処《どこ》まで治る代物《しろもの》だ？

上級なら、腱《けん》が治るかもしれない。特級なら、腱《けん》は治るし、欠損部分が少し生えることもあるとか。

逸《はや》る心を期待するなと抑えるが、どうしても胸が高鳴る。

「ポーション。効果を高めるために回復魔法の魔力を流しながら使うから、できるだけ二人くっついて、俺が合図したらゆっくりと飲み続けて」

「そんな方法、初めて聞きました」

一瞬、耳を疑った。

ポーション類の中で最上のモノだけが、ただ『ポーション』と呼ばれる。

流石《さすが》にそれは嘘だろう？　その後の聞いたことのない儀式といい、きっと上級か特級だ。

それでもありがたい。

「良いのか？　貴重なモノだろう？」

スーロンはポーションだというのを素直に信じたようだ。こんな子供がポーションを持っているはずがないのに。

「んー……手間と回復ポーション百個でできるから、そんな貴重じゃないよ」

「なんだと!?」

再び耳を疑った。

その口振り、お手製なのか。

特級ポーションでさえ、回復ポーション百個で作れるなら破格だ。言葉を濁しているが思い出して苦い顔をするところを見ると、ものすごい手間なんだろう？

子豚、それは貴重と言うべきだよ。

「古代魔法書の解読で手に入れた技術でね、手間さえ掛ければ作れるんだよ」

もしかして、と考える。

以前、どっかの小国が、事故に遭《あ》って辛《かろ》うじて一命を取り留めた王子のために、鉱山一つと交換でこの国からポーションを譲ってもらっていたはずだ。

そのポーションは、ダンジョンで発見されたり錬金術師が作成したりするものよりは多少効果が劣るが、この国の外交の大きな切り札になっている。

確か、あの王子は二つ使って完治したと聞いた……

「さ、いくよ」

子豚よ、良いのか？　このポーション、鉱山一個分の値打ちがあるんだぞ？

受け取ったポーションを開封して口許に構えながら、そんなことを考える。

まさか、奴隷になってからポーションを頂けるとは……

「せーの」

二人でタイミング合わせてぐびり、と飲む。ポーションの魔力が体の中を駆け巡った。

子豚そのまんまな魔力が、小さな怪我を治しつつ欠損部位へ流れていく。

体の中を可愛い小動物が駆け回っているようで、くすぐったい。

魔法陣が周囲を取り巻く。

体の中でポーションの魔力がパチパチシュワシュワと弾ける。

「良いよ、そのまま二人でタイミング合わせて……飲み切って……」

ポン！　欠損部位で魔力が破裂した。

骨、筋、神経、肉、皮膚が再生されていくのが分かる。

最後の一滴まで飲み切って恐る恐る目を開けると、子豚がへろっとした顔で笑った。

「お疲れ……さま……」

彼はそのまま、ふっと後ろに倒れ込む。が、重力に負けたらしく、ドスーン！　と尻餅《しりもち》をついて、ブワッ！　と後ろに倒れた。

サッ！　とスーロンが右足を大きく踏み出して、子豚の後頭部を右手でキャッチする。

思わず出たその行動に、スーロンも私も驚く。

私も咄嗟《とっさ》に子豚の手を右手で掴んでおり、腱《けん》を切られた足はしっかりと自分の体を支えていた。

……可哀想に、子豚の体は魔力が空っぽになっている。

スーロンがそっとベッドに寝かせたので、布団を掛けてやり、その可愛い額《ひたい》に感謝のキスをする。

「キュルフェ……完璧に治った」

「ええ、私もです、スーロン」

私達は暫《しばら》く抱き合って静かに泣いた。

少し落ち着いた頃、周囲の気配にハッとした。

子豚の昨日の話からして、ホテルは一泊しか取っていないのでは？　それに、子豚のために食事を用意しておきたい。

私達も連日の奴隷生活で腹ペコだ。

だが、昨日このホテルの小僧の手を借りて運ばれてきた欠損奴隷が五体満足でうろうろするのはまずい。

取《と》り敢《あ》えず、子豚の荷物を漁《あさ》り、財布を探す。

流石《さすが》、結構持っている。

一泊追加して飯を買うくらいは勝手に使っても問題なさそうな所持金の額に、ホッとした。

恩人だし、旅が始まれば魔物を倒して金を稼ぎ、良い宿と旨《うま》い飯と観光の楽しい楽しい旅にしてあげよう。

子豚、今だけ借りますね。

まだ欠損したまま使いに行かされている体《てい》でずりずりとフロントまで足を引《ひ》き摺《ず》って、一泊追加の手続きをする。

ずりずりと部屋まで辿り着き、ホッと息を吐く。

同時にサンドイッチ屋くらいしか近くになかった、と、スーロンが溜め息混じりに戻ってきた。

寝ている子豚には申し訳ないが、回復直後で体が栄養を求めている。先に少しだけ食べさせてもらおう。

そう思ったのに、少しどころか、二人で五個ずつ買ってきた十個全てをペロリと食べてしまった。

「くそっ！　流石《さすが》、手足が生えただけあって腹の減り具合が尋常《じんじょう》じゃないな……。十個なんて遠慮したせいでとんだ無駄足だ。キュルフェ、金くれ。次は二十個買ってくる。あいつも魔力切れだからよく食べるだろう」

子豚が目を醒《さ》ます頃には、サンドイッチは二十個食べた後にもう二十個買い直されて、それが十個になっていた。だが、子豚は六個で満足し、私達も二個ずつ食べて満足する。

可愛い子豚。

二人でハグして感謝のキスをいっぱい落とすと、彼はホッとしたように泣き出した。

大丈夫。私達がその傷心を目一杯甘やかして癒してあげよう。

四　白豚令息の出奔《しゅっぽん》の発覚

それに最初に気付いたのは寮の管理人で、サミュエルの誕生日の三日後だった。

連日届くサミュエルへの誕生日プレゼントを、不在のようだったのでドアのすぐそばに積んでおくも、一向に動かされない。

昨日届いたものは早めに食べなきゃいけない菓子だと思われたので、管理人は目立つようにドアを開けてすぐの場所に置いておいた。

しかし、今日届け物を入れようと部屋に行くと、それが全く動かずにそこに鎮座《ちんざ》していたのだ。

おかしい。もしかして、不在にするから屋敷に届け物を転送してくれ、という依頼があったのに、誰かが自分に伝え忘れているのでは？　もし、そんなミスを自分のせいにされたら、路頭に迷いかねない。

慌てた管理人は、サミュエルのクラスの担当教師、学年担当教師、寮の他の使用人など、手当たり次第に彼の所在を聞いて回った。

体調不良だと思っていたクラスの担当教師は、実家で寝込んでいるのだろうかと考え、コートニー侯爵家に魔報を送る。魔報とは、文字を打つと瞬時に郵便所で印字されて配達される伝達魔法だ。

配達人からこの魔報を受け取ったコートニー侯爵家は、蜂《はち》の巣をつついたような騒ぎになる。

すぐさま、常駐の騎士が駆け、王宮玄翼騎士団副団長でありサミュエルの十歳離れた兄のロレンツォ・コートニーと、王宮で会議に呼ばれていた父であるフランク・コートニー侯爵へ報《しら》せが届いた。

そして、兄ロレンツォは急ぎ学園に向かい、寮に何か手懸かりがないか調べた。

部屋に荒らされた様子はなく、貴重品がキレイに持ち去られている。

自分で何処《どこ》かへ行ったのか……？

弟は自発的に何処《どこ》かへ行くタイプの子ではないが、もしかしたら突発的に誰かと出掛けた先で何かトラブルでも……

ロレンツォは嫌な考えを頭を振って追い出し、こめかみを揉《も》む。

ふと、管理人によって積み上げられたカードの束の中に自分が贈った誕生日カードを見つけ、思わず手に取った。

下には彼の父のカードもある。その横で、自分が送ったプレゼントの目立つ包装紙が山積みのプレゼントの中からのぞく。

「誕生日が来る前にいなくなったのか……？　一体、何故《なぜ》……。サーミ……無事でいてくれ……」

そこへ管理人から、サミュエルが六日前に寮から侯爵邸への馬車を手配していたとの情報が入る。

サミュエルが不在にするための依頼をしていなかったかを管理人があちこちで聞き回ったせいで、従業員の話題にちょくちょく上がっていた。その結果、教師送迎の合間のタバコ休憩中の馭者《ぎょしゃ》が、六日前に馬車の手配を受けて俺が邸に送ったよ、と口を挟んだのだ。

それを聞いたロレンツォは、幾《いく》ばくか礼を渡して管理人にプレゼントとカードの転送を頼み、すぐに邸へ戻った。

管理人は自分のミスではなかったことに安堵《あんど》し、ロレンツォからの礼にほくほくしつつ転送の手配に掛かった。

ふと、でかい腹のせいで、かがんで作業していた管理人に気付かず道具箱を蹴飛ばした白豚みたいなサミュエルを思い出す。

へりくだって謝ることも散らばった道具を拾ってくれることもなかったが、自分が道具を拾いきるまでじっと待ち、すまなかったと言って、自分に怪我がないか壊れたものがないかを聞いた真ん丸の少年。

以来、管理人室に菓子が届けられ、そこを通る時はそっと誰もいないか確認している少年の姿を見かけるようになった。

あの少年のことだ。もし、何か情報が入れば、すぐに侯爵家へ伝えよう。

そう決めて、管理人は荷馬車の手配に向かった。


コートニー侯爵の苛苛《いらいら》した気持ちを如実《にょじつ》に語るように、硬質な長机がコツコツと音を立てていた。

今、会議を長引かせている原因はお前だ！　とばかりに睨《にら》み付《つ》けられた伯爵は、それでもなんとか自分の主張を伝える。段々と声は尻窄《しりすぼ》みになっていったが……

「はぁー……。ドンミ伯爵、帝国との国境を有するそちらの不安も分かるが、話がずっと堂々巡りだ。派兵はできない。その上でどうしたいか、しっかり決めてからその議題を出してきてくれ。ということで、今日はもう終了しないか。他はもう議論終えたし、良いだろう？」

鬼の形相で言うコートニー侯爵に、ドンミ伯爵以外の出席者達が顔を見合わせる。

「フランクがこれ以上会議をしたくないんだろう？」

侯爵が他に四人、公爵が三人、大公も一人いる場で堂々と舵《かじ》を取るコートニー侯爵に、レザーロ公爵が苦笑いする。

「ははは、あんなオーガみたいな顔で凄《すご》まれたら、皆、頷《うなず》くしかないだろう。ま、確かに、ドンミは少し冷静になるべきだな。自分の主張を読み返してみたか？　本当に堂々巡りしてるぞ？　違和感を覚えないなら、それをおかしいと思ってくれ。君は今冷静じゃない。派兵はできない。これは覆《くつがえ》らない。この事実を受け入れた上で、次を考えてくれ。正直、皆、辟易《へきえき》してきてる。では、これにて終了。顔が怖いからフランクは早よ帰《ガタン！　バタバタバタ……》……れ。いや、随分急ぐな……何かあったのか？」

大公の言葉が終わらぬ内に猛然とダッシュで退室していったコートニー侯爵に、皆が唖然《あぜん》とする。

「地上に舞い降りた天使、サミュエルが小指に針でも指して、血でも出したのではないか？」

ハハハハハハハ……！

侯爵の次男への溺愛っぷりは有名なので、サンアントニオ辺境伯の軽口に笑いが広がる。

だが、軽薄そうに振る舞いながらも勘が鋭い辺境伯の言葉に、ひとしきり笑った貴族達は思案顔になった。

実際、侯爵があれほど血相を変えるなど、サミュエル以外に原因が思い当たらなかったからだ。

その頃、急いで帰宅したコートニー侯爵は執事長のバーマンに詰め寄っていた。

「どう言うことだ!?　何があった！」

ちょうどそこにロレンツォが帰宅し、玄関が慌ただしくなる。

「ロレンツォ！」

「父上！　サーミは六日前に馬車で邸に帰ってきたそうです！　どうやら、それ以降、学園には戻っていません！」

「何だと!?」

階段を駆け下りてくる侯爵と執事長を見上げるロレンツォの視界の隅に、何人かの使用人が反応したのが映る。

「おい！　誰かサミュエルを見たのか⁉」

「す、すみません！　あああ！　なんてことを……!!　確かに六日前、坊っちゃんがお屋敷に!!　ふらりと通用口からお入りになって……。お忘れ物ですかと聞いたら、いつもと変わらないご様子で……。そうなんだ、急ぎでねって。こんな所からすまない、って……ですから、まさか……」

「すみません、私も、こんなことになるとは……！　お帰りなさいと言ったら、『ただいま、といってもすぐ出るんだがね』と、とても気さくに笑いかけてくださったので、きっと、明日の授業で必要なものを取りにいらしたんだな、と。十分もしない内に出ていかれ、馬車でも待たせてるから通用口から来たのだと……」

「成る程、お前達が見て不審に思わぬ程度には落ち着いていたんだな……。となると、だ……」

「一度部屋を見に行きましょう」

勢い良く扉を開け、侯爵とロレンツォと執事長はサミュエルの部屋に入る。

部屋に入ってまず、ロレンツォは宝石箱を見た。寮の貴重品が全て持ち去られていたのが気になったからだ。

「……宝石類がゴッソリない。換金目的だ。思い入れのあるものは残してある。母上のブローチとか、叔母上のペンダントとか、私や父上があげたプレゼントはある。……ビクトールから貰《もら》ったものは一つもない」

「お洋服から、シンプルなシャツやズボン、下着類が少々抜き取られております。急いで鞄《かばん》に詰め込んだ、そんな引き抜き方ですね」

執事長がクローゼットを一瞥《いちべつ》して嘆息した。

「………父上?」

机の引き出しをガタガタ開け閉めしていた侯爵が静かなので、訝《いぶか》しんだロレンツォが声をかけるも、返事がない。父の肩が震えているのに気付き、執事長と共に覗き込む。

その手の中の手紙は、本来なら今日辺りに誕生日プレゼントに対する礼を書いているはずだった可愛い弟の字で、心配かけてごめんなさいと始まっている。続いて、ビクトールに婚約解消したいと伝えられたこと、彼に好意を抱かれていると勘違いしていたのがどうしようもなく恥ずかしく、今は誰とも合わせる顔がないこと、頭が冷えてほとぼりが醒《さ》めるまで旅にでも出る、危ない所には行かないようにする、とのことが書かれていた。

最後に、誕生日の三日前に突然家出してごめんなさい、誕生日プレゼント、いつも楽しみにしていました。今年も兄上と父上は素敵なプレゼントをくれたんだろうな、見たかったな。ありがとう、とっても嬉しいです、とも。

誰もその場を動かなかった。いや、動けなかった。

愛しいサーミからの手紙でなければ、腹立ち紛れにグシャグシャにして、そこにあるペーパーナイフで気の済むまで滅多刺しにして火炎魔法で灰にしていただろう。

——可哀想に。あの子のことだ、この短い手紙には書かなかったことが沢山《たくさん》あるだろう。ユトビアめ。どうしてくれよう。

今すぐにでもユトビアの首を獲りに行きそうになった侯爵は、心を落ち着けるためその場で静かに目を瞑《つむ》り、頭の中で憎らしいユトビア伯爵とビクトールの首を百回ほど切り落とした。

――ビクトールに好意を抱かれていると勘違いしていたとは、どういうことだ⁉

一方、ロレンツォは信じられない文に愕然《がくぜん》とする。

――ビクトールはサーミを愛していなかったのか⁉

申し訳ないが、愛しいサーミの夫など、彼に命を捧《ささ》げるくらいの覚悟がなければ、まずお断りだ。幾《いく》ら、サーミがビクトールを愛していようと、だ。

世界の果てからでも、よりサーミが気に入る婿《むこ》を見つけてやる。

それを何だ？　俺にはあれだけ、サーミを愛しいと言っておいて。

演技だったのは百歩……掛ける百ほど譲ってまだ良いとして、サーミにそれを伝えるとは何事だ⁉　サーミを傷つけるなど言語道断、死をもってしても償《つぐな》えると思うなよ！　ユトビアのクソガキめ。あのクソだけじゃない、何があったのか全部調べ上げて、サーミを傷つけた奴は一人残らず地獄に叩き込んでやる！

――許さん許さん許さん許さん許さん許さん許さん許さん許さん許さん許さん許さん許さん許さん許さん許さん許さん許さん……

ロレンツォが静かに決意を固め、侯爵が心を落ち着けようと心の中で剣を振るう横で、執事長は怒りで真っ赤に染まった視界の中、静かに呟《つぶや》く。

三人は心を落ち着けて捜索の手配をする。侯爵はユトビア伯爵に事《こと》の次第を問《と》い質《ただ》す書状を認め、執事長はサミュエルに関する作業に侯爵とロレンツォが専念できるよう、雑事を全て自分に回す手配を整え、ロレンツォはビクトールに正式な手順で決闘を申し込んだ。

正式な手順で申し込まれた決闘での死亡は事故扱いになり、罪には問われないからだ。

五　白豚令息、奴隷×2と街道を行く

王都で怒りに任せて決闘を申し込んだ兄上から、ビクトールがあの手この手で逃《に》げ惑《まど》っている頃。

そんなことを全然知らない俺と、スーロン、キュルフェはスッパの街を出て、街道をトコトコと南下していた。

暫《しばら》くはダンジョンがないので、街道を歩き、時々、街道沿いの森で魔物を狩ろうという話になったのだ。

主に、俺のダイエットと体力作りのためにウォーキングが良いだろうという理由からだった。

うん、デブは歩いてるだけで痩せるらしいね……ふぅふぅ。

ふーぅふ――ぅ……ひゅ……ひゅ――ひゅ――……

「きゅ、きゅるへ……はひ、はひ、……みず、ぉみず、ちょーらい……」

ふ――ぅ、んふ――ぅ。

「はい！　お水です。座りますか？　すごい！　サミュ、あそこから此処《ここ》まで休まず歩けるなんて！　随分頑張りましたね！　さ、ゆっくり飲んで……」

「偉いぞ！　ミュー！　よく頑張ったな！」

褒められて、胸がほかほかする。

普通の人からしたら何でもない距離でも、正直、今まで俺、屋敷の廊下を端まで歩いただけで褒められる系男子だったから……

学園生活も、そんなに歩いていなかったし……な。

座るところがないな、と思っていると、地面がモコモコ盛り上がって、あっという間に岩のベンチになる。しかも滑《なめ》らかなライン。

「さ、ミュー！　此処《ここ》に座れ。おい、キュルフェ、一度沐浴《もくよく》させるべきではないか？　汗がすごい。汗疹《あせも》になってしまう」

「そうですね、一度スッキリしましょう。でも、お水を飲んで、少し息を整えてからですよ。スーロン、足元にたらいを。冷たい水に足を浸《つ》けついでに、靴擦れしてないか見ましょう」

いきなり街道の端っこにベンチ作って沐浴《もくよく》とか言うもんだから、通りすがりの旅人の視線が痛い。それでなくても、偉丈夫？　美丈夫？　ていうんだっけ？　な顔も体格も良い二人が、デブが歩いてるだけで超褒めていて、超目立っているっていうのに。

「あ、足は大丈夫だよ……回復魔法かけながら歩いてたし」

あっという間に俺の上に岩で作られた小さな屋根ができ、透《す》かし彫《ぼ》りがついた岩の衝立《ついたて》が風を通しつつ、通行人の視線を遮《さえぎ》った。

でも逆に通行人がどよめいているよ……

恥ずかしくて俯《うつむ》く俺を気にすることなく、スーロンが靴と靴下を脱がせる。

いつの間にか足元にたらいみたいな岩の枠ができていて、キュルフェがそこに魔法で水を入れた。

「あ！　冷たい！　アハハッ！　ふわぁ――……キモチイイ……」

森の湧水みたいに冷たい水にカッカと燃える足裏を浸《つ》けると、ちゅぅぅ……んって音が聞こえてきそうなくらい勢い良く熱が奪われ、スッゴク気持ちが良い。

ふうっと背凭《せもた》れに体を預けると、まるで天国で。あっという間に、俺は眠ってしまった。


ゆら、ゆら、ゆら、規則的に揺れるのが気持ち良くて、ホカホカする枕に顔を擦《こす》り付《つ》けた。そこで枕の硬さに目が醒《さ》める。

あ、スーロンにおんぶされているんだ。

「ごめん、俺、寝ちゃったの？」

「お、起きたか、ミュー。いきなり沢山《たくさん》運動すると体に悪いからな。暫《しばら》くおんぶで景色でも楽しめ」

「サミュ、おはようございます。さっきはお疲れ様でした。何か飲みますか？　背負子《しょいこ》の具合はどうです？　何処《どこ》か痛いところはないですか？」

背負子《しょいこ》って、これのこと？

俺は体の厚みがありすぎて、普通におんぶができないのだろう。

細い蔦《つた》で編んだ籠のような、オムツに背負い紐が付いたような構造のモノに乗せられて、スーロンに担《かつ》がれていた。

「うん、痛いところないよ、快適。ありがとうスーロン、キュルフェ」

「良かったです。もうすぐ平原に出ますからそこで野営しましょう。もう少し我慢してくださいね」

こくん、と頷《うなず》いて、俺はスーロンの肩越しの景色を楽しんだ。

うーん、高い。馭者席《ぎょしゃせき》かな？　ってくらい高い。

「はー絶景かな。絶景かな」

大人になったら、こんなに背が高くなってたらどーしよ⁇　父上より兄上より高いよ？

そんなことを考えて、スーロンの揺れに合わせて揺れてみたり、自分が大男になっている想像をしたりするうちに、俺はまた眠りに落ちた。

「——サミュ、起きてください。サミュ～？」

「ミュー？　起きる時間だぞー」

「グゴゴゴォォ……フゴゴゴゴ……クゴォォ……フガッ⁉　はわっ⁉」

優しく髪を撫《な》でられ、大きな手が膝をポンポンと軽く叩くので、意識が浮上する。

気が付くと、街道脇の平原に荷物を置いて二人が野営の準備を始めていて、空は茜色《あかねいろ》に変化していた。

キュルフェが手を翳《かざ》すと、淡い光を放つ魔力が風の刃となって、俺の腰までありそうな草が根本から刈り取られていく。

草が刈り取られ円形に拓《ひら》けた場所が、今日の野営地になるらしい。

キュルフェが刈り取った草を一ヶ所に敷き詰めていく。

そっとスーロンに下ろしてもらい、特製おんぶ籠から出た俺は、一緒に近くの草を拾いながら聞いてみた。

「ねぇ、キュルフェ。これは何してるの？」

「サミュ。率先してお手伝いができるなんて、偉いですね。貴族で奴隷の主でも、こういう時に手伝うのは、大変良い心掛けだと思いますよ。これは、焚《た》き火《び》の火が草に燃え移らないように広めに草を刈って、その草を今日の寝床にするために一ヶ所に纏《まと》めてるんです」

ほっへ――

俺はなんだか楽しくなって、刈られて倒れている草を集めて重ねまくった。

ふんわり小山になった草は、ふっかふかで、思わずダイブする。シャワワ……と腹の下で草が圧縮され、ベシャリ！　とほぼ地面な感触に叩き付けられた。

「ぎゅわ！」

反動で斜め方向に弾んだ体が、そのままごろごろと草の上を転がる。

イテテと、痛む腹と鼻と顎《あご》をさすり、回復魔法をかけながら起き上がると、俺がダイブして転がった所は、草がペッチャンコになっていた。

「そ、そんなぁ……」

あんなにフカフカだったのに、無惨にペッチャンコになった草が哀しくて、情けない声が出る。

しょんぼりと草を見つめていると、俺に草のベッドを任せて薪拾《まきひろ》いに行っていたキュルフェが戻ってきた。

「あぁ、サミュ、良い感じに草を均《なら》してくれましたね。んー、ここはちょっと草が集まりすぎかな？　もっと全体的に均一に……。よし、これで大丈夫でしょう」

俺がペッチャンコにした草の山を崩して他の所に撒《ま》き、まだフカフカの所をドンドンと足で踏《ふ》み均《なら》してペッチャンコにしていく。「えぇー⁇」と見ている内に、草の上に大きな敷き布を敷いてニコニコ顔で「完成♪」と言った。

「おや、サミュったら草だらけで、麦藁《むぎわら》で遊んだ子豚みたいになってますよ？　ふふふ、さては転がりましたね？　楽しかったですか？」

キュルフェが髪についた草を取りながらとっても優しく聞いてくれる。しょげてたなんて言えなくて、俺はモジモジと腹の草を取ることに集中した。

どうやら、草を寝床にする、という表現を思い違いしていたようだな。

てっきり草をベッドみたいにするのかと思ったが、どちらかというと、〝床で寝る〟を〝床の上に絨毯《じゅうたん》を敷いて寝る〟に変える程度のものだったらしい。

そうだよな、野営だもんな。これが旅なんだな……

あちこちについた草を大体取りきった頃、スーロンが大きな角《つの》もぐらを二匹抱えて帰ってきた。血抜きは終わっていて、焚《た》き火《び》台と調理スペースとして魔法で作った平たい岩の上で、解体を始める。

キュルフェは再び薪《まき》と食べられる野草を探しに出掛けていった。

俺は椅子がないと座った状態で上体を支えてられないので、敷き布に寝転がって横になりスーロンの作業を見つめる。

角《つの》もぐらの毛皮が夕陽を反射して、ツルツルテカテカと輝いている。質が良いから、よく触れる小物に仕立てたり、ソファのアームレストなんかに張ると素敵だろうな。

角《つの》は何に使えるんだろう？　俺は知らないけど、生薬《しょうやく》か何かかな？

そんなことを考えつつ見つめている内にあっという間に作業が終わり、お肉がそぎ切りで一口サイズに切られていく。

キュルフェも帰ってきて焚《た》き火《び》が灯され、野草で香りをつけた肉がメインのご飯が完成する。

ごろりと横になった格好でおー！　と拍手して手際の良さに感動していると、にこやかに振り返った二人が俺を見た。そして少し考えて、岩で椅子を作り手を引いて起こしてくれる。

いや、起きられるよ？　地面に座っていられないだけで、起きることはできるからね？

「すみません、最初にサミュの休める椅子を作るべきでしたね」

「すまんな、ミュー。背凭《せもた》れはこのくらいで良いか？」

「ありがとう二人とも。木が生えてたら背凭《せもた》れにできたんだけどね」

折角《せっかく》だから、とスーロンがテーブルと丸椅子二つを作り、俺達は座って食事することにした。

「スーロンの土魔法はすごく便利だな。俺も土魔法が少し使えるけど、攻撃魔法ばっかりだ」

「はい、角《つの》もぐらのステーキと野草炒めとパンですよ、サミュ。おや、サミュは攻撃魔法も使えるんですか？　回復浄化系の魔法専門かと。なら、今度のダンジョンで少しレベルを上げましょうね」

「ミュー、熱いし硬いから気を付けて食べるんだぞ。すごいな、攻撃魔法と回復魔法との両立なんて。魔導に秀《ひい》でた家門なのか？」

キュルフェから料理とカトラリーを受け取り、スーロンの言葉にこくんと頷《うなず》く。

「うちは魔法薬製造に秀《ひい》でた家門で、幾《いく》つかの魔法薬の秘伝の術を有してるんだ。っても、古代書の解読で得た技術だから、古代書が解読できれば誰でも手に入れられるレシピだけどね。ほら、ポーションって普通に作ると、ドラゴンの心臓とか不死鳥の尾羽とか、とんでもない材料が要《い》るだろう？　でも、古代文明ではもっと手軽な材料で作られてたんだ。だから、ポーションも持ってたんだよ。ふーん！　か、硬いね、もぐらのお肉って……」

「古代書の解読、すごいじゃないですか！　お肉切るのも運動です！　頑張って!!」

「ふん！　ふん！　お、俺も読めないよ……！　ひいひいお爺さんが！　解読！　に！　成功！　した！　らしくて！　……ふぅ。あ、美味《おい》しい。……でも言語が違うのか、解読できたのは幾《いく》つかだけでね」

「成る程……。でも、私達は良いですけど、他の人にその話はしちゃダメですよ」とキュルフェに言われてしまった。

スーロンも危ないぞと頷《うなず》いてる。スーロンが聞いてきたのに。

でも、父上や兄上もそんなことを言っていた気がする。反省しよう。

切り分けたもぐらの肉は弾力が強く少し土臭かったが、噛めば噛むほどじゅわっと味が溢れてきて、所々コリコリしてて、とても美味《おい》しい。

牛蒡《ごぼう》！　お肉の牛蒡《ごぼう》って感じ！　多分シチューにしたらコリコリがトロトロになるやつだよね♪

野草も葉や茎、蕾《つぼみ》や根まで使ってあって、二種類の野草を炒めたとは思えない一品だ。

今日は〝俺的には〟だがよく歩いたので、腹ペコでモリモリ食べた。

「あ――美味《おい》しかった！　ご馳走様でした！」

一生懸命肉を切った腕と噛み疲れた顎《あご》を回復魔法で癒しつつ言うと、キュルフェとスーロンがニッコリ笑って頭を撫《な》でてくれる。

さぁ、後は寝るだけだ！　水が簡単に出せるなら、顔くらいは拭きたいな。

そう思っていると、俺の横に地面からス――ッと岩でできたバスタブと大きな甕《かめ》が生えてきた。

ヒイイイイイ‼

う、嘘ぉ⁉　驚いている俺の横で、キュルフェが魔法でそれらに水を入れ、スーロンが火の玉をぶつけ、またキュルフェが水を入れて、あっという間にホカホカの湯が張られる。

「さ、サミュ？　お風呂ですよー」

ブンブンと首を横に振って、今日はいい、二人だけ入って！　と拒否するも、椅子とテーブルの間から巨体を抜く作業にもたつき、簡単に捕まってしまった。

スーロンが俺を軽々と抱き上げて、キュルフェがじたばたする俺の下半身の装備をテキパキとゼロにしていき、そのままチャポリと湯に浸《つ》けられる。

湯に浸《つ》かり切る前にシャツを捲《まく》り上げてスルリと脱がすキュルフェの手際の良さは流石《さすが》としか言えない。だが、庭師が泥だらけの子犬を洗っていたのと同じ扱いだと感じるのは気のせいだろうか。

「ふはぁ〜〜」

熱めの湯が気持ち良く、つい溜め息が零れる。

「薪拾《まきひろ》いの時によく脂《あぶら》が落ちる薬草を見つけたので、今日はこれでパックしましょうね！」

岩のすり鉢でゴリゴリすり潰した緑の臭い何かを、キュルフェが俺の顔や頭にペタペタと塗りたくった。背中や胸にも塗られて、暫《しばら》く放置される。どうやら、その間に食器や鍋を洗っているみたいだ。

臭いけど、うとうとしてきた。

「あででで！　いっ――！　あっー！　フング――！」

どのくらい経ったのか分からないが、髪や顔を洗い流され、石鹸《せっけん》で洗うついでに地獄のマッサージを受ける。うとうとが飛んでいった。

「お⁇　大分解《ほぐ》れてるぞ！　流石流石《さすがさすが》！」

「こっちもかなり老廃物が流れたようですね、ん……まだ首回りの筋肉はガチガチかなぁ」

「痛いよぉ！　どこの血行を良くすればいいの？　教えてくれたら、回復魔法でその場所の血行を良くできるのにっ！　たぁ――い！」

「それだよ！　何でも回復魔法の力で押し流すから体が鈍るんだ。こーゆーのは、物理的にやるのが一番！」

「そうですそうです」

そうなのか、知らなかった。体が辛《つら》い時はいつでも回復魔法をかけてたや。

何でも、レベルが低く体力もないのに魔力だけが高いから、体がその魔力を収めるために脂肪を蓄えようとしているのが、俺がデブる一因なんだそうだ。

回復魔法をポンポン使って魔力だけ鍛《きた》えるから、体がより脂肪を蓄える。動かないことで体が凝《こ》り固《かた》まって回復魔法をかけて……

という、負の連鎖を止めないといけないらしい。

「どうすれば良いの？」

「『レベル上げて筋肉を付けましょう（ような）！』」

いつもより石鹸《せっけん》が泡立つ髪を眺《なが》めて聞くと、二人が声を揃えて教えてくれた。

「そっか、レベル低いし体力ないのに魔力だけ高いってのを、バランス良くしなきゃってことなんだね？」

「そういうことです。サミュは賢いですね♪」

「脂肪より筋肉のほうが魔力の収納量が多いからな。暫《しばら》く旅で歩くだけでも、ミューの体には効くと思うぞ！」

「魔力って、魂《たましい》に収納されてるんじゃなかったんだね」

「……んー……魂《たましい》と体を行ったり来たりと言うか……」

「詳しく説明すると本何冊かになる話なんだが……」

「よく考えたら、この考え方は我が国の一部の人にだけ伝わる秘伝でしたね……」

「「…………」」

「や、ほ、ほら、……おあいこ！　おあいこだよ！　俺が先に家の秘術とかペラペラ喋《しゃべ》っちゃったから！」

「そーだな！　おあいこだな！　ハハハハハッ！　全く、ミューが諜報員になったら、世界中の秘密が丸裸にされちまいそうだ」

「秘密の共有ってヤツですね♪　フフフ……他の人には気を付けましょうね。……本当に恐ろしい子豚だ」

マッサージが終わり、香油でピカピカヌルヌルになった体を拭かれパジャマを着せられながら、意外と皆抜けているもんなんだな、と俺は少しだけ安心する。

乾かされた髪は、確かに何時《いつ》もよりサラサラしていた。

六　白豚令息とピンクの街マンヤーマ

朝起きて、頑張って歩いて、疲れたらおんぶされて野営して、また朝起きて、頑張って歩いて、疲れたらおんぶされて野営して……

合間に小さな村や町で二回ほどパンや石鹸《せっけん》などの日用品を買って、魔物の毛皮や素材、余った肉なんかを売った。

そうこうしてやってきた街、マンヤーマの街は何だかピンク色だ。

「ピンク色だ！」

スーロンに背負われて、足元を気にすることなく、存分にキョロキョロする。

だって、屋根も壁も地面も、みーんなちょっとくすんだオレンジがかったピンクなんだもん！

そんな俺を、同じピンク色の薄いストールを被って同じピンク色の服を着た人達がクスクス笑いながら見てくる。

俺、口開いてた？

目が合うと皆手を振ってくれるので、俺も手を振り返す。

「よーこそ！　マンヤーマの街へ！」

どっかの露店から声がかかる。そっちのほうにも手を振った。

随分と人懐こい人達だな……

露店が両脇に並ぶ大通りの上には、日除《ひよ》けなのか飾りなのか、同じピンク色に家紋のような柄を染め抜いた布が両サイドの建物から渡されている。そこを日の光が透過するから、通り全体がピンク色だ。

「マンヤーマピンクって聞いたことないですか？　この赤土の色、私達の国では大人気で、建材から服飾から化粧品までありとあらゆる所に使われているんです」

「本国では人気がないから専《もっぱ》ら輸入向けに生産されていると、以前聞いたことがあるぞ」

聞いたことがないなと思っていると、スーロンが補足してくれる。

そーなんだ、知らなかったや。あのまま学校に通っていたら、そのうち習ったのかな？

確かに、スーロンやキュルフェの褐色《かっしょく》の肌や紅色やマゼンタの髪にはよく馴染《なじ》む色だ。

此処《ここ》は我が国では珍しく、マンヤ族という少数民族の自治街なんだって。マンヤ族は聞いたことがあったので、俺はへーっと感心して再びアチコチをキョロキョロした。

「今日と明日は此処《ここ》でゆっくりして、明後日《あさって》からこの街の隣にあるダンジョンに行きましょう」

喧騒《けんそう》に負けじとキュルフェが声を張り上げる。

とうとう、レベル上げかぁ。

俺はワクワクしすぎてスーロンの上でゆさゆさと揺れた。「こら、危ないぞ」と優しく叱《しか》られる。

これまでの旅で、俺の体はすっかり水が抜け、一回りだけ小さくなった。

まだまだ最上級のデブだが、脂《あぶら》ぎってべっとりぺしゃんこだった白髪は夕方にベトつくね、程度になり、吹き出物は消え、荒れていた皮膚がもう少しでツルツルになりそうだ。

そして何より、大分歩けるようになった！

まだ普通の人ほどではないけど、体力ないねって笑われる人くらいには歩けるようになった！

すごい進歩だと思う！

「こらミュー。危ないだろう？　足をバタバタさせちゃダメだよ。そんなにマンヤーマの街並みが珍しいか？　此処《ここ》も屋台料理が美味《おい》しいらしいから、広場の屋台で飯食べてから宿に行こうな」

また叱《しか》られちゃった。落ち着こう。うん、落ち着かなきゃ！

「スッパといい、こういう交易が盛んな街は旅人や行商人が多いので、手軽に食べる屋台料理が美《お》味《い》しいんですよ……スーロン、大丈夫ですか？」

「早く広場に行って下ろしてやろう。鼻息がすごい。首筋から耳から、超範囲攻撃だ！」

キュルフェとスーロンが何かコショコショ言っているが、喧騒《けんそう》でよく聞こえない。

段々と香ばしい匂いが先のほうから漂《ただよ》ってくる！　美味《おい》しそうな匂い!!

そんな俺の心を読んだように、スーロンの歩く速度が上がった。

どんな屋台があるんだろう??　楽しみだ！　わくわくする！

ふん！　ふん！　ふんもふ――――！

マンヤーマの街の中心広場には、所狭しと屋台が並んでいた。

これが毎日だなんて、毎日がお祭りなのか!?　この街は！

フンフンと鼻息荒く辺りを見回して気になる屋台に優先順位を付けていると、スーロンが籠から下ろしてくれる。

頻《しき》りに首や耳をこすっているが、虫にでも刺されたかな？

「ああ!?　あれはなんだ!?」

「スト――――ップ!!」

キラキラ光る色とりどりの丸が棒に刺さっているのが人の隙間から見え、思わず駆け出した俺を、キュルフェがほぼタックルな感じで抱き止めた。

「ふぅ。……良いですか？　サミュ。こういう人の多い所で考えなしに動いてはいけません。迷子になって拐《さら》われて売られてしまいますよ？」

え、ナニソレ怖い。

「ですから、もしはぐれたら何処《どこ》で待ち合わせるか決めて、でも、はぐれないようにしっかりと手を繋いで、私かスーロンと行動してください。絶対に一人で何処《どこ》かに行ってはいけませんよ？」

「はい！」

キュルフェが手を繋いでくれる。

正直、最近はもう大きくなったから恥ずかしいと家族や使用人とは手を繋ぐのをお断りしていたが、こんなに人が沢山《たくさん》いる所なら仕方ないだろう。

はぐれたら一巻の終わり……。俺はしっかりとキュルフェの手を握り返した。

「じゃあ、もしはぐれたら、待ち合わせ場所はこの木の前な。それじゃ、俺はそこのギルドに素材を売ってくるから、先に適当に屋台飯買っといてくれ」

スーロンはそう言うと、雑踏の中に消えていった。

あの長身がもう見えなくなった⁉

俺はビビってさらにしっかりとキュルフェの手を握る。

屋台は卵料理が多かった。

長寿の願掛けだという外側が真っ黒になった茹《ゆ》で卵、煮卵の串、小さな卵と野菜の煮物串、海の魔物の卵を干しクラーケンの出汁《だし》で煮込んだもの。どれも滋味豊かでとても美味《おい》しい。

と、信じられないものを見た！

道行く男が青い艶々《つやつや》卵を串に刺したモノを殻ごと食べていたのだ。

さっきの色とりどりの丸！

俺はキュルフェの手を引っ張って、色とりどりの艶々《つやつや》卵の店に向かう。

「店主！　この色とりどりの丸いのは、何の卵なんだ⁉」

わくわくしながら聞くと、店主は一瞬驚いた後、すまなさそうに苦笑いした。

「悪《わり》ぃな、坊っちゃん！　こりゃ、串に差した果物に色付けた飴《あめ》を掛けたもんで、卵じゃねぇんだわ。出店は初めてなのかぃ？　ここは卵の屋台が多いから勘違いしちまったんだな」

「あっ……ぁおぉ……」

きゅきゅーと顔が火照《ほて》る。

今はスーロンやキュルフェと同じ褐色《かっしょく》の肌に赤髪の容姿に変身しているが、それでも赤くなったのは一目瞭然《りょうぜん》らしく、周りからクスクスと笑いが起こった。

でもその笑い声は温かく人懐こくて、恥ずかしいだけで嫌な気分にはならない。

ビクトールに振られた時も周りに笑われたが、同じ笑い声でも感情一つでこんなに温度が違うんだな、と不思議な気持ちになる。

店主が果物を飴掛《あめが》けするのを見せてくれ、キュルフェが一つ買ってくれた。

特別に三色混ぜたマーブルカラーで、その上にキラキラするアラザンが掛かっている。

飴《あめ》を掛けてすぐには売れないそうだが、特別に氷魔法で冷やして売ってくれた。それを、お礼を言って受け取る。

早速食べてみると、舐《な》めれば甘く、齧《かじ》ればパリパリしていて、果物は果汁が溢れ出て、とっても美味《おい》しかった！

そうこうしている内にスーロンが帰ってきたので、キュルフェが彼に取り分けておいたモノを渡す。

卵ばかりだな、とスーロンが呟《つぶや》く。それを聞いた通行人の一人が、あっちに肉の屋台があると教えてくれた。

三人で向かい、グリルされた骨付き肉と辛いソーセージの串焼きに歓喜する。

小さい色とりどりのカップケーキやくるくる捩《ねじ》れた飴《あめ》、ミニペロペロキャンディが串に刺さって売っていた。それらを沢山《たくさん》買うと、ブーケみたいなラッピングにしてくれる。

三人で一本ずつ食べながら宿屋通りに向かう。

キュルフェの一声で決まった宿は、街で三番目に良い所だそうで、ピンクの中に所々焦《こ》げ茶《ちゃ》が使われていて、とてもシックな雰囲気だ。

セミスイートに設置されたキュルフェ拘《こだわ》りの大きなお風呂は俺が五人くらい入れそう。洗い場で体を洗ってもらった後、三人で仲良くお風呂に浸《つ》かった。

嬉しくて、楽しくて、油断しているところに、いつものマッサージをされる。

痛かったけど、今までみたいな地獄ではなく、スッゴク優しい。

「いや、いつもこの優しさだぞ？　今までが凝《こ》りすぎてて、優しく揉《も》んでるのに痛かっただけだよ」

「ええ、大分柔らかくなりましたね。可動域も広がったでしょう？」

今日は優しいと言うと、二人からそんな答えが返ってきた。

マッサージが終わり、ボーッとしている間に、キュルフェがスーロンをマッサージし始める。

そういえば、キュルフェは元スーロンの従者なんだっけ。

いつも俺を風呂に入れた後でスーロンを洗おうとするキュルフェを、もう対等だからとスーロンは断っている。

今もキュルフェが食い下がっているようだが、眠くて二人の会話が耳をすり抜ける。

パシャパシャとヒートアップして湯を揺らす二人を見るともなく見ていると、ザバッ！　とスーロンが怒りの形相で立ち上がった。

「だから、何度言ったら分かる！　俺はもう奴隷だ！　マナーなぞ知るか！　下の毛なんぞ整えるな!!」

あまりの剣幕にビクッとなり、一気に目が覚める。と、同時に耳から入ってきた情報に驚いた。

え!?

俺はそっと、まだ生え揃っていない大事な下の毛を手で隠す。

まだギャアギャア言っている二人。俺は、とんでもない奴隷を仲間にしてしまったかもしれない。

兎《と》に角《かく》、キュルフェには下の毛をなるべく見せないようにしよう。

明後日《あさって》はレベル上げ、楽しみだなぁ……

ぇ？　現実逃避？　……チガウヨ……？

七　白豚令息と下の毛兄弟喧嘩

朝。バキッという嫌な音と、バタゴトヒソヒソと続く物音に意識が少し浮上する。

けど、まだ眠いなぁ。

そこで、はっ！　と目を覚ます。どうやら二度寝したようだ。

ガバッ！　とは起き上がれず、横向き寝からごろりと俯《ふ》せになり、よいしょっと四《よ》つん這《ば》いになって、ベッドから足を——バリィ!!

Ａｈ！　Ｏｈｈｈｈｈｈｈｈ……

哀しくて、哀しくて……、ベッドから足を一本出した状態で固まる。

「大丈夫ですよ……サミュ。そのパジャマは元々お尻の生地が少し薄くなってましたから。それに、パンツは無事です」

そんな俺にキュルフェが慰《なぐさ》めの声をかけてくれる。

そっか、これ中古だもんね。しかもこのサイズ。前の人もデブだもん、お尻が破れやすくなっていたんだね。

ああ、良かった……！　そう思って振り返ると、キュルフェの片頬が見事に腫《は》れていた。

「!?」

背後で、あのおおらかでいつもニコニコしているスーロンがプンプンしている。

し、下の毛……下の毛なのか!?

着替えさせてくれるキュルフェの頬にそっと手を当てて、俺は回復魔法をかけた。

「大丈夫？　キュルフェ……」

そう問い掛けると、キュルフェだけでなくスーロンまで俯《うつむ》き、二人して気まずそうに体を揺らす。

「すみません、サミュ。ちょっとした兄弟の悪ふざけだったんですよ。殴られたので、意趣返しに腫《は》れた頬を見せ付けたり……」

「寝てる間に下の毛切られたから、怒って殴ったんだ。その、この程度はいつものやり取りだったから……。キュルフェも回復魔法使えるし……。だから、ミューが見てどう思うか、なんて考えてなかった。不安にさせてしまったな、すまない……」

やっぱり下の毛！　怖っ！

すまない、と優しく頭を撫《な》でてくれるスーロンの腹に、俺はギュッと抱き着く。

うりうりと額《ひたい》を擦《こす》り付《つ》ける俺を、スーロンが両腕で優しく包み込んでくれた。ふぅ……。スーロンはなんだか落ち着く匂いがする。

俺はスーロンに抱き着いたまま、チロッとキュルフェのほうを見た。

「……キュルフェ……、人の嫌がること、するの、良くないと思うんだけどな……」

俺の下の毛のためにも、これは言っておかないとね！

その一言に、キュルフェはハッと息を呑んだ後、うぐぅ……と言葉に詰まる。

そんなキュルフェに気を良くしたスーロンが、俺に見えないように『やーい、ザマーミロ』と口パクで言って舌を出したり変顔をしたりして挑発した。キュルフェがプルプルと怒りで震える。

俺より上を見てキュルフェがプルプルしているので疑問を感じて、スーロンに抱き着いたまま上を見る。

「うん？　どーした？　ミュー」

キラキラニッコリ笑顔で俺に笑いかけるスーロン。

でも、俺コレ知ってる。

兄上の騎士団の、よく遊びに来る兄弟騎士のヘンリーとアルフレッドとおんなじだ。

兄上に見えないようにお互い喧嘩して、片方が兄上に怒られると、もう片方がこっそり追い討ちをかけるように馬鹿にした素振りを見せて、お互い延々とやりあうんだ。

そして俺は、コレをどうしたら良いのかも知っているぞ！

「キュルフェ、スーロン、ちゃんと仲直りして。はい、握手」

俺は二人を睨《にら》むと、スーロンの手とキュルフェの手を持ってくっつけた。渋々だが、スーロンが握手して謝る。

「……殴って悪かったな」

「全くです」

握手した手が俺の目の前でギシギシと軋《きし》むような音を立てる。

もう！　握力勝負になっているじゃないか！

「どーなってるの？　これ⁉　大体キュルフェ謝ってないし！　ちゃんと仲直りして！」

俺は目の前で相変わらずギシギシ言っている握手をベチベチ叩いて怒った。

「俺は、被害者、だぞっ……！」

「衛生、的じゃ、ないって、いつも……！」

プヒ――――！　と俺の目が吊り上がり魔力が沸き立つ。

「もう、いい加減に、し、ろ――‼　二人とも腕立て伏せ千回‼　文句は受け付けん！　ボヤボヤするな！　動け！　今すぐにだっー‼」

立て掛けてあった愛用中の杖兼魔法の杖な木の枝で、二人をペシペシ叩いて怒る。慌てて二人は腕立て伏せを始めた。

ふう。

「……台詞《せりふ》が滑《なめ》らかでしたね。誰かに倣《なら》った行動なのは明らかです」

「ああ、俺もそう思う。……ミューは怒っても可愛かったな」

「とっても可愛かったですね。折檻《せっかん》されて悦《よろこ》ぶ日が来るとは思いませんでした」

何事かをゴニョゴニョ言っているので、ゴン！　と枝の先で床を叩き、フンムー！　と鼻息荒く二人を睨《にら》む。

俺は怒っているんだ！

「おい、ミュー。これは誰が誰にしていたお仕置きなんだ？」

「……？　兄上が、騎士団のヘンリーとアルフレッドにしてたお仕置きだよ。何で分かったの？」

俺は怒っていたことなどスッポリ忘れて聞いた。

「兄上かぁー。ミューの兄上は騎士団員なのか？」

「うん！　兄上は王宮の騎士団の副団長なんだ!!　すごく強いんだ！」

俺は騎士団の試合などで団員達を次々と吹っ飛ばしていく、大好きな兄上を思い浮かべる。

いつも優しい兄上。騎士団の人達には厳しく、そんな時の凛々《りり》しい顔も格好良くて……

でも、苦手なポーション作りの作業を頑張っている情けない顔も大好きで。

今頃どうしているかな……。会いたいなぁ、兄上。

ううん、ダメダメ!!　俺、決めたんだ！　暫《しばら》くは帰らないんだ!!

ダイエット頑張りたいし、いっぱい色んな所に行ってみたい!!

心配している皆には悪いけど、スッゴク成長して、ビックリさせてやるんだ！

あ、でも、ちゃんと無事って分かるように、お手紙は出したいな。

「……騎士団副団長で弟にすごく優しい、かぁ。婿《むこ》になるヤツにはスッゴク厳しそうな気がしないか？」

「多分ですが、父兄に使用人に……婿《むこ》になる人には厳しい人だらけだと思いますよ」

「…………」

足許でそんな会話をされているのにも気付かず、俺は懐かしい我が家に想いを馳《は》せていた。

フッフッと息を短く吐く音に現実に引き戻される。

下を見ると、スーロンとキュルフェがすごい高速で腕立て伏せをしていた。

「すごい！　こんなに速い腕立て伏せ、初めて見た!!」

「身体強化だよ。ミューにもそのうち教えてやろうな♪　よっと、千回だ。へへへ、キュルフェ、お先♪」

「……脳筋め……！」

「二人とも反省してる……？」

「勿論《もちろん》だとも。これからは、兄弟喧嘩はちゃんとミューの見てない所でやる。約束するよ」

「……ふぅ。そうですね。私も約束します。さっきはごめんなさいね、サミュ。すぐ朝ご飯にしましょう」

朝ご飯と言われて俺の腹がキュキューと鳴る。それを見て笑いながら支度をするスーロンとキュルフェに、俺は首を傾《かし》げた。これで良かったのだろうか。

そもそも、兄上が腕立て伏せ千回と言えば、ヘンリーとアルフレッドはすぐにもう喧嘩はしません！　と仲直りしていたのに、スーロンとキュルフェは本当に千回やりきってしまった。

でも、二人はすっかり仲直りしたみたいだし。いやでも、これからは俺の見ていない所で喧嘩するって、それって反省なのか？

それに、ヘンリーとアルフレッドの喧嘩を、使用人達は仲が良いって笑って見ていたよな……ってことは、喧嘩はしても良いのか？

俺と兄上は喧嘩をしたことがないため、正直、どれが正解なのか……

そんなことをグルグル考えている間に、温かい蒸しタオルで顔を拭かれ髪を整えられ靴を履かされ、俺達は揃って食堂へ向かった。

俺がキュルフェに椅子に座らせてもらって首もとにナプキンを差し込まれている間に、スーロンが山盛りの朝食を取ってくる。

腰までの長い紅髪を揺らして颯爽《さっそう》と山盛りの皿を腕に四枚も乗せてやってくる彼は、いつか見た曲芸師のようだ。すごいバランスだなぁ。

キュルフェがそこから俺用に幾《いく》つか取り分けてくれる。

ソーセージ、目玉焼き、イングリッシュマフィン。サラダに果物にヨーグルト。

牛乳に紅茶の香りのついた蜂蜜《はちみつ》を垂らしてもらい、それらをモグモグと一心に食べている内に、残りの山盛りが全て消えていた。

特にガツガツしているようには見えなかったのに、一体？

俺だけじゃなく、給仕も驚いている。平常を装《よそお》っていたが、目が真ん丸だったから間違いない。

食後に、お茶を一杯と美味《おい》しそうなチョコトリュフ一粒を頂いて、俺達はホテルを出た。

八　白豚令息、マンヤーマの街を堪能《たんのう》する。

街をそぞろ歩いて、昼とおやつを屋台で済ませ、夜は街で人気のレストランでエキゾチックな料理を楽しむ。

この街が卵だらけなのは、マンヤ族の宗教と関わりがあるんだそうだ。へー。

なんでも、卵はマンヤ族が棲《す》みかを求めて彷徨《さまよ》っている時に、飢え死にしないように神が与えた食べ物なんだそうだ。レストランのエキゾチックな料理も卵中心だ。卵美味《おい》しい。

食後に街をぶらつき、デザート替わりに幾《いく》つか屋台でお菓子を買ってもらった。

串に刺した果物にチョコを掛けてアラザンをまぶしたものと、割ったココナッツの中に黒蛙竜《こっけいりゅう》の卵の蜜煮を入れたジュースだ。

え？　タピオカ？　何だそれは。黒蛙竜の卵の蜜煮ではないのか？

タピオカとかいう、何かの澱粉《でんぷん》で作った餅《もち》の一種のそれは、もちもちしていて美味《おい》しかったが、俺は黒蛙竜の卵の蜜煮のほうが好きだ。

スーロンとキュルフェは黒蛙竜の卵の蜜煮を食べたことがないらしく、随分と嫌そうな顔をしている。

「サミュ……人がタピオカを食べてる時に、その恐ろしい食べ物の名前を連呼しないでください」

「う〜〜ん、流石《さすが》のミューの口から出ても、その言葉の響きは可愛くないなぁ」

「なんだよ！　食わず嫌いは人生損だって、父上も言ってたぞ。黒蛙竜の卵の蜜煮、本当に旨《うま》いんだからな！」

ドスドスと巨体を揺らして力説してしまい、ちょっと注目を浴びた。恥ずかしい。

「なんだ？　あんたら、黒蛙竜の卵の蜜煮のココナッツジュースが飲みたかったのか？　ほんなら、ほれ、あっこだ、あっこ。あんの角に赤い天幕の屋台が見えるだろう？　その三軒隣だよ。黒蛙竜の卵の蜜煮、うめーよなぁ。うんうん」

通りすがりのピンク色だらけの爺さんがニコニコ教えてくれた場所に、早速向かう。

「ふんも――！　黒蛙――！」

「あああ……サミュこら！　待ちなさーい！」

目的の屋台に着き、買って買ってとせびるも、キュルフェは物凄《ものすご》く渋る。だが、俺も譲れなかったので、恥も外聞も捨てて如何《いか》に黒蛙竜の卵の蜜煮が旨《うま》くて、それを食べたいか熱烈に語った。

身振り手振りを交え足を踏み鳴らし、ふんもふ！　ふんもふ！　と鼻息荒く語ったせいで、野次馬がどんどん集まってくる。「兄ちゃん！　もう、買ったれよ！」「弟が可哀想だろ！」「ええい、もう！　俺が奢《おご》ってやる！」「いよ！　男前!!」「なんだか俺も食いたくなったな」なんて野次が飛び交い、結局、屋台は大盛況。

俺達は知らないお爺さんやお兄さんにご馳走してもらった。

ヤッタァ！

ちゅるるん♪　ちゅるるん♪　と蜜煮の卵を啜《すす》っていると、皆の食欲を刺激したようで更に屋台が盛況になる。

「確かに旨《うま》いが、……一口食べる毎《ごと》に背中に電気が走る」

「ふぁぁ……ゾクゾクする。食べてるサミュは可愛いですけど」

食べ終わってしまったのでスーロンとキュルフェを見つめていると、鳥肌だらけになった二人が残りをくれた。

なんて幸せなんだ!!

俺は二人に沢山《たくさん》お礼を言って卵の蜜煮を啜《すす》った。二人はそんな俺を腕を擦りながら見る。

叔父さんが昔、国によってゲテモノだと思う食べ物が違うと言ってたけど、本当なんだなぁ……

へーんなのっ♪　こんなに美味《おい》しいのに。

その後、コットンキャンディという、ふわふわした虹色の砂糖菓子を買ってもらって食べた。

舌をくっつけるとスュワワと溶けて面白かったので遊んでいる内に、顔中べたべたの虹色になる。

いつの間に！

甘くて美味《おい》しく、何より面白い。

俺はふわふわしている食感に驚いたが、スーロンとキュルフェは虹色なのに驚いていた。

彼らの故郷では安くて色は白いんだそうだ。へー。

どんな味がするのかと聞くと、これと同じだと言われる。へぇー。

そのまま暫《しばら》く歩き、昨日入ってきた街の関所から反対側の関所付近に着いた。

こちら側はダンジョンが近いせいか武骨な感じの町並みで、向こうの通りみたいな露店が立ち並ぶ感じではなく、武器屋、防具屋、薬屋、酒場などが煉瓦《れんが》の長屋でびっしり並んでおり、道もジグザグしていて迷路みたいだ。

「ダンジョンから魔物が溢れた時、此処《ここ》で塞《せ》き止《と》めるために堅牢《けんろう》な造りになってるんだ」

なるほどー、とスーロンの言葉に頷《うなず》く。

同じ街でも地域で趣《おもむ》きが違うんだな。……ま、そうか。

王都も、城下町や貴族街、平民街、貧民街、商業区域とで色々違うもんな。なんだか賢くなった気分だ！

今日の宿は、こっち側では一番良い店の一番良い部屋だそうだが、華美ではなく厳格で堅牢《けんろう》な設えだ。あちこち重厚。

大きな斧を担《かつ》いだ大男が、のしのしと階段を上がっていく。

そりゃ、あんなのが泊まるなら、重厚にせざるを得ないよなぁ。おっきい人だったなぁ。と、それを見送り、珍しい壁飾りなんかをキョロキョロ見ていると、エルフの雄ネーサン達がクスクス笑いながら通り過ぎていった。すれ違いざまに手を振られ、顔が熱くなる。

俺は今、生まれて初めてミニスカートというものを見たぞ！

興奮でフンフン鼻息を荒らげていると、キュルフェとスーロンが不機嫌になった。何故《なぜ》だ？

そして部屋に入った直後、有無を言わさず風呂に突っ込まれ、いつもの地獄のマッサージ（最近ちょっとましになった）だけじゃなく、えらく丹念に歯磨きをされる。舌も丹念に洗われた。

俺これ知ってるぞ！

使用人のアマンダが可愛がっていた猫が、アマンダの目の前でゴキブリを仕留めてシャクシャクと食べてしまった時と同じ扱いだ！

なんて扱いだ！

俺は憤慨《ふんがい》したが、スーロンとキュルフェ二人がかりで撫《な》でたり面白い話をしたり擽《くすぐ》ったりと機嫌を取ってきて、いつの間にか怒りを忘れていた。

翌朝。

パチッと目が覚めて、もぞもぞと起き上がった時には、二人はもう準備に取りかかっていた。

いつも思うけど、二人はちゃんと寝られているのかな？

俺、横幅ありすぎるから、キングサイズでも寝るとこが少ないし、キュルフェ、絶対部屋は一つしか取らないし……

と思ったものの、二人とも艶々《つやつや》元気そうにしていたので、気にしないことにする。

お財布はキュルフェに預けているので、彼が一つしか取らないってことはそれで良いってことだ。

そんなことより、今日はダンジョンだ！　ダンジョンだ！　ダンジョンだ――!!

キュルフェが俺に丈夫そうな生地のシャツとズボン、革の胸当てと革の手甲、革の膝当て、革の大きな胴当てを着けてくれる。

すごいすごい、俺、冒険者だ！

ブーツを履かせてもらって、二人が荷物を纏《まと》めている間に、鏡の前でくるくる回って自分の姿を眺《なが》める。

スーロンが俺の頭をポンポンと優しく叩き、とっても似合っているぞ、と言ってくれた！　嬉しい！

俺は革と軽金属の兜《かぶと》と、相棒の木の枝君をスーロンに持ってもらい、宿を出る。

この宿は食事がないんだそうだ。街の反対側と比べて、随分と肉色な屋台が立ち並ぶ広場で、揚げた肉や焼いた肉、野菜の煮物と炒め物を買って、皆で食べる。

俺達は広場から少し林に入った所にスーロンが作ったテーブルと椅子に座ったが、他の冒険者は手持ちのパンに具を乗せてもらい、サンドイッチにして食べているみたいだ。

ほほ——

屋台の端っこに、硬そうなパンを鋸《のこぎり》で薄切りにしている屋台がある。どうやら皆、あそこで薄切りパンを十枚、とかそんな感じで購入しているらしい。

俺はキュルフェが街の反対側で買ってくれたふんわりパンを千切って野菜炒めの甘酸っぱいタレを掬《すく》って食べている。軟弱者のお坊ちゃんめという視線や、純粋に美味《おい》しそうだなーという視線など、通りすがりの冒険者から投げ掛けられる視線は様々だ。

朝ご飯を食べ終わり、片付けをしている途中に、椅子とテーブルを使いたいと冒険者達から申し出がある。快諾した俺達はテーブルと椅子はそのままに、干し肉や揚げ肉、肉の串焼きを買って、マンヤーマの街を後にした。

折角《せっかく》フル装備になったが、ダンジョン前に疲れてはいけないと、今日は最初からおんぶだ。

装備は道中に魔物が出た時の念のためだと言いつつも、キュルフェがしっかりと兜《かぶと》を着けてくれる。

実際、道中で何度か魔物が襲いかかってきたが、殆《ほとん》どキュルフェが倒して解体し、上から降ってきた魔物は俺に届く前にスーロンが倒した。

でも、一気にいっぱい来たら、一匹くらい俺に噛み付くかもしれない。だから、念のためなんだそうだ。

兄上も、どんな時も準備を怠《おこた》ってはいけない、いつも最悪の想定に備《そな》えとけ！　って騎士団の人に言っていたっけ。

やっぱりあれは、とても大事なことだったんだな。

俺も最悪のソーテーに備《そな》えるんだ！

フン！　と決意を新たにしている横で、スーロンがうひひ、と笑う。

何か面白いものでもあったのかな？　キョロキョロしてみたが、見つけられない。

ダンジョンの入り口脇の簡素な宿屋通りで一室借り、不要な荷物を置いて、俺達はいよいよダンジョンに向かった。

がんばるぞー！　うぉー！

九　白豚令息が出奔《しゅっぽん》！　その時、学園は……!!

学生寮の管理人というと聞こえは良いが、実質、一人で何でも対応する雑用係である。

前庭や中庭の植え替えに草むしり、寮内至るところの植木の管理と水やり。花瓶の花だけは業者だが、それ以外の植物の管理も管理人の仕事だ。

その上、学生への郵便物の仕分け、部屋までの配達、学生から頼まれた郵便物の配達人への受け渡し、寮内の廊下やエントランス、談話室などの掃除、全館冷暖房の管理や設備点検なども全てやらなければならない。

それでも、給料は良いし、庭園を自分好みに作れて、平民平民と五月蠅《うるさ》いガキどもさえ気にしなければ贅沢《ぜいたく》な暮らしだと思う。

そんなことを考えながら、学生寮の管理人――パーカーが静かな時間を楽しんでいると、ドカドカと乱暴な足音が近付いてきた。

「おい！　なに、茶なんか飲んでるんだ！　仕事しろよ！」

何をそんなに苛苛《いらいら》しているのか知らないが、こっちは朝から働いてやっとの休憩なんだ。

大体、一日で最も静かなこの時間帯に何故《なぜ》お前がいるんだ。とっくに授業は始まっているぞ。

そう思って顔を上げたパーカーは、濃い金髪とアイスブルーの瞳を持つ傲岸不遜《ごうがんふそん》な美少年に、ああ、と納得する。

ああ、お前が、あの。と――

目立たないようにだろうか、目深《まぶか》にフードを被っていたらしいが、今はそれを外して、不安そうに辺りをキョロキョロしている。

今日まで鍵を管理人に預けて帰宅していたために、どうしても管理人室に顔を出さなければならなかったのだろう。パーカーが鍵を差し出すと、バッ！　と奪うように引ったくる。

「おい、俺に誰か面会が来ても、絶対に通すな！　誰かに何か聞かれたら、俺はまだ学園には帰ってないって言え。いいな！　誰が来てもだ!!　俺に荷物が届いても不在だと突き返せ！　分かったな！　くそ！　字も碌《ろく》に読めねえ癖に、悠長に新聞なんか読みやがって！　仕事しろ！　仕事！」

「分かりました。そのようにお伝えします」

カウンターから手を伸ばして新聞をぐしゃぐしゃにし、忌々《いまいま》しそうに睨《にら》む美少年に笑顔で応えると、フン！　と蔑《さげす》んだ笑みを浮かべ、彼は足早に立ち去った。

『そのようにお伝えします』

頼み事をしておいて礼もチップも渡さなかった美少年を笑顔で見送り、パーカーは新聞のシワを丁寧に伸ばす。弾みで零れた紅茶も拭き、耳を澄ました。

すぐにドカドカと足音がして、少年が裏口から校舎に駆けていく後ろ姿が見える。

それを確認して、パーカーはすぐに魔報を打ち始めた。

日付、時間、面会が来ても絶対に通すな、まだ学園には帰っていないと言えと命令されたこと、荷物が届いても不在だと突き返すように言われたこと。

そして、どんな服装で校舎に向かったか……

全て書いて、送信する。三十分もしない内に配達人がコートニー侯爵家へ届けるだろう。

ふう、と一つ大きく息を吐いて、パーカーは紅茶を飲み直す。

が、少し考えて、引き出しから取って置きのチョコトリュフを一粒出して、口に放り込んだ。

「ふふっ」

自然と零れる笑みをそのままに、魔法で紅茶を温め直し、パーカーは経済欄の続きを読み始めた。

学園で一番大きな食堂で働く青年——テートが初めて彼を見たのは、新入生が入学してきて暫《しばら》くのことだった。

丸々太った体は豚というより脂肪の塊《かたまり》で、あれを絞ったらどのくらいの脂《あぶら》が取れるだろうか、などと考えてしまったのを覚えている。

こっちは早く仕事を片付けたいというのに、いつもその脂肪の塊《かたまり》は他の学生より遅くやってくるのにもかかわらず、ちんたらもたもた愚図愚図と残り少ないプレートの前を彷徨《うろつ》き、首を傾《かし》げ周りを見回して結局端から数皿を順に取っていくのだ。

そして食べるのも遅い。食べた皿を返しにくるのも遅い。

ただ、一度、空いたテーブルを拭いている時に、他に令息達が誰もいなかったので、布巾を洗いついでに皿を下げてやった。すると嬉しそうに礼を言われたので、ムカつきつつも、そんなに悪い印象ばかりでもなかった。一度下げてやったからといって、皿を放置して退席することもなかったし。

愚図で愚鈍だが、悪いヤツではない。それが脂肪の塊《かたまり》への初期の印象だ。

ある日。虫の居所が悪く、結局、端から数皿を順に取るのにモタモタするのが無性に許せなくなり、テートは脂肪の塊《かたまり》が食堂に入ってくるなり適当に数皿身繕《みつくろ》い、定食っぽくして差し出してやった。

すると素直に受け取って旨《うま》そうに食い、皿を返しに来た時に礼まで言う。

曰《いわ》く、親や使用人から栄養があるものを食べなさいと言われたが、どれが良いのかいつも迷っていたんだそうだ。

しかも、来て早々食べ始めたおかげで、一人だけ居残って何時《いつ》までも食事していることもなかった。

なんだ。

なんだ。そうか。

いつの間にか、テートの機嫌は回復していた。綺麗に食べられた皿を見つめる。

テートが作った自信作、鳥むね肉と野菜のソテー。低脂肪高蛋白を心掛け、さぞかし体型を気にする令息達に喜ばれるだろうと思ったのに、見た目が地味だったのか、全然選ばれなかったソテー。

脂肪の塊《かたまり》に渡すと、旨《うま》そうにパクパクと食われた、俺のソテー。

なんだ。そうか。

それ以来、脂肪の塊《かたまり》にはテートがメニューを決めてやるようになった。

旬のものだとか、自分や他の料理人が旨《うま》くできた！　と言っていたものだとか。

そして、朝や昼をしっかりと食べて夜は軽めにするのが健康に良いと教えると、三食ともこの食堂にやってくるようになった。

いつの間にか、脂肪の塊《かたまり》が来る前に今日のメニューを取り分けて置く習慣ができる。

人気のデザートなどを一品入れる際は、その分、他のメニューを軽めにして。

テートが休みを取る時は、他のメンバーに頼んでバランス良いメニューを取り置いてもらった。

間食もしているのだろうし、長期休み明けは大きくなって帰ってくるが、少しずつ体積が小さくなってきていると他の料理人に言われた時は鼻高々になる。

明日は何を食わせてやろう。気が付けば、仕事終わりにそんなことを考えるまでになっていた。

そんなこんなで一年と少し経った頃。故郷で法要があって五日ほど休み復帰したテートのもとに、料理人仲間が思案気な顔してやってくる。

「あんたのお気に入りのポヨポヨくん、三日前の夕食から急に来なくなったのよ……」

貴族なので、急に親の視察や何だに付いていくことがある。こっちも約束をしているわけではないため、別に構わない。

そう思いつつも、テートはなんだかモヤモヤした気分になる。暇さえあれば、ふうふうと大儀そうに巨体を揺らして脂肪の塊《かたまり》が来るんじゃないかと入り口を確認してしまっていた。

「――テート！　大変よ！　あんたのポヨポヨくんが……！」

事情を教えてくれたのは、噂好きの料理人マダムの一人だ。

隣国育ちのテートには馴染《なじ》みが薄いが、この国には相手を受け入れて子供の基となる核をその身に宿した男性に〝母〟の称号を与える文化がある。例えば、叔父が何処《どこ》かへ嫁《とつ》いでも叔父だが、核を宿せば叔母と呼ばれる。兄、弟も、姉、妹になる。テートは考えるのがめんどくさいので、受け入れそうなヤツの一定年齢以上をマダムと呼び、一定年齢以下をレディと呼ぶ隣国スタイルを選択している。時々、違うヤツを呼んでしまっているらしいが、今のところ文句を言われたことはない。

それはともかくマダムが言うには、絶世の美少年が令息達に人気の別のカフェテリアのど真ん中で、こっぴどく脂肪の塊《かたまり》を振ったんだそうだ。

脂肪の塊《かたまり》はその場を去り、その後、学園からいなくなったとか。

昨日、家族が探しに来たらしい。振られたのは誕生日の三日前だったらしい、等々。

取《と》り敢《あ》えず、誕生日と名前はメモした。

——サミュエルって言うのか。

カフェテリアの従業員は、あの婚約者とやらの美貌なら……と言っているが、正直、金髪やアイスブルーの瞳がなんだってんだ？　アイツだって、綺麗な碧の瞳と絹みてーな白い髪をしているし、あの素直さなら、痩せろと一言言われたらすぐに痩せられそうなもんだろう。しかも、痩せたらあれは大化けするぞ。

一緒に話を聞いていた食堂の料理人達は、若干、テートの剣幕に引き気味だったが、そうだね、と同意してくれる。

くそ。なんだよ……。そんな顔だけ野郎《やろう》のことなんか気にすんなよな……。もしおまえが痩せたいなら、俺が食い応えがあって腹持ちの良い、低カロリーメニューを幾《いく》らでも作ってやるから、早く帰ってこいよな。

腹立ち紛れに鍋の焦《こ》げを落とすテートの肩を、仲の良い料理人が慰《なぐさ》めるようにさすった。

一方、学生寮の管理人からの魔報を受け取ったコートニー侯爵家は、すぐさま、常駐の騎士を王宮騎士団詰所に走らせた。

そして王宮騎士団副団長は、報《しら》せに来たコートニー家の騎士と共に騎士団詰所を辞し、鬼神の如《ごと》き形相で学園に向かう。

——そろそろ、ロレンツォ様が学園にお着きになる頃だろうか。

コートニー侯爵家執事長バーマンは物思いに耽《ふけ》りながら、静かに己の唇を人差し指でなぞる。

ヒュッ……と風を切って、左手の先からまち針が一本、壁に貼られたビクトール・ユトピアの絵姿に突き刺さった。

——ふぅぅむ……。この愚かしい糞伯爵家次男はロレンツォ様が切り刻むから良しとして、問題は坊っちゃんの行方なのです……

バーマンは昨日の報告を思い出す。

「——なに？　奴隷市場へ向かった男がいた？」

騎士や使用人の報告に耳を傾けていた旦那様——フランク・コートニー侯爵はピクリと反応し、聞き返した。

坊っちゃんは移動するにしても、ある程度手段が限られている。まず、どすこい！　な体型のせいで徒歩では殆《ほとん》ど移動できない。必ず目的地すぐ近くまで馬車に乗る。

この時、一度フェイクの目的地に行くようなことは素直な性格の坊っちゃんには思い付かないだろう。

そして、家庭教師が護身の一環として叩《たた》き込《こ》んだ変身魔法。

この魔法に関してはかなりの腕前だが、坊っちゃんの体型と同じか、それより大きな肥満体にしか変身できない。

何故《なぜ》なら、あくまでも見た目を変えているだけで、体積は変わらないからだ。凄腕の諜報員などは身のこなしで体積まで誤魔化すらしいが、坊っちゃんはまず身をこなすだけで一杯一杯である。

なので、我々はまず、馬車を中心に太った客を乗せなかったか聞き回った。

結果、邸前から宝石通りに行って宝石を売り、宝石通りから奴隷市場へ向かったとの足取りが確認される。

「黒髪色白の肥満体で、草臥《くたび》れたシルクハットと燕尾服だったんじゃないか？　そいつは」

旦那様の言葉に、年若い騎士ポールが驚いて頷《うなず》く。

――何故《なぜ》、分かったのかって？　……お前は最近入ったものな。

「サーミが大好きだった叔父のナサニエルだよ。五年前に闇討ちに遭《あ》い、死んだ……。奴隷趣味があってな、よくサーミに奴隷の買い方や奴隷商との遣り取り、奴隷の故郷の話なんかをしていたんだ。サーミはその話を聞くのが好きでね……。だから、多分私やロレンツォなんかより遥《はる》かに、奴隷に関しての知識を持っているだろう。それもあって奴隷を買おうと思ったんだな……」

まぁ限られた予算では雇うより買うほうが安心ですからね。中々良い判断でしょう。

坊っちゃん、一生懸命考えたのでしょうなぁ。

その男の足取りを調べろというコートニー侯爵の言葉に、ポールが続ける。

「はい、実は調べたのですが……契約書のサインはナサニエル・L・フランクでした。が、そのような人物は我が国には存在せず……」

成る程、叔父様、兄上様、お父上の名前をサイン風に書いたのですね。

……ええ、偽名にバーマンが入っていなかったからといって、がっかりなんかしていませんとも。

おっと、脱線してしまった……。奴隷を二人買って、二泊して、消えたのですね。

コートニー家がポーションを産出していることはまだポールには教えていませんでしたからね……

「奴隷のことは忘れろ、太った男を一人含んだ三人組、これを片っ端から調べるんだ。サーミのことだ、奴隷だとは思えない態度で接しているだろう」

調べに奔走《ほんそう》していた騎士や使用人達が、一礼して退室する。

坊っちゃんの安否がかかっているせいか、皆少しオーバーワーク気味です。再び捜索に行く前に、根を詰めすぎないようにと低級ポーションでも配布しておきましょう。

「よりにもよって……ナサニエル叔父上に変身するなんて……」

黙りこくっていたロレンツォが蒼白《そうはく》な顔で呟《つぶや》いたのを、侯爵が優しく肩を叩いて励《はげ》ます。

「大丈夫だ。ナサニエルに変身したからといって、ナサニエルのように死んだりなぞしないさ。とっさに変身するほど叔父を慕っていたんだ。……まぁ、体型が合えば、真っ先に私に変身してくれただろうがな……。サーミは父上が大好きだから♪」

「何を言うんです、その場合、最初は私ですよ。サーミは兄上が一番大好きですからね」

ロレンツォを優しく励《はげ》ましていたのが一転、コートニー侯爵が得意気に言うと、ロレンツォも負けじとサミュエルの一番を主張した。

――でも、体型さえ気にしなければ、一番先はこの私、バーマンだと思いますがね。だってそうでしょう？　お小さい頃からずーっと、見守りお世話して大好きって一番言われたのは私ですからね♪

少し余計な部分まで思い出し、クスリとバーマンは静かに笑った。

だが、と、思考を戻す。

坊っちゃんは帰ることをお望みではないのです……我々に見つけてほしくないからこそ、小まめに姿を変えて置き手紙だけを残して旅立たれたのです。

バーマンはまち針を指先で弄《もてあそ》び、チラチラと反射する光を眺《なが》めて思案する。

――侍従長のアマンダなんかは、見つけたら即連れ帰り、領地の別荘に箱庭のような空間を作って坊っちゃんを秘匿《ひとく》しようとするに違いありません。旦那様も、ロレンツォ様も、このまま行けば、それを是とするでしょう。しかし、それが本当に坊っちゃんのためでしょうか？

『いいかい……、可愛い子には旅をさせよ。って言葉があってね……』

昔、祖母に言われた言葉が脳裏に甦《よみがえ》る。

サミュエルは素直だ。旅に出たいだけなら、バーマン達使用人に供を頼んだだろう。

だが、一人で黙って出ていった。

――それを我々が、坊っちゃんが心配だから坊っちゃんに会いたいからと連れ戻して、……果たしてそれは、坊っちゃんへの愛でしょうか。エゴではないでしょうか？　本当に愛しているならば、心労を甘んじて受け、坊っちゃんのされたいようにさせてあげるのが良いのではないでしょうか……

そう考えてツキツキと痛む胸を抑え、バーマンは元凶の絵姿にまち針を数本投げる。

勿論《もちろん》、何かあった場合に備《そな》えて見守ることは必要だろう。

——だが、少々のお怪我は覚悟して、変に手を出さないように、お命の危険以外はぐっと我慢して見守らなければ……お祖母様、あの言葉、そういうことでしょう？

息子達を独り立ちさせる時にすら感じなかった心労を味わいながら、バーマンはそっと嘆息する。

ポールは鼻が利く。もし、サミュエルの手懸りをみつける者がいるとしたら、それはポールだろう。まず自分に報告するように指示をして、暴走する者が出ないように手配した。

次の報告でどのような状況で過ごしているかを確認して、それ如何《いかん》で判断することに決める。

何故《なぜ》だか、サミュエルなりに上手に旅をしている気がしてならないのだ。

「お小さい頃から見てきた長年の経験、ですかねぇ……」

——そう、あんなに小さかった坊っちゃんも、十四歳になられたんですよね……。とてとてと私の後ろをひよこみたいに付いてきてお話されていたのが、昨日のようですのに……それが、学園に通い恋に破れて家出をするんですから……

「私も老けるはずです……」

パチン！　とバーマンが指を鳴らすと、ビッシリ隙間なく刺さったまち針が独りでに容器に帰り、絵姿がはらはらと落ちながら燃えて灰になる。

ふうっ……と大きく深呼吸したバーマンは軽く身なりを整え、執務室を後にした。

──取《と》り敢《あ》えず、坊っちゃんが少々危うくても手を出さずに見守れる、忍耐強く忠誠心に溢れた者を集めなければ……

寮でさっと男爵家の令息辺りが着ていそうな地味めの服に着替えると、俺──ビクトール・ユトビアは足早に校舎に向かった。

自慢の金髪は、何時《いつ》ものように風に靡《なび》かせることはせず、後ろに撫《な》で付《つ》け、帽子で隠している。

背を丸めキョドキョドと辺りを警戒しつつ進む俺の姿は、美しい容貌を晒《さら》して傲然《ごうぜん》と振る舞う何《い》時《つ》もの姿からは想像もつかないだろう。

くそっ！　まるで鼠《ねずみ》にでもなった気分だ！　すれ違う学生全てが敵に見える。

時々、此方《こちら》を見て、あっ！　という顔をする令息がいるが、それらを睨《にら》み付《つ》けたり顔を隠してコソコソとやり過ごしたりして、校舎の廊下を進む。

どうやら、俺がロレンツォ・コートニー騎士団副団長の決闘の申し込みから逃げ回っているという話がちらほら漏れ始めているようだ。

実際、俺は逃げ回っている。

邸に届いた果たし状を読み、直後にそれを燃やして配達人が紛失したことにし、領地に逃げた。

邸にも領地にも連日果たし状が届いたが、ユトビア伯爵《ちちうえ》はのらりくらりと俺の行方を誤魔化し、コートニー侯爵家の者が領地に押し掛ければ王都に、王都に押し掛ければ別宅や別荘に、または狩猟をしに隣の領に行ったと誤魔化し続けた。

だが、コートニー侯爵家からの果たし状が止《や》むことはなく、父上が挙げた全ての場所に果たし状を預かった騎士達が来て人の出入りを監視し始めたため、俺は逃げ場を失った。

途中から王都の邸の屋根裏に匿《かくま》ってもらっていたが、複数人の騎士が入れ替わり立ち替わり邸周りを彷徨《うろつ》き、何かにつけて父である伯爵に話があると邸内に立ち入り、敷地内外で使用人に話を聞きたいと声をかける。いやらしいほどじわじわと迫る包囲網に頭がおかしくなりそうになった。そうして学園に逃げてきた、というわけである。

ほとぼりが冷めるまで果たし状を受け取らず、決闘の申し込みなど知らなかったという体《てい》で乗り切るつもりだったのに、向こうはどうあっても決闘を受け入れさせるつもりらしい。

学生寮に潜《ひそ》めるのも、この分じゃ二、三日持つかどうか……

仲の良い令息に匿《かくま》ってもらいたかったのだが、先程、以前仲が良かった数人が此方《こちら》を認識するなり逃げていった。

陞爵《しょうしゃく》が内定した際など、ビクトール侯爵令息〜！　なんて言ってゴマをすってきていたのに、全く薄情なヤツらめ!!

もう、頼れるのは、彼だけだ。

愛しいエンゼリヒト・パインド男爵令息。

俺は帽子を目深《まぶか》に被り直して、足早にエンゼリヒトの教室を目指した。

「――エンゼリヒト……！」

教室から勢い良く出てきた男爵令息の腕を捕らえ、小声で呼び掛ける。

「あれー⁇　おはようございます‼　ぴくとーる♡さ♡ま♡」

デカイデカイデカイデカイデカイ‼　声がデカイよ‼

「シー！　声がデカイ……！　早くこっちへ……！」

慌てて声を抑えろと頼んだのに、きょとん顔だ。

いつもは愛くるしい骨の髄《ずい》まで蕩《とろ》けるような仕草が、今日だけは小憎らしい。

頼む！　察してくれ‼　潜《ひそ》めてくれ‼

「え⁇　もー強引～♪　何ですか？　何処《どこ》行くんですか⁇」

あああああああ‼　頼むからぁぁぁぁ‼

「エンゼリヒト、聞いてくれ！　声を抑えてくれ……‼」

俺は急いでエンゼリヒトの口を手で塞《ふさ》ぐと、必死に訴えた。

「むー！　むむー？　むむんふむ⁇」

漏れ出る声もデカイ！

くそ！　何人かが思惑ありげにこっちを見てやがる！

いつもは陰でコソコソしているくせに、獅子《しし》が弱ると見るや喰らい付こうとするハイエナ共が‼

俺はエンゼリヒトをそのまま人気《ひとけ》のない階段裏に連れ込み、その愛らしいアンティークローズの瞳をしっかり見て、ゆっくり、ハッキリ、噛み砕くように言った。

「エンゼリヒト……俺は今、追われてるんだ。小さい声で喋《しゃべ》ってくれ……。だから、いつもと違って、変装してるんだ。ほら、目立たない格好してるだろう？　周りの令息は皆、敵だ。信じられるのはお前だけなんだ……！」

俺はいつもなら絶対しない自分の格好を指差す。

エンゼリヒトがこくこくと頷《うなず》くので、そっと手を離――

「ビクトール様はどんな格ふんむっ……」

わ――――!!　デカイ！　声デカイ!!

「エンゼリヒト……いつもの元気なお前は可愛いけど、お願いだから、声を小さくして。頼むよ！　ほら、俺は囁《ささや》き声で喋《しゃべ》ってるだろう？　お前も囁《ささや》き声で喋《しゃべ》ってくれ……！　それと、俺の名前も呼ばないでくれ。いい？　ビクトールと言ってはいけないよ？　分かる？」

ああ、チガウヨ……！

見つめ合っているからって、そんな蕩《とろ》けた顔にならないでくれ……！　その顔はメチャクチャ可愛いけど、今はチガウンダヨ!!

頼むよ！　こんなに話が通じなかったっけ??　いや、そんなことはない。じゃあ、どうして今日だけはこんなに話が通じないんだ!!　神よ!!

「エンゼリヒト！　真面目に聞いてくれ！　頭使って！　俺の話の内、容、を、理解してくれ！　頼むよ！　助けてくれ！　お前しか頼れないんだ！　ＯＫ？」

エンゼリヒトが可愛くこくこくと頷《うなず》くが、俺は怖くて口を塞《ふさ》いでいる手を離せない。

「いいか、真面目に、今、俺は見つかると、死ぬ」

理解できた？　理解できた??

エンゼリヒトを探るように見つめるが、いつもの可愛い顔でこっちを見ている。不安が拭《ぬぐ》えない。

普通、死ぬって言われたら、もう少し顔色が変わらないだろうか……。

だが、もう頼れるのはコイツしかいない!!

「俺は見つかりたくない。お前の部屋か、お前の邸か、お前の領地に匿《かくま》ってほしい。取《と》り敢《あ》えず、今日はお前の部屋に匿《かくま》ってほしい。……いいか？」

エンゼリヒトは真っ赤になってこくんと頷《うなず》くと、俯《うつむ》いてモジモジしだした。

俺は口を塞《ふさ》いでいた掌《てのひら》で頬をぐっと掴んで上を向かせ、もう一度言い聞かせる。

「エンゼリヒト？　本当に勘弁してくれ。こっちは死にかけてるんだ。淫《みだ》らなお誘いじゃない。OK？　いいか？　俺をビクトールと呼ばない。囁《ささや》き声で話す。俺と一緒に隠れて行動する。俺を部屋に匿《かくま》う」

俺は指を折ってエンゼリヒトに要点を伝えた。

やっぱりこくこくと頷《うなず》かれる。

そっ……と手を離すと、デカイ声では喋《しゃべ》らなかった。ホッ……

「えと、分かりました……。から、お昼ご飯食べに行きましょう？　早くしないと、カフェテリアの席埋まっちゃいますぅ」

はぁ……。俺は徒労感に襲われ、大きく溜め息を吐く。

「エンゼリヒト？　俺は隠れてるんだ。カフェテリアにはいけない。目立たない食堂に行こう」

そう言うと、エンゼリヒトは不承不承とだが従ってくれた。

あー疲れた……

だが、食堂に着いて早々に、俺は後悔することとなる。

まず、目立たない食堂と言ったのに、一番デカイ食堂じゃなきゃ嫌だと駄々《だだ》を捏《こ》ねられた。

まぁ、ゴミゴミしているほうが逆に見つかりにくいかも、と考え直して入り、端の席を取ろうとする。しかし、これまた、真ん中の目立つ席を主張された。

目立ちたくなかったので渋々席に着いたが、こっちは気が気じゃないってのに、何か買ってきてくれと頼んでもイヤイヤをされる。

「どうしてですか⁇　いつも、僕にはこんな重いもの持つ必要ないからここで待っててと言って、ビクトール様が買ってきてくれてたじゃないですか！　僕のこと、大事じゃなくなった？　もう、お姫様とは思ってくれないの？」

きゅるるん？　と音が出そうなほど潤《うる》んだ瞳で上目遣いをするエンゼリヒトはとても可愛い。

可愛いが、俺は隠れていて、見つかれば死が待ってる。

そんな俺を大事と思ってくれないのだろうか。

お姫様だって、王子様のピンチにこれくらいは助けてくれるんじゃないだろうか……

「だから、俺は隠れてるんだってば……。頼むよ、エンゼリヒト……。ここんところ、まともに食べれてないんだ……！」

俺はもう泣きそうだ。

騎士が居座ったせいで屋根裏にまともな食事を運んでもらえず飢えに飢えた俺は、様々な飯の匂いが充満したこの食堂にいるだけで耐え難い空腹に襲われているというのに……！

「もう！　ビクトール様ったら、ワケわかんないことばーっかり！」

ビクトールという言葉に、近くでゴミ箱の中身を入れ替えていた従業員がグルン！　と振り向いた。射抜くように、探るように、強烈な視線を送ってくる青年に、俺はすっかり竦《すく》み上がる。

ここにいたら密告される。もう食堂から出ようと席を立ち、数歩歩いた時だった。

不意に食堂の入り口付近が騒がしくなる。

何だろう、そう思った瞬間。人混みが俺の正面でパッカリと花道のように割れた。

「――!!」

俺は弾かれたように横に走り出す。

何故《なぜ》なら、割れた花道の先、俺の正面に、鬼の形相のロレンツォ・コートニー侯爵家嫡男がいたのだ。

ガシャン！

「クソ！　どけよ!!」

「あ、すみませぇーん」

クソ！　走り出すのと同時に、さっき俺を睨《にら》んできた従業員がどでかいワゴンで道を塞《ふさ》ぎ、俺は止まらざるを得なくなる。急な動きに対応できない愚鈍なヤツらがオタオタと他の道も塞《ふさ》いだ。

苛立《いらだ》って振り返った直後、目の前にふわりと白いものが浮かび、避ける間もなく、ロレンツォ・コートニーの拳がその白いものごと俺の頬を殴った。

衝撃で俺は後ろに倒れ、ワゴンと一緒にズゴゴゴッッ!! とふっ飛ぶ。そのままでかくて硬いワゴンでしこたま頭を打つ。ワゴンがなければ、食堂の端までぶっ飛んでいたかもしれない。

初めて受けた本気の暴力に、一気に手足が冷え、ブルブルと震える。

「あ、あ——っと!!」

その直後、棒読みな声と共に、横からベチャベチャと何かが振りかかってきた。

臭い!

残飯やら飲み残しやらがぐちゃぐちゃになったモノを掛けられたらしい。
コ、コイツ——! 何すんだよ平民野郎《やろう》! と思ったが、すんごい顔で彼が睨《にら》んでいたから慌てて目を逸《そ》らして、己の現実に向き合う。
「やぁっと会えたな、ユトビアの糞蛆虫《くそうじむし》が……! さぁ、決闘だ」

あああ……

ロレンツォ・コートニー——少し前までは義兄上《あにうえ》と呼んでいた存在が、一歩、一歩、近寄る。

ひたひたと這《は》い寄るような昏《くら》く凍る本物の殺気を浴びせられた俺は、こっそり失禁してしまった。

だが幸い、ホカホカの残飯と飲み残し混合液の酷《ひど》い臭いと汁気のせいで、気付かれなかったみたいだ……

すぐ前まで来たロレンツォ……様が、俺を汚物を見るような目で……

あ、すごく嫌そう。

俺から少しずつロレンツォ様のほうに行こうとしている汚汁の水溜まりをそっと避け、俺の襟首を掴もうとして指先がピクリと躊躇《ためら》う。顰《しか》めた顔のまま、ジロリと近くで見ている件《くだん》の従業員を睨《にら》んだ。

ズキズキと左の頬が痛む。汚物まみれで床にへたり込んで失禁して。なんて惨《みじ》めなんだ。

世界一可哀想。

その言葉が今の俺に相応《ふさわ》しい気がして、そんな自分にうるっと来る。

すると、さっと俺の顔面と頭部に浄化魔法をかけた後で、ロレンツォの糞野郎《やろう》が俺をアイアンクローで持ち上げた。

「いいだだだだだだだ……!!」

頭蓋がミシミシと軋《きし》む音がする。百九十近い長身に高々と持ち上げられて、俺はジタバタと足掻《あが》く。

俺から飛ぶ汚物の汁やカスに、近くの野次馬が慌てて下がる。

「さて、ビクトール・ユトピア。お前のせいで可愛いサーミは傷つき、家出したんだ。その罪、単純な死で償《つぐな》えるとは思うなよ……」

「へ……？」

え？　サミュエルが、家出……？

頭蓋の痛みも忘れて呆然とする。

実は俺は、あの一件の四日後にエンゼリヒトと一緒に領地に小旅行に行き、帰ってくるなり、父である伯爵に身を隠せと言われたため、この時までサミュエルが行方不明だとは知らなかった。全然授業に出てこなかったので、てっきり家に引きこもって泣いてでもいるんだろう、くらいに考えていたのだ。

この決闘騒動も、悲しんでいるサミュエルに憤慨《ふんがい》した周りがロレンツォを焚き付けたに違いない、少し逃げ回っていれば、サミュエルがロレンツォを宥《なだ》めてくれると予想していた。

それに、うちはもうすぐ侯爵家になる。そうすれば対等なんだ、少々向こうがごねたって突っぱねられる。とかも思った。

なんなら、捕まったら死だとか言ってはいても、死ぬかと思った！　ほどの酷《ひど》い目には遭《あ》うだろうが、本当に死ぬことはないと考えていた。

でも、でも、サミュエルが家出……？

サミュエルを溺愛している侯爵、ロレンツォ、使用人のもとに、サミュエルがいない、だと……？

それって……

「家出……してたん、ですか。……それで、もう、見つかっ……たん、ですよね……？」

口の中がカラカラになり、一縷《いちる》の望みを賭けて聞く。

「ああ、すぐに見つけて、今は領地の別邸で静養しているとも……」

虚《うつ》ろに響く声と、どんどん昏《くら》くなっていく瞳に、表向きは静養していることになっているが、まだ帰っていないことを悟る。

そんなの、俺、本当に死ぬじゃん……！

初めて感じる死の予感に、俺は絶叫した。

目から、人はこんなに目から水が出せるのか、と思うくらいに涙が溢れる。

「嫌だァァ!! 離せ! 死にたくない!! 死にたくなァァい!!」

必死に身を捩《よじ》って暴れる。野次馬共が呆れだったり驚きだったりの声を上げるが、そんなもの糞喰らえだ。両手両足を精一杯振り回す。

「ああ!? お前も貴族の生まれなら決闘を受けろ!! さあ! 手袋を取れ!!」

「いぃいぃいやだぁぁ!! 取っだら死ぬ! 取っだら死ぬぅぅ!!」

ちっ、とロレンツォが舌打ちをするのが聞こえても、なりふり構わず喚《わめ》く。

「ビ、ビクトール様!? どうしちゃったんですかぁ!!」

甲高《かんだか》く少し舌っ足らずな声に、ロレンツォがピクリと反応する。目を動かして見ると、エンゼリヒトが野次馬を掻き分けて出てきたところだった。

ダメだ! 逃げろ!

「エ、エンゼリヒトォォ!!」

「……ああ、貴様が婚約者がいると知りながらもコイツに色目を使ってた男爵家の庶子か……。こんな屑《くず》を夫にしなくて済んだのはありがたいが、うちのサーミが傷つくとは思わなかったのか? 靡《なび》くコイツもコイツだが……」

「ヒッ! ……びくとぉる、さまぁ……ぁ、ぁぁ……ぅ、……ぁゎゎ……」

パッと手を離され、俺は結構な高さから尻餅《しりもち》を着く。

ロレンツォが長い足で一気に距離を詰めると、その鬼神めいた気迫が恐ろしかったのか、エンゼリヒトは後退《あとずさ》ろうとした。けれど、足が縺《もつ》れたらしく、その場からほぼ動かないままへたり込む。

「あ、ああ～……ぅ、グスッ……」

どうやら彼も失禁してしまったようだ。

ロレンツォがすごく嫌そうな顔で足を止め、周りの野次馬がスーッと離れていく。

俺の可愛いエンゼリヒトが嘲《あざけ》りと好奇の視線に晒《さら》されているというのに、俺は助けに行こうとすらできなかった。

失禁なんて、俺だってさっきしちまったっていうのに。

俺はこの隙に逃げることしか考えられない。

そっと逃げようと這《は》い出《だ》した俺の前に、油汚れがついた白いズボンが立ちはだかる。さっきの従業員が射抜くような視線でこちらを見下ろしていた。

「ぉ、俺がお前に何したってんだよ……」

悔しくて、涙が溢れる。何だってんだ、そう思って呟《つぶや》く。

「俺が毎日飯食わしてたヤツがな、お前に世話になったらしくて」

怒りを滲《にじ》ませた笑顔を貼り付けて言うソイツは、侯爵家の使用人達と同じ目をしていて。ああ、学園に逃げ込んだのが間違いだったな、と俺は肩を落とした。

後ろでは、サミュエルを嘲笑《あざわら》ったとかで令息が二人くらい突き出されていたが、俺はもう泣くしかできない。

サミュエル、どうして家出なんてすんだよ。

寮から校舎に来るだけですごく時間がかかる癖に。

一人で街に出ることも、買い物すらしたことない癖に。

ああ、でも、まだ体型がコロコロ程度だった頃は、植え込みの中まで蟻《あり》を追い掛けてみたり、庭の飾りの橋の下に潜り込んでみたりして泥だらけになってたっけ……

意外とある行動力は、健在だったんだな……


騎士団詰所から急いで学園に駆け付けた俺、ロレンツォ・コートニーは、逃げ回る鼠野郎《ねずみやろう》をやっと追い詰め、どう料理してやろうかと考えながら校舎と校舎の間を歩いていた。

俺の姿を見かけて、子爵家辺りの服装をした少年が「こっちです！」と案内してくれる。何人かの少年達が現在のヤツの居場所を確認しにいき、斥候《せっこう》と伝令役をしてくれたおかげで、最短でヤツがいるという食堂に辿り着けた。

が、まさかこうも最悪な展開になるとは。

食堂に入るなり、少年達がヤツの所まで道を開け、逃がさないとばかりに従業員がワゴンで進路を塞《ふさ》いだのまでは良かった。

俺が白手袋を投げつけ、挨拶《あいさつ》代わりの一発を喰らわせた直後、あろうことか従業員が残飯をヤツに浴びせやがった。臭い！

まったく、まだまだ殴り足りなかったのに、何をするんだ……

お前はこれを触れと言うのか、と睨《にら》み付《つ》けると、当の従業員はちょっと失敗したかなぁ〜みたいな顔して目を逸《そ》らしやがった。

触る所に浄化を掛け、吊し上げるも臭い臭い。しかも、暴れて汁やカスを散らすし。途中から鼻水や涙を撒《ま》き散《ち》らして泣《な》き喚《わめ》くし……

更に、ビクトールに手を出したとかいう男爵庶子のクソガキは、人がちょっと小言でもしてやろうかと思った直後にションベン漏らすし。

騎士団や合同演習する軍の兵士達との会話では、ションベン臭いガキなんて言ったりするが、本当にションベン臭いガキを見たのは初めてだ。最近の学生は一体どうなっているんだ??

それとも、十年経って忘れただけで、この年齢の少年達の膀胱《ぼうこう》はこんな緩さなのか??

頭が痛い……愛しいサーミをギュッと抱き締めて癒されたい……

「ロレンツォ副団長、お久し振りです！　これ、あの日、坊っちゃんを嘲《あざけ》った二人です」

「キャアァ！　ちょっと！　何すんのォ！」

「イヤァ！　痛ァい!!」

何処《どこ》かで見たことある顔の少年に突き出され、ヒラヒラフワフワした身なりの少年二人がべしゃっと俺の近くに這《は》いつくばる。見るからに軟弱そうなヤツだ。

「ヘンリーとアルフレッドの弟、ミカエル・ハンソンです。いつも馬鹿兄上二人がお世話になってます♡」

「ああ、ハンソン家の三男か。久し振りだな。ヒラヒラくねっとしてるから誰か分からなかった。

レイピアはまだ続けているのか？」

「ヤァダァ♡　見てくださいこのキレイな手。レイピアなんてとっくに辞めました♪　アタシは汗臭い脳筋とは違うんです。華奢《きゃしゃ》な体と可愛い容貌で、素敵なお嫁さんになるんですから♪」

その割には少年二人を軽々と掴んで前に突き出していたが、言ったら怒りそうなので止《や》めておいた。

「ちょっと！　ミカ！　裏切るの？　!?」

「酷《ひど》い酷《ひど》い――――！　ミカなんか絶交よぉ！」

金髪ボブの少年と赤毛の巻き毛の少年がガクガク震えて泣きながら騒ぐ。ギャアギャァと五月蝿《うるさ》いな……

「アンタ達、アタシがちょっといない間にやらかすんだもん。流石《さすが》にもう庇《かば》えないわ。いつも、坊っちゃん馬鹿にしたらダメ！　ビクトール様に粉かけちゃダメ！　って止めてあげてたのに、どーして言うこと聞かなかったのよ……」

「ミカエル、すまないが、ソイツらや他の不届きな少年達は纏《まと》めてリストにして、ヘンリーとアルフレッドに渡しといてくれないか。もう、練兵合宿所に突っ込んで名誉毀損だかなんだかで家に賠償請求するよ。俺はこれ以上ションベン臭くなりたくない」

俺がうんざりと伝えると、ミカエルが意外そうな顔で聞いてきた。

「あれ、それだけなんですね。てっきり、魔法薬の供給拒否とかするかと……」

「何言ってる、我が家門の天使を馬鹿にしたヤツに渡す薬などない。そんなこと、そのリストに載った時点でデフォルトで処される事柄だ」

あ、そうでしたか……、と呟《つぶや》いて嘆息するミカエルを尻目に、踵《きびす》を返す。

さて、あっちで泣いている汚物まみれの糞ガキの番だ。

「あーあ、アンリのフワフワ巻き毛とジェインのサラサラ金髪ともお別れかぁ。いっぱい撫《な》でとこお♡　あ、髪の毛くれたらウィッグに仕立てとくよ？」

「な、ミカ、何の話よ……」

「アンタ達やそこのお漏らしくんはね、練兵合宿所行きだって♪　向こうにも学校あるから転校ね♪　バイバイ！　向こうは皆ボーズが決まり♡　この髪の毛にもバイバーイ♡　コートニー家は国中いーっぱい恩売ってるから、もう決定したも同然よ。頑張ってね♪　え？　知らなかった？　割と知られた話なのに⁇　アタシも何回も教えてあげたのに⁇　人の話をテキトーに聞き流すからこーなるのよ……？　ほら、そう落ち込まないで。きっと楽しいわよ。平民も貴族も関係なく、汗臭い脳筋共に揉《も》まれてしごかれて、怪我しても魔法薬は使えないけど。あ、そうだ、坊っちゃん馬鹿にしたヤツ全員送られるらしいから、寂しくはないわね♪」

「「いや、ヤダァ！　イヤよぉ！　ボーズはイヤよ！」」

「髪の毛だけじゃないわ、玉《たま》の輿《こし》に乗る夢もバイバイよ♪　アンタ達、玉《たま》の輿《こし》どころかお嫁に行けない体にされちゃうのよ♡　中途半端に鍛《きた》えて傷だらけで、日に焼けて、……どう？　アンタ達が狙ってた令息は軒並《のきな》み相手してくれなさそーよね。それでいて、元がもやしだから婿《むこ》需要も見込み薄……。精々頑張って性格も体も鍛《きた》え直して、可愛いお嫁さん貰《もら》えるように頑張るのね♪　学園で人気のオネエトリオ解散！　なんて寂しいけど……、向こうでも元気でね♪」

後ろからミカエルの楽しそうな声とギャーギャー五月蝿《うるさ》い喚《わめ》きが聞こえるが、ほっといて糞ガキ、ビクトールの頭を掴む。

「お前は俺と来い」

「ヒィイ!!」

短く言って襟首を掴むと、なんとも情けない声を上げてまた暴れ出す。

止《や》めてくれ、俺、浄化はそんなに使えないんだ。うわ、臭いな！

「ごめんなさい！　許してください！　許して！　許してって!!　許じでよぉぉぉぉ!!　死にだぐないぃぃぃ！」

「またか」

「ヤダヤダヤダヤダ！　死ぬぅ!!　死にだぐない!!」

ズルズルと引っ張って帰ろうと思うのに、猿の赤ん坊みたいにゴミ箱にしがみついて泣きながら離さない。仕方なくしっかりと襟首を掴んでゴミ箱ごと引きずる。

「僕まだ十四歳!!　僕まだ十四歳ぃぃぃ!!　じゅうよんざいだがらぁぁ!!」

「……はぁ!?」

ビクトールの絶叫に俺の周囲も目が点になる。

「じゅうよんざいだがらぁぁ!!　許じでよぉぉ!!」

呆気《あっけ》に取られて手が滑り、掴んでいた襟首が離れて、ゴチ！　とビクトールが頭を打つ音が響いた。ヤツは気にする素振りもなく、そのまま仰向けでゴミ箱を抱き締めた格好でじたばたグルグルと回り泣き叫ぶ。

「……仕留め損なったゴキブリみたいだ」

ボソリと呟《つぶや》いた従業員の言葉に思わず、ああ、あのひっくり返ってクルクル回って藻掻《もが》いてるヤツな！　ハハハ分かる分かる♪　と考えた。野次馬も何人か、ああ、みたいな顔をしている。

残りの奴らはまず、ゴキブリなんか見たことがないんだろう。サーミも図鑑でしか知らないだろうしな。

疲れた……。なんだか物凄《ものすご》く疲れた……

そう感じつつ、未だジタバタ喚《わめ》き散《ち》らしているビクトールの腹の上のゴミ箱に、軽くかかと落しを喰らわせると、グケェエッ！　みたいな声を出して大人しくなった。

頭を掴んで、引《ひ》き摺《ず》る。

ちょっとピクピクしているが、もうゴミ箱を抱き締める力はないようだ。

「なぁ」

帰ろうとしたところ、件《くだん》の従業員が口を開く。

軍や騎士団ではままあるから俺は気にしないが、貴族に話し掛ける口調じゃないぞ。

振り返ると、彼は真剣な目をして此方《こちら》を見ていた。

「なんだ」

「そいつを痛め付けて、俺らはスッキリするけどよ……。アイツは、……アイツはそれを喜ぶのか？」

思わず手に力が入り、みしりと、手の中の骨が軋《きし》む音がする。

ビクトールが何かを叫んで再び暴れ出したが、構わず、生意気な従業員をただ睨《にら》み付《つ》けた。

サーミが、喜ぶのか。だと……？

くそが！

くそが!!

そんなこと……！

「……何もせず済ませと言うのか……？」

逆に問うと、そうじゃねぇけどと歯切れが悪くなる。

「……アイツが気付かないような形でやれよ……」

言うに事欠《ことか》いてそれか。くそっ！

「言われんでも分かってる……」

それだけ言って、俺は食堂を後にした。

自分の言葉に自分で失笑する。

分かっているが、それでも抑えられない衝動に従う気満々だった癖に。

苛苛《いらいら》と大股に歩く俺の背後で、ビクトールがみっともなく騒ぎ喚《わめ》いて、あちこちの角やら廊下の飾りに引っ掛かる。

更に苛《いら》ついて、ブン！　と壁にぶつけて黙らせた後、胸倉を掴んで思いっきり睨《にら》み付《つ》けた。

「……やはり、お前は美しいな」

ビクトールがしゃくりあげながら、俺の言葉にきょとんとする。

何か言ってやろうと思って顔を見たのだが、左頬を腫《は》らして涙と鼻水と涎《よだれ》とでぐちゃぐちゃになりあちこちに食べ物のカスを付けて悪臭を放っていても、それでも隠せない美しさがあった。

ビクトールは美しい。見た目だけなら、この国随一だろう。

今は絶世の美少年といったところだが、成人する頃にはどれほど美しい男になるかと、国中の貴族が楽しみにしていたものだ。

洗練された所作に気配りもできて、スポーツも学問も成績優秀、サーミに相応《ふさわ》しい完璧な婿《むこ》だと思っていたのに。

この美しさのせいで、他から粉かけられ、美しさを鼻にかけて、傲然《ごうぜん》とサーミを傷つけたのでは。

そう考えて、思い付く。

そうだ、そうしてやろう。

俺はニッコリ笑うと、ビクトールの頬を回復魔法で治してやり、ヤツの全身を、ついでに俺にも浄化をかけて綺麗にする。

ちょうど、すぐそこに姿見があったので、連れていって、さっと身なりを直してやった。

「ほら、見てみろ。どの角度から見てもお前は美しいと思わないか？」

「え、……？　あ、ありがと、う……ございます……？」

ほら、ちゃんと立って見てみろよ、と言って髪を整え、色々な角度からキメ顔を見せてやる。

少し嬉しそうにポーズを変えて自分の美しさを惚《ほ》れ惚《ぼ》れと眺《なが》めるビクトールに反吐《へど》が出そうだ。だが、この美しい姿も見納めだと思うと、寛大になり、俺もこれだけ完璧な容貌なら惚《ほ》れ惚《ぼ》れと見たかもしれんと我慢した。

「よし、自分の美しさを堪能《たんのう》したか？　うん？　どうだ？　ちゃんと、右からのも左からのも目に焼き付けたか？」

「えへへ…………はぃ？　……ウゲェッ!!」

ヘラヘラと嬉しそうに笑うビクトールをそのまま鏡に押し付けて、グリグリと力を込めながら囁《ささや》く。

「しっかりと目に焼き付けとけよ……。今日でこの美しいビクトールとはおさらばだ。ほら、お前は将来騎士団に入りたいって言ってたろ？　入れてやるよ。今日から騎士見習いだ。少々顔の骨が変形するくらい、訓練は過酷だが……、夢が叶うんだ、どうってことないだろ？　そう、怯《おび》えるなよ。こんだけ元が美しいんだ。そんな不細工にはならんさ……」

絶望の表情で涙を一筋零すビクトールは、背筋がゾクゾクするほど美しかった。

全く、見た目だけ野郎《やろう》め。

次の婚約者は見た目より中身を重視して、サーミを本当に愛しているか、しっかり、しっかり、し―――っかり確かめないと、だな。

十　白豚令息、黒の嵐を巻き起こす

王都で、兄上が俺に会いたいと嘆きながら馬でトボトボとビクトールを引《ひ》き摺《ず》って邸への帰路についている頃。俺、サミュエル・コートニーは、ビクトールのことなんかすっかり忘れてダンジョンに突入していた。

マンヤーマの隣、ウメシのダンジョン二層目にキュルフェの絶叫が響き渡る。

「サ――ミュ！　ダメです!!　やめてぇぇぇ!!」

「わー！　待て!!　えい！　えい！　ぎゃゎ！　飛んだ――！」

「おい、そこなデブ！　それは魔物ではない！　繰り返す！　それは魔物ではない!!　うぎゃぁぁぁ!!」

「おい！　ミューをデブ呼ばわりとは良い度胸だな！　って、ミュー!?　何してる？　早く帰ってこい！」

「ぇ、何？　コウモリかなん……いやぁぁ！　ゴキブリ！　ゴキブリめっちゃ飛んできてるぅぅ!!」

「ヒエエ――!!」

「逃げろ！」

「「うわぁぁ――！」」

「ミュー！　帰ってこい！　ミュー!?」

訂正する。そこら中の冒険者の絶叫が響き渡った。

俺はダンジョンに棲《す》むゴキブリの総本山みたいな巣を刺激したらしく、大量のゴキブリが乱れ飛び、足元を這《は》い、二層目が地獄に変わる。

ごめんね。

魔物だと思って攻撃したら、なんか皆が怖がるし何かいっぱい出てきたんだ。皆が怖がらないように燃やそうと、火炎球をぶちこむ。

そのせいで、まさか、もっと大量に出てくるとは想像もしていなくて。

皆にしこたま怒られた俺は、拳骨を喰らって痛む頭を押さえて、謝った。

「ごめんなさい……」

俺に拳骨したドワーフがふうっと溜め息をつく。

「まぁ、初めてのダンジョンで浮かれてたのなら仕方ない。だがそもそも、ダンジョンは浮かれたら死ぬような場所だ！　ちゃんと大人の言うことを聞け！　一人で考えるな！　一人で行動するな！　いいな⁇　今回だって、おめぇの兄ちゃん達はちゃんと、止《や》めろ！　帰ってこい！　って何度も言ってたぞ？　なのに、どうして火炎球ぶちこんだんだ？　問題なく思ったのかもしれねぇが、お前はまだ何もダンジョンのこと知んねぇんだ。お前の知らない問題があるかも、と考えろ。ちゃんと言うことを聞かないと、もう連れてきてもらえないぞ？　それが嫌ならちゃんと言うことを聞け！　分かったか？」

「……はい。ごめんなさい……」

「分かったんなら良い。皆もう、いいな？」

ドワーフが周りを見渡すと、集まっていた冒険者が口々にそれで良い、とか、次から気を付けろよ、とか言って去っていく。

ドワーフは最後に頭を撫《な》でてから飴《あめ》をくれ、「ダンジョンは危ねぇ。気を付けるんだぞ？」と言って手を振って去った。

「キュルフェ……スーロン……ごめんなさい。俺、ゴキブリって見たの初めてで……。なんか楽しくて……」

ちょっとボロボロになった二人に浄化をかけながら謝ると、優しく頭を撫《な》でてくれる。

「ゴキブリで良かったよ。あんな大量、魔物だと危なかったからな。次からはちゃんと言うことを聞いてくれな？」

「まったくですね……。ゴキブリは最悪だと思ってましたが、あれが魔物なら、一番弱いヤツでも危険な量でした。それを考えたら、ゴキブリで良かった……」

そう言うキュルフェはあちこち痛そうで。俺は、慌てて回復魔法をかけた。

「あ、ありがとうございます、サミュ」

「ゴキブリ、怖いんだな……」

俺がキュルフェの擦り傷があった頬を撫《な》でながら言うと、彼は笑って返す。

「まさか、ゴキブリでこんな怪我しませんよ。ゴキブリで半狂乱になったエルフの雄ネーサン三人に盾にされそうになって、ちょっと揉《も》み合ったんです」

え、ナニソレ怖い。

ゴキブリはそんなに人をおかしくさせるものなのか。黒くてチョロチョロしているだけなのに。

俺がゴキブリに対する認識を新たにしている間に荷物のチェックを終えた二人は、テキパキと俺をおんぶし、第三層に向かう。

弱い魔物がゴキブリ騒ぎで逃げちゃったんだって。


第三層に降りて、俺は初めてスライムを見た。

スーロンが絶対に大丈夫なように見ていてくれると言うので、そーっと近づき取《と》り敢《あ》えず杖で殴ってみると、ぼよんと弾んで、ぬろぬろと逃げ出す。

それが面白くてぽか、ぽか、と殴るも、ぬろ、ぬろ、と逃げて。

追い掛けて叩こうとすると、段々巧《うま》く避けられて。

その内、俺が疲れて歩みが遅くなってきたのか、追い掛けるので精一杯になって。

でも、向こうも疲れてきているのか、ず――――っと付かず離れず追い掛けてしまい、気付けば十分くらいランニング……いや、端《はた》から見たら小走……ウォーキング？　をする羽目になった。

でも、すっっっごい楽しい!!

そろそろ体力が限界だったので、スライムに火炎球をぶちこんで終わらせる。

「ファイヤ！」

掛け声と共にちっさめの火炎球がスライムに当たり、ちゅぅぅぅうん……ぢゅゎゎ!! と妙な音を立てた。それがすごく面白くて、死んだと思われるスライムをマジマジと観察する。

……干からびたスライムは少し生臭かった。

魔石——魔物の心臓部で結晶化する魔力の塊《かたまり》が育つほどの大物ではなかったらしく、何処《どこ》にも魔石は見当たらない。

魔石って、絶対に手に入るものじゃないんだな。しょぼん。

「うへ。スライムって臭い」

「食べた物でスライムの色やなんやが変わるそうですから、きっと臭いものを沢山《たくさん》食べたスライムだったんでしょう。いい運動になりましたね！　サミュ」

「初スライム討伐おめでとう、ミュー！」

わーい！　スーロン、キュルフェありがとう！

直後、あっという間に沐浴《もくよく》セットが地中から現れ、沐浴《もくよく》タイムに突入する。

逃げようとしたのに、相変わらずスーロンに抱き上げられてキュルフェに装備をゼロにされた……

「汗疹《あせも》にならないようにしないとですよ、サミュ」

だからといって、こんなダンジョンのど真ん中でしなくても……。そう思いつつも、ちゃぷちゃぷと洗われるままになる。

実はちょっと痒《かゆ》かったんだ。

「二人も軽く流したら？　ゴキブリまみれになったんでしょ？」

俺がそう言うと、キュルフェが当然ですよ、と胸を張る。

「勿論《もちろん》、私達も入りますよ。サミュを綺麗にしたらすぐ」

そっか。なら、まぁ、このタイミングの沐浴《もくよく》も仕方ないかな。

俺をキュルフェが洗っている間に、スーロンが塩を噴いていた俺の装備をキレイに洗って乾かしてくれる。

「ハイ！　ピカピカのサミュの完成～♪　スーロン、拭くのはお願いしますね」

「おー！　任せろ。さぁ、ミュー♪　おいで～」

おいでと言われても、抱っこから抱っこの手渡しじゃないかっ。

毎度思うけど、このでっぷりした俺を軽々抱っこできる二人の筋力はどうなっているんだろう？

拭いてもらいながら、スーロンの丸太みたいな腕をそっと揉《も》んで筋肉の厚みを確かめてみる。軽くスーロンが照れた。

それが面白くて、俺は何度も揉《も》み揉《も》みしてしまった。

そんなふうに英気を養った俺は、後ろで沐浴《もくよく》していたキュルフェがなんだか拗《す》ねているのに気付く。キュルフェにも揉《も》み揉《も》みマッサージをしたり、拭くのを手伝ったり、ついでにスーロンの身体を拭くのを手伝ったりした。

二人の褐色《かっしょく》の肌を拭いていると、俺の手が真っ白に見えて、少し楽しい。

マゼンタの長い髪を乾かしているキュルフェの褐色《かっしょく》の肩が、艶々《つやつや》と滑《なめ》らかでミルクチョコみたいだ。だからこっそり舐《な》めてみたけど、滑《なめ》らかなだけだった。

でも、ツルツル滑《なめ》らかで舐《な》め心地が良かったので、もうちょっと舐《な》めてみたい。それなのにキュルフェが真っ赤になって泣きそうな顔でこっちを振り返ったため、知らない振りして誤魔化す。

その後、二人の後片付けを眺《なが》めながら、なんとなく自分の手の甲を舐《な》めてみた。

スベスベだけど、ツルツルというよりは少しマットで、舌に吸い付くような感触。白マッシュルームみたいだ。

俺の手の甲は大きな白マッシュルーム……

これだけあれば、サラダの度に散らしても、一週間は楽しめるかな？

なんて考えていると、キュルフェが美味《おい》しそうなサンドイッチを一つくれた。

「お腹《なか》……空《す》いてたんですね？　……サミュ」

どちらかと言うと好奇心で舐《な》めていたのだが、サンドイッチを見たら物凄《ものすご》く腹が減った。黙ってサンドイッチを頬張る。

スモークチキンがたっぷり挟まれた、シャキシャキのレタス入りサンドイッチは、ピリピリする葉っぱのアクセントが効いていて、とても美味《おい》しい。

うーん、やっぱり……空腹で舐《な》めたのかも……

もう一度見たものの、もう、俺の手の甲は白マッシュルームには見えなかった。

「おい、キュルフェ……？」

「どうしよう、スーロン……。子豚が私の肩を舐《な》めたんです。空腹の子豚は危険ですよ……！」

「ハハハ……舐《な》められたら舐《な》め返しゃ良いだろ？　可愛いな、俺は舐《な》めてくれねーのかな？」

「貴方も舐《な》められたらいいんです。この驚きと腰が砕けそうになる諸々の感覚を味わうと良い。はぁ、まだドキドキする」

何事かをゴニョゴニョと話しているスーロンとキュルフェを眺《なが》めつつ、俺はサンドイッチの最後の一口を頬張り、手に付いたパン屑《くず》を払って立ち上がった。

次はもう、魔法で倒すぞ！　スライムめ！　かかってこーい！

キョロキョロしたのに、見渡す限り続く草原には魔物の魔の字も見えない。

というか、地下なのに、草原が広がっているって不思議だなぁ。日光はどうなっているんだろう。この草には不要なのか？　それとも、このぼんやりとした光が日光に代わる役割を果たすのか？

この環境は人の手で再現可能なんだろうか。薬草は栽培可能なんだろうか。薬草に含まれる魔力のバランス、及び栽培に必要な期間に変化はないのだろうか。

どんどん気になって、日光がない環境で育ったとは思えないしっかりした草を一枚引き抜き、その葉を少し齧《かじ》ってみる。すると、慌てたスーロンとキュルフェに止められた。

「ミュー止《や》めろ！　お腹《なか》壊すぞ！」

「わー！　サミュ！　バッチイです！　バッチイ！　すみません、一つじゃ足らなかったんですね⁇　言ってくれれば……、言ってくれればすぐ出すのに！」

「ちがーう！　お腹《なか》が減ったから齧《かじ》ったんじゃない！　俺は知的好奇心でだな……！」

フンフン！　と鼻息荒く怒ったが、サンドイッチを見て超お腹《なか》が減ったし、その後お腹《なか》も壊した。

やっぱり、スーロンとキュルフェの言うことはちゃんと聞こう……

十一　白豚令息　LEVEL　UP!

結局、三人で軽食タイムになった。

サンドイッチ美味《お い》しい。今度はローストビーフが入っている。

「ミュー、よく食べるな。これは卵だったぞ？　ミューも食ぶらぁぁあぁ!?」

スーロンがくれた卵サンドは、カラシが効いていて美味《お い》しかった。学園の食堂を思い出す味だ。

家のは胡椒《こしょう》が効いていて、もう少しマヨネーズが多い。

こうやって考えると、卵サンドって奥が深いんだな……

「指……指まで喰われた……。今日はどうしちまったんだ……？」

「ほら見たことか……。自分だって顔真っ赤じゃないか……。にしても、噛みつきガニ並みの食いつきでしたね」

半熟の黄身がゴロゴロしているタイプとか、炒《い》り卵が入っているヤツとかもあるよな。厚く焼いたオムレツを挟んだものもあるって聞いたけど、それはどんな味なんだろ……。ふぅむ……

「……なぁ、もしかして、ミューはレベルアップしたんじゃないか？」

「まさか。まだスライム一匹、それも魔石すら出ない小物ですよ？」

「でも、ほら、レベル1とか2みたいにレベルが低い以外にも、なんだかんだ今までの生活でレベル上がるまで後一歩！　みたいなところまで行ってた可能性もあるだろ？」

「まぁ、確かに……そう言われれば……。さっきからの、口に何か入れたくて仕方がない、みたいな様子に納得もいきますけど」

……あの石ころみたいなの、本当に石ころかな。誰かが落としたアンコ餅《もち》じゃない？　ちょっと行って確かめてみようか……

「ああ、何かまた狙ってる。ダメだ、今日は一旦帰りましょう。その辺の石でも齧《かじ》りそうだ……」

「やっぱりレベルアップだ。あれはレベルアップだ。あの目を見ろ！　尋常《じんじょう》じゃなく腹を減らしてるぞ！　1UPじゃない、絶対2UPしてるっ！」

「嘘でしょ、サミュ……。レベル1だったなんて、今まで虫も殺したことなかったのですか??」

「さっき火炎球で殺した分でレベルが上がらなかったんだ。虫を殺したのも今日が初めてでも不思議じゃない！　……待て、ミュー！　何するつもりだ？」

拾おうとしたアンコ餅《もち》が、触れる瞬間、ゴボ！　っと土から抜けて飛び上がり、キャー！　と叫び声を上げて逃げていった。

ダンジョンのアンコ餅《もち》は危険。

俺は今後は不用意に落ちているモノを拾わないようにしようと決めた。

「ダンジョン茸《きのこ》の幼体か、よくそんな小さい生き物見つけたな」

頭を撫《な》でてくれるスーロンに、なんだかムズムズした気持ちになる。

誰かが落としたアンコ餅《もち》だと思って、拾って食べようとしたなんて言えない……

ていうか、さっきからなんだか変だ。無性に腹が減っている……

「茸《きのこ》だったのか……捕まえたら食べれた？」

「ん？　……まぁ、ちゃんと火を通したら食べれるぞ。でも、色違いとかで毒を持ってるヤツもいるから、注意して食べなきゃいけないんだ」

そっかぁ、あれ、食べられたのかぁ。なんて考えていると、今日はおしまいにして帰ろうと言われた。

俺がレベルアップしたからお祝いしなくちゃならないんだそうだ。

レベルアップだって⁉　やったぁ‼

「え？　レベルアップ⁇　すごい！　どうして分かるんだ⁉　俺は幾《いく》つになったんだ⁉」

「さっきから食べても食べても腹が減るんだろ？　レベルアップするとそーなるんだ。さあ、幾《いく》つだろう。俺の予想ではレベル3だと思うんだがな。ちっちゃなスライムでレベルアップしたし」

「お金をケチって、サミュのレベルを占ってもらわずにダンジョンに入ったのは失敗でしたね。占い、高いから……つい」

二人の話は知らないことばかりで、俺はスーロンの肩に齧《かじ》りつきながら一生懸命耳を澄ませる。

「ぐ、ぐぉぉぉ……。ミュー……落ち着けぇ……。あは、あはは……や、やめ……ハハハ……」

「痛い、痛い。スーロン、耐え難いのは分かりますけど、私の肩を握り締めないで。ミシミシいってます。ほら見たことか、ほら見たことか！　空腹の子豚、恐ろしい！」

ダンジョンを出た俺達は、この街に一つしかない神殿で占いをしてもらい、この町に一つしかない酒場でお祝いをした。

俺は、スーロンの予想通りレベル3になっており、酒場にいた沢山《たくさん》の人達にレベルアップのお祝いをしてもらう。

煮込んだ肉や焼いた肉、薄い焼いた肉に分厚い焼いた肉。燻製《くんせい》にした肉に野菜を巻いた肉、野菜と混ぜて固めた肉。など、見渡す限り茶色い肉料理だったが、どれも美味《おい》しくて、俺は腹一杯になるまで食べた。

デザートに、ローソク三本とパチパチ花火の刺さったケーキが出される。とても美味《おい》しかったし嬉しかったけど、三歳のお祝いをされているみたいな気分で若干、恥ずかしい。

その上、三歳でレベル3になる子もいると聞いて、もっと恥ずかしくなった……

それから、ドワーフのおじさんが酔っぱらって鼻が真っ赤になる。そんなことも面白い。

あと、エルフの雄ネーサン達がお祝いだと言ってほっぺにチューしてくれたり、ドワーフのおじさんが酒臭い息で武勇伝を語ったりする。それがなんだか、コートニー家の新年や祝祭の集まりを思い出させて、俺は少しだけ、家が、そして、五年前から会えなくなったナサニエル叔父さんが、恋しくなった。

淋しかったので、スーロンとキュルフェにお願いして、その夜は二人に挟まれるようにして寝る。

二人は俺と手を繋いで、俺の頭を撫《な》でて、俺が寝るまで故郷の話をしてくれた。

此処《ここ》とは違う風の匂い。

湿《しめ》り気《け》のある、暖かい風が運ぶ異国の香辛料の匂い。

あちこちに咲き乱れる、プーリケというピンクの花と、香りの良いジャスミン。大きな薄黄緑のボリケの花。

ボリケの花は知っている。おじさんが買った四人目の奴隷の名前がボリケだった。

褐色《かっしょく》の肌と薄黄緑の瞳。瞳の色と同じ色の花の名前が由来だと教えてくれた。

スーロンとキュルフェの故郷はボリケの故郷と近いのか、同じ国なのかな？

スーロンが髪を撫《な》でる感触が、段々、ぼやけていく。

二人が幼い頃よく遊んだ小高い丘の斜面は、色とりどりの花が咲き乱れているんだそうだ。

いいな……綺麗だろうな……

いつか……行ってみたいな……

しょっちゅう食べていたおやつは甘い焼き菓子の中にホロリとしたナッツが入っていたって、どういうことなんだろう。

俺はいつの間にか眠っていたらしく、スーロンとキュルフェが遊んだという小高い丘で、咲き乱れる花を眺《なが》めながら、ナサニエル叔父さんと叔父さんの奴隷達、スーロンとキュルフェでお茶会をする夢を見た。

相変わらず叔父さんはぶきっちょな指でクッキーをちびちび食べていて、相変わらず俺に優しく笑いかけてくれる。

「少し痩せたんだ！」

俺が胸を張って自慢すると、手を叩いて喜んだ。

目が覚めて、あまりにも幸せな夢だったから、俺はもう一度、叔父さんに会いに、目を閉じた。

十二　白豚令息、デカイのをぶち込む

朝。そっと二度寝してからどのくらいたったたか、優しくキュルフェに起こされて、俺はもそりとうつ伏せになって起き上がった。

んー……まだ眠いな。

キュルフェにパジャマを脱がされるまま、ふらふらと立つ。ばんざーいとシャツを着せられて、冷たい感触にぶるりと震えた。

さむっ。

つい癖で、目の前の温かそうなキュルフェのお腹《なか》に抱き着く。

まだ薄いシャツ一枚だったキュルフェのお腹《なか》はとても温かくて、俺は目を瞑《つむ》ったままうりうりと顔を擦《こす》り付《つ》けた。

「サミュ……？　おーい？　フフフ……なんだか今日は甘えん坊ですね……」

キュルフェの言葉に、心の中でそっと同意する。

家では寒かったり眠かったりした時、こうやってちょっとだけ執事のバーマンや侍従達に抱き着いていたから……。昨日のホームシックがまだ尾を引いているらしい。

ホカホカしたキュルフェの体温が、俺の脳味噌を活性化させる。

よし。

パッチリ目が覚めて少し元気になった俺は、両手を上げて着替えの続きを促《うなが》す。キュルフェはニコニコ顔でシャツを羽織《はお》らせてくれた。

今日はスライム何匹倒せるかな??

フンフンと鼻息荒く、スライム討伐のイメトレに励《はげ》む。

俺が二度寝している間に食料を沢山《たくさん》買い込んでくれたらしいキュルフェとスーロンに手を引かれて、ダンジョンに入った。

宿の女将《おかみ》さん特製サンドイッチを片手にザクザク進む。

歩きながら食べるなんて!! なんだか……、なんだかワイルドだ!!

でも、こうやって皆が食べながらダンジョンをうろうろするから、ゴキブリが繁殖するんじゃないのかな?

エルフの雄ネーサン達が生玉ねぎをポロポロ零してホットドッグにかじりつくのを眺《なが》め、そんなことを考える。ネーサン達の内の一人にバチコーン☆　とウィンクされてしまった。

初めてのウィンクに、俺は顔から火が出る思いがする。

エルフの雄ネーサン達は、俺にはまだ刺激が強いよ……

昨日の今日ではまだ、二階層に俺が狩れそうな魔物はめぼしくなくて、俺達は三階層に下りた。

昨日見たダンジョン茸《きのこ》の大きいヤツがピョコピョコ歩いていて、出来心でこっそり叩く。すると、ばっふ――ん！　と胞子を撒《ま》き散《ち》らして逃げていった。けほげほえほ……

体から茸《きのこ》が生えてきたら嫌なので、浄化と毒浄化と治癒魔法を目一杯かける。

スーロンとキュルフェに見付かっていないよな？　って心配した通り、案の定しっかり見られていて、ちょっと恥ずかしい。

「サーミュ？　ダメでしょう？　私達に言う前に攻撃しては。今のが猛毒だったらどうするんです？」

「まぁ、今回は害がないヤツだから見てたけど、ちゃんと俺らに言おうな。あと、さっきのに懲《こ》りたら、ダンジョン茸《きのこ》の笠の部分は殴らないように。まぁ、他の所殴っても振動で胞子飛ぶけど。一番一般的なのは焼く駆除法だな」

「あいつらはふらふらしてるだけで攻撃はしてきませんが、魔物の餌になるので、増えないように駆除しないと、ダンジョンが強大になったり拡大したりするんですよ」

へー！　そーなんだ!!　ダンジョンって誰かが管理して運営している感じなんだな！

でもそっか。狼を全滅させたら鹿が増えて森がなくなるから全滅させないようにするって、家庭教師に習ったもんな。きっと、あんな感じだろう。

そんなふうにちょこちょこスライムを探して歩き回り、茸《きのこ》やスライムを倒して、お腹《なか》減って、サンドイッチ食べて、またスライム倒してお腹《なか》減って、またサンドイッチ食べて少し歩いた頃。スーロンがこっちこっち、と手招きをした。

「お――――！　なんだ、お前さん達もこんなところまで来たのか」

スーロンに招かれるまま、そちらに行くと、ドワーフのおじさんがニコニコと手を振っている。

その先は崖になっていて、下に広がる草原の真ん中辺りにゴブリンや牛頭オーガ、オークがうようよと屯《たむろ》しているのが見えた。

「ミュー、学校で魔法の成績良かったんだろ？　ちょうど向こうから此方《こちら》には来れないし、あの辺、今、人もいないから、何かデカイのぶちこんでやれよ♪」

わ――――！　何かドキドキする!!

俺はスーロンの言葉にコクコクと頷《うなず》くと、木の枝を構えた。俺の魔力もウズウズウズウズと騒ぎ出す。

もし、魔物の残党が崖を上がってきても、きっとスーロンとキュルフェが倒してくれるから、俺は安全なんだろう。

どの魔法を使おう??　どれにしよう??

俺は安心して魔法に集中し、ドワーフのおじさんもスーロンもキュルフェも、皆ニコニコして見ていた。

魔物達の群れみたいになっているど真ん中に座標を定め、魔法を構築する。

第一環《ファーストサークル》、第二環《セカンドサークル》、木の枝の先。俺が定めた向きに、魔力達が足並みを揃えて流れていく。

副環《サブサークル》が縦横無尽に花開いて、俺の魔力がパチパチと輝く。ヤる気満々だ！

攻撃だ！　攻撃だ！　と、トンがって騒ぐ魔力達をそれぞれの環《サークル》にどんどん押し込んでいく。

光の大きな傘みたいになった魔法がキュン！　と圧縮され、黒い小さい豆粒になった。

「食らえ！　火の輪＆ポンポンデイジー!!」

木の枝を振ると、ぴゅーんと黒い豆粒が群れの中央に飛んでいき、地面に着生する。そこから岩がにょきにょきとタケノコのように生えてきて、その先に真ん丸い岩の球がむくむくと出現した。

「ギギャギャ――!!　ギャガギャギャ!!」

突然生えた珍妙なオブジェに魔物達が意識を奪われた瞬間、その外周にぐるりと円形の火の壁《ファイアーウォール》ができる。

ゴブリンやオーガ達が慌てて円の中心に寄ると、ジャギリ！　と凶悪な音を立てて、中央の岩球がウニのようにトゲだらけになり、ビュンビュンとトゲを飛ばしながら回転を始めた。

「うわ！」

此方《こちら》にもトゲが飛んできて、慌てて近くの岩陰に隠れる。

飛行する魔物はいなかったし、水平攻撃だけの矢車菊《コーンフラワー》にすれば良かった。てへ、失敗。

「おいおい、何だありゃ……ボーズ、レベル3だったんじゃなかったか？」

「………え？　ミュー？」

「サミュ……？」

驚く三人の様子がなんだか嬉しくて、楽しい。

でも、トゲはあんまり殺傷能力がないのか、魔物達は叫び声を上げて逃げ回るだけで中々倒れなかった。中には、火の壁に突撃して輪の外に逃げ出したヤツもいる。

あれだけじゃ倒せないんだな。

俺は更に攻撃を追加することにした。

「呪付与《カース》：毒《ポイズン》」

魔物達の体に刺さったトゲや燃え移った炎、噴出するトゲや火の壁に黒い呪いの毒が付与される。

ギャギャ――!!

お、効いたかな？　ヤッタァ！

「ミュー!!　ダメだ！　ストップだ!!　それ以上は止《や》めろ!!」

俺が喜んだ瞬間、スーロンの叫びが鋭く響く。

ビックリして振り向くと、少し離れた所でニコニコして見ていたスーロンが必死な顔で此方《こちら》に手を伸ばしていた。

キュルフェもドワーフのおじさんも焦《あせ》っている。

ビックリして、慌てて魔法を止めた。

俺、何かしちゃったかな？

スーロンにそう聞こうとしたのと同時に、ドクン！　と心臓が跳ね、俺の視界がぐらりと揺れる。

傾《かし》ぐ視界、スーロンの手の先に環《サークル》が幾《いく》つか浮かぶのが見えた。

あれは、精神魔法系の環《サークル》と……？

ぷぎゃ――！

今までになく魔力が沸き立って体中を跳弾する。

まるで沢山《たくさん》の火の玉みたいな魔力が不思議だ。その瞬間、目の前が花畑になって、優しい香りに包まれた俺は眠りに落ちた。

十三　紅髪奴隷の後悔と夢見る白豚令息の頭の中の花畑

慌てて駆け寄る俺——スーロンの目の前で、ミューがぐらりと傾いた。

「ミュー!!　ミュー！　あああ、くそ！　すまない……！　ぐぅ……！」

倒れ込んできた体を抱き締めて、ミューに謝る。

眠らされる直前、不思議そうな顔で俺が構築した魔法の環《サークル》を眺《なが》めていたミュー。

いつの間にか、ミューは攻撃魔法をそれほど使えないと思い込んでいた。

とんだ思い上がりだ！　最初からミューは言っていた！　魔法は得意で、学校での成績も良かったって。

なのに勝手に、ちょっと派手に爆破ができる程度だと思い込むなんて。

小さい火炎球しか作れないんじゃない、スライムには小さい火炎球で良いと判断して調節していたんだ！

ミューは自由に魔法の威力を調整でき、瞬間的に環《サークル》から相手がどんな魔法を出そうとしているか予測できるくらい魔法が得意だったんだ！

自責の念に、唇を噛み締める。

くそ！　くそ！　くそ!!　俺はまた、間違えてしまった!!

「サミュ……！　スーロン！　大丈夫ですか!?」

「おい、ボーズは大丈夫か!?」

キュルフェとドワーフが心配そうにミューを覗き込む。

「……すまないっ！」

ミューの体の中で、真っ赤に燃え盛る無数の鉄の弾がビュンビュンと跳ねてぶつかって暴れまくっているようだ。

何故《なぜ》、あの時、魔物を倒しすぎて副作用が出る可能性を考えなかったんだ！

急激なレベルアップは体が作り替わる過程で激痛を伴い、精神に負担をかける。幼いなら尚更だ！

体内の時の流れを遅らせる魔法。

眠らせる魔法。

幻覚で惑《まど》わせる魔法。

受けたダメージを転送する魔法。

魔力を奪って周囲に拡散させる魔法。

可愛いミューにこんなデバフばっかりかけるとは思わなかった。でも、魔法は使いようだ。

脳味噌まで黒焦《くろこ》げにされそうなその灼熱《しゃくねつ》と痛みを受けながら、ミューを見る。彼は俺の腕の中でぷぅ、ぷぅ、と安らかな寝息を立てていた。

良かった……

少なくとも、この痛みはミューに味わわせなくて済んだらしい。

「スーロン！　しっかりしてください！　どれか代わります！」

「いや、いい……。それより、俺の幻惑魔法が切れたらすぐにミューにかけられるようにしといてくれ……」

ミュー……ごめん、ごめんな。

「そんなの当たり前じゃないですか！　その上で今、私にもできることを提案してるんです！スーロン！　抱え込まないで！　貴方だけのせいじゃない！」

キュルフェの声が灼熱《しゃくねつ》の俺の頭蓋の中をコロコロと転がる。

だが、俺のせいだ……

先に、ミューの使える攻撃魔法がどんなものなのか、聞くべきだったんだ……

「おい、ボーズはどうなった!?　レベル3だったよな？　あんなに一気に倒して、レベルアップの副作用は尋常《じんじょう》じゃないだろう??」

「ダメージ転嫁でミューの痛みは俺が受けてる……。時を遅らせてるから、副作用も長くなるが、その分……緩い、はずだ。今、幻惑魔法で、花畑で遊んでる夢見せてる……」

「スーロン、私の魔力を半分受け取ってください！　少しは足しになるでしょう？」

「……俺が、魔力切れになった時のために、とっておいてくれ」

「こんの……‼　当たり前のことばかり言うな、兄さん！　半分渡しても、兄さんが切れる頃には回復するから言ってんだよ！」

「そう……か……。そうだな、頼む。スマン、キュルフェ」

「……はぁ、此方《こちら》こそすみません。……痛みが酷《ひど》いんでしょう？　思考が鈍るのも当然です。……もっと私を頼ってください。何度も言いますが、貴方だけのせいじゃない……！」

キュルフェが俺の肩をさすりながら、魔力を流し込んでくる。

ひんやりサラサラとした魔力の感触に、少しだけ思考がクリアになった。

ほっ……と息を吐いて、言う。

「いや、俺のせいだ……。俺が、デカイのぶちこめ、なんて言ったから……」

そうだ。

あのミューの安心し切った顔。俺を信じ切って、全力でぶちこんでいた。

だからこそ、俺が……、倒しすぎてレベルアップによる副作用が起こらないよう、気を付けてやらなきゃいけなかったのに！

「ハン！　そんなもん、兄ちゃんが言わなきゃ俺が声かけてたさ」

「そうですよ。スーロンが見付けたから言っただけで、あの時スーロンが言わなきゃ、私が言ってました。あんな据《す》え膳《ぜん》……、誰が見たって、子豚に食べさせてやりたくなります。……それに、子豚が色々規格外だって分かってたのに、よちよち歩きでスライム追い掛けて、小さな火炎球しか使わず楽しそうにしてるのを見て、勝手に攻撃魔法は不得手だと思い込んだのは私も同じです。それに、毒付与なんてしようとしてるのに呆気《あっけ》に取られて、私は止めることすらしなかった……。……だから、一人で全部背負わないで……お願いだ……兄さん……」

いつもは頑《かたく》なに、兄とは呼ばないくせに。

こんな時だけ……。キュルフェはいつもそうだ。

俺が兄と呼ばれるのに弱いって知っていて、ここぞって時に使う。

でも、常にそれは、俺のためなんだ……

クソ！

クソ！　くそ!!　くそぉ!!

一番年上だろ！　しっかりしろ!!

俺は歯を食い縛ってミューを抱き直し、立ち上がった。

「すまん、キュルフェ。落ち込んでる暇なんてないのにな。取《と》り敢《あ》えず、宿に戻らないと……」

「そうそう、それでこそ我が兄、スーロンですよ」

「おい、このソリに乗れ！　ダンジョンの外まで俺が運んでやる！　露《つゆ》払いも任せろ……って、そうか……お前さん達、三兄弟じゃなかったのか……。成る程。……成る程なぁ。まぁ、いい。このドートン様がダンジョン外まで送ってやっから、さあ、早よ乗れ！」

ドワーフが土魔法で岩のソリを作り、そう申し出てくれたので、ありがたくソリに乗り込む。

キュルフェが変身魔法が解けてしまったミューの白い髪と肌を隠すように、自分の外套《がいとう》を被せた。

「よぉし、しっかり掴まってろよ!!　オラオラオラァ！」

岩のソリをガタゴト言わせてドワーフのドートンが走り出す。

キュルフェが、食べなきゃ魔力が回復しないと、サンドイッチを頬張りながら、俺の口にも突っ込んできた。

正直、味なんてしないが、その通りなのでなんとか咀嚼《そしゃく》し、呑み込む。

ぷぅ、ぷぅ、と静かに聞こえてくる寝息に耳を澄ませながら、俺は魔法をかけ続けた。

Θ　Θ　Θ

——そこは、とっても幸せな場所だった。

小高い丘の上、エキゾチックな織物の敷き布を広げて、取っ手のないキラキラしたガラスと金のカップで温かいお茶を飲む。

どの方向から風が吹いても花の香りがして、小鳥が聞いたことのない声で囀《さえ》ずっている。

ちょっと、昨日の夢みたいだ。

そう思っている内に、離れた所にスーロンが現れる。

いつの間に？　さっきまでいなかったのに。

俺は彼に駆け寄ろうとしたが、体がうまく動かない。

いや、元々うまく動かない体ではあるんだけど。なんだか、水の中みたいだ。

スーロンはひどく暗い疲れ切った表情で、俺は一生懸命、声をかけようとしているのに、何故《なぜ》か声が出ない。

けれどスーロンが俺に気付き、フワッとそばに来てくれた。さっきまでの表情が嘘みたいに明るくて優しい顔で俺を撫《な》でてくれる。

「何処《どこ》か痛む所はないか？　大丈夫か？」

優しい彼の言葉に頷《うなず》いて、此処《ここ》は何処《どこ》なのか聞こうとしたけど、やっぱり声が出なかった。

「ここは、俺とキュルフェがよく遊んだ丘だよ」

俺の聞きたいことを察してくれたらしいスーロンが、教えてくれる。

へー！　そうなんだ!!　キレイで良い所だ!!

俺がキョロキョロすると、スーロンは虚《うつ》ろな顔で笑う。

……スーロン？

「ミュー、これは夢なんだ……。大丈夫だからゆっくり休むと良い」

そう言って優しく俺の頭を撫《な》でる彼は、今にも消えてしまいそうだ。

気が付くと、俺は同じ丘でキュルフェとお茶を飲んでいた。

俺にお茶を淹《い》れてくれたキュルフェが優しく微笑《ほほえ》む。

「サミュ、これは夢なんです。心配することは何もありませんから、安心してくださいね♪」

ニコニコと微笑《ほほえ》む彼に、そうなんだな、と俺も笑った。

また気付けばスーロンが目の前にいて、優しく俺を抱き締め、「これは夢だから大丈夫だ……。

大丈夫だよ、ミュー……」と言いながら髪を優しく撫《な》でてくれる。

「うん。ありがとう。俺は大丈夫だよ、スーロン」

俺がそう言うと、スーロンは嬉しそうに笑う。

そしてある時、いつの間にか花畑の向こうが真っ赤な火の海になっていた。

メラメラと燃えるその火は段々近付いていきて、花畑の真ん中にいる俺まで少し燃え始める。

自分の髪の毛や指先からチロチロと出る火を不思議に思って見つめていると、突然花の香りがして、あっという間にキレイな花畑に戻った。

「ミュー！　大丈夫だからな！　これは夢だ……！　ミューは絶対大丈夫だから……！」

後ろからスーロンが抱き締めてきて、何度も何度も、大丈夫だからと囁《ささや》く。

「うん、分かってるよ。俺は大丈夫なんだろう？」

俺はスーロンの腕に自分の腕を絡ませて、笑う。

するとスーロンもとても嬉しそうに笑った。

この夢とやら、いつまで続くんだ？

十四　唐紅髪奴隷の後悔と夢見る白豚じゃいられない！

子豚が倒れた。

デカイのをぶちこんでやれ、とスーロンに言われて一生懸命魔法を構築する姿はとても可愛らしく、ああ、あんなに一生懸命で可愛いなとなごんでいたのに。出現する環《サークル》が異様で。

違和感を覚えた時には無数の環《サークル》が出現し、子豚は神秘的なその環《サークル》の光に包まれていた。

次の瞬間、魔法が魔物の群れに飛んでいき、禍々《まがまが》しい岩の花と火の輪になる。火の輪に閉じ込められた魔物共を岩のトゲが貫《つらぬ》き、蹂躙《じゅうりん》していく。

子豚が出したとは思えないその禍々《まがまが》しい魔法は、でも、確かに子豚の力で構成されていて。

ひゅん！　と私の顔のすぐそばを掠《かす》めていったトゲは、パチパチ、きゃわきゃわと小動物のような魔力を纏《まと》っていた。

呆気《あっけ》に取られた私は、急激なレベルアップの副作用のことや、子豚が今日レベル3からレベル5に上がったばかりだということなどをすっかり失念して、ただただ嬉しそうに此方《こちら》を見る彼を見つめていた。

魔物の中でも頑丈な奴らばかりだったせいか、すぐには死なず、そこで止めておけば急激なレベルアップといっても然程《さほど》心配することにはならなかったのに……

子豚は自分が構成した魔法に毒の呪いを上乗せするという高等技をやってのけ、いち早くその危険性に気付いたスーロンが止めるも、間に合わなかった。

倒れた子豚を抱き締めて、自分のミスだと嘆く彼を叱咤《しった》する。けれど、すぐに気付いて動き、手遅れだと判断した瞬間に子豚の負担を肩代わりするために種々の魔法を構築してぶち込んだ彼に、何もできなかった自分が何を偉そうに言っているんだ、と思う。

兄さんはいつだってそうだ。

一歳どころか、十ヶ月ちょっとしか違わないのに、何かあった時にすぐ反応できるのは兄さんだ。

そして、いつも一人でその責任を背負い込む。

私はいつもこうだ。

兄さんと呼ばず、身分が違っても対等で隣に並んでいると強がってみせたって、いつも肝心な時は呆然と傍観するしかできなくて。

結局、今回も兄さんが一人で対応して、一人で責任を背負い込んだ。

罰なら喜んで受ける、とばかりに子豚の激痛を肩代わりして俺に分けてくれない兄さんに、無理やり説得して魔力を譲渡する。

魔力が半減して、少しだけ頭が冷えた。

そうだ、落ち込んでいる場合じゃない。しっかりするんだ、キュルフェ！

従者を名乗るなら、一つくらい、先回りしてみせろ！

ドワーフのドートンに礼を言い、ソリに乗ってサンドイッチを頬張る。

ウジウジするな！　今は少しでも、魔力を回復しなければ……！

ドワーフのドートンのお陰で最速でダンジョンを抜け、宿に帰る。

そこからは、時間が過ぎるのがあっという間だった。

子豚をベッドに寝かせ、スーロンが子豚の手を握って横に付く。

スーロンの魔力が尽きる前に、と急いで子豚の服を替えて体を拭き、浄化を掛けた。

出会った頃より幾分スッキリとした寝顔の子豚は、大音量の鼾《いびき》ではなく、ぷぅ、ぷぅ、と安らかな寝息を立てている。

罪悪感と共に、その頬をそっと撫《な》でて、自分の中の感傷を終わらせた。

幸い、食糧は子豚のレベルアップに備《そな》えて沢山《たくさん》買い込んでいたので、今は買い足さなくて良い。

洗濯物を抱えて外に出ると、エルフの雄ゴリラがいたので声をかけて魔力ポーションを三本分けてもらった。

流石《さすが》エルフ。と褒めると、腐ってもエルフだと笑って返される。このエルフの魔力ポーションがあれば、少しはスーロンの負担が減るだろう。

そうやって雑事を片付けた後は、スーロンの魔力が切れるまで子豚に添い寝をして体を休める。

こんな時にも子豚の寝息は私を優しく眠りに誘い、短い時間だったが、充分回復した。


スーロンの、何かを耐えるような身動《みじろ》ぎと息遣いに目を覚まし、交代する。

「まったく……、限界まで粘らないでください。貴方が倒れたらどうするんです？　私はダメージ転嫁は覚えてないんですよ」

そう言って、スーロンに少し魔力譲渡して、種々のデバフを子豚にかけた。

渋るスーロンの尻をひっ叩いて風呂に追い立て、子豚の手を握って寝顔を見つめる。

本当に。

こんなことなら、従者には不要と言う親など無視して、最後までスーロンと一緒に授業を受ければ良かった。

彼は、主の子より自分の子が一つでも秀《ひい》でるわけにはいかないと考えたのだろうが、仕える気持ちが確かなら問題はないと最近は思う。

まぁ、スーロンも私も父が同じで、王だというのが問題なんだろうけど……

今は故郷を離れ、身分も奴隷だし、今度スーロンと子豚から魔法を教えてもらおうかな。

ダメージの転嫁先を変更してもらえず、一つも痛まない体を少し恨めしく思いながら、そんなことを考える。

そして、魔力が尽きる頃にスーロンと交代し、子豚を軽く拭いて浄化をかけて、水分を少し取らせた。洗濯して風呂に入って、添い寝で休んで、起きて交代して……

時々、ドートンやエルフが様子を見に来たり、食べ物を代わりに買ってきてくれたりする。

時間の感覚はとっくになくなり、休んでいるのに、二人とも段々疲弊していった。

しかも、少しずつ子豚が幻惑に抵抗するようになり、消費魔力がじわりじわりと上がっていく。

子豚の隣で休んでいる時も、魔法をかけている時も、少しでも安心させようと、スーロンと一緒に優しく声をかけたり、トントンと腹をリズミカルに叩いたり、さすったりした。

だが、賢い子豚は魔力から私達の精神状態や疲労感を察知するのか、私やスーロンの魔力を探るように、もぞもぞと自分の魔力を身動《みじろ》ぎさせる。

その度にスーロンが顔を歪《ゆが》ませるので、まだ幻惑解除はできない。

スーロンが転嫁しきれなかった精神ダメージを幻惑で誤魔化しているのだ。

サミュ？　可愛いサミュ……。子豚くん。幻惑を解除すると、貴方がイタイイタイなんですよ。

だから、もう少し休んでいてください。

そう呟《つぶや》いて、白い額《ひたい》にキスを一つ落とす。

起きていたスーロンが魔力ポーションを少し飲んで気合を入れ直した。交代だ。

私はそのまま可愛い子豚の横に寝そべり、白い髪をゆっくり撫《な》でて、寝息に耳を澄ませた。

ぷぅ、ぷぅ、ぷぅ、ぷぅ、ぷぅ。

Θ　Θ　Θ

――花畑の向こうに広がる赤々とした焔《ほのお》を、俺は見つめていた。

夢なら熱くなくてもおかしくないのに、あれが身を焦《こ》がさないのが、なんだか変な気がして。

一歩そちらに踏み出そうとすると、慌てたようにスーロンとキュルフェが止めに入る。

二人に両側から抱き締められて、その温《ぬく》もりと鼓動に心が落ち着くも、二人の魔力がへとへとになっているのも感じられた。

回復してやろうと思うのに、なんだかうまく魔力が使えない。

俺が魔力を動かそうとする度に、スーロンが苦しそうに呻《うめ》く。

あれ？　……これ、俺、スーロンに魔力を封じられていないか？

でも、どうして？

「サミュ、子豚くん。大丈夫ですから少し休んでいてください」

初めて会った時みたいに、キュルフェがスーロンを庇《かば》うみたいに前に出てきて言う。

なんだか、おかしいぞ？

そして、何故《なぜ》だか分からないけど、この違和感はあの焔《ほのお》と関係がある気がする。

あの焔《ほのお》は俺のもので、俺の身を焦《こ》がさないとおかしい。

——そんな気がするんだ。

「それは気のせいですよ……。あれは何でもありませんよ」

俺の言葉をキュルフェが否定するが、誤魔化し方が雑だぞ？

もう、ヘトヘトなんだろ？

「ミュー……大丈夫。これで良いんだ。もう少し、こうさせてくれ……」

スーロンが優しく俺の髪に口づけながら言う。その声には酷《ひど》く疲労が滲《にじ》んでいる。

「そうです。子豚くん。もう少しこうしていましょう……？」

そう言うキュルフェもすごく眠そうで。

「うーん……。俺はそろそろ起きようと思うんだ」

これ、夢なんだろう？　そう尋ねる。

「大丈夫、何も心配いりませんから、もう少し。もう少しだけ……」

「頼むよ……。本当にあと少しだから……」

なんて二人して言った。

俺、これ知ってるぞ。

父上とか兄上とか、バーマンとかアマンダとか……、俺やナサニエル叔父さんの周りの人が時々なるヤツだ。叔父さんが断る度、いつも周りの人がションボリして……

俺はそれがなんだか哀しかったから、大抵お言葉に甘えてた。そうすれば向こうが喜んでくれたし。

その上でお礼をしたほうが、俺も周りも沢山《たくさん》嬉しくなれたから。

でも、そんな俺でも時々譲れないことが出てくる。

今がそうだ。

『おちびさんが望むなら……、その好意を受け取れば良いし、……望まないなら、好意であっても受け取らなくて良いんだよ。おちびさんにはおちびさんが望むままに生きる権利がある……。勿論《もちろん》、その結果どうなろうと、それもおちびさんの責任にはなるがね……』

叔父さんがよくそう言っていたのを思い出す。

だから――

「スーロン、キュルフェ。俺は、起きるよ」

そう言って、ふぅー！　と二人を吹き飛ばした。

これは夢だから、二人は俺が息を吹き掛けただけで、ぴゅー！　と飛んでいく。

危ないから傘を渡すと、ぶらんぶらん舞い落ちた。

そんな二人が花畑に着地したのを見ながら、ぴょん、と一歩後ろに下がれば、あっという間に焔《ほのお》が俺を取り巻いてぐるぐるぐるぐる渦《うず》になり、どんどん俺の中に吸い込まれていく。

スーロンとキュルフェが一生懸命駆けてくるが、一歩も進んでいない。どころか、段々下がっていく。

だって、俺の夢の中だもん。

バチバチじゅわじゅわと焔《ほのお》が身を焦《こ》がす。

これは俺の痛みだ。俺の魔力だ。

がぱっと口を開けて、ギュワーと暴れている魔力を片っ端から呑み込んでいく。あっという間に周囲の焔《ほのお》が消えて、代わりに俺のお腹《なか》がポンポンに膨れ、焼けた鉄のように赤々と光を帯びる。

ふう。

ボンボンと中で暴れる魔力を宥《なだ》めるように腹をさすり、のっしのっしと腹ごなしの運動のために歩き出した。

「——!!」

「………!　……!!」

スーロンとキュルフェが何か言っているけれど、遠くてちょっと聞こえない。

漏れ出る焔《ほのお》がブヒ——!!　っと鼻の穴や目、耳の穴から噴出するが、気にせず歩く。

ちょっと痛くて感覚がおかしくて動きにくいけれど、こーゆーのは馴れだ。

痛い時ほど、動いたらマシになる気がするものだ。って兄上がよく言っていたし。

その内、新しい魔力の感覚に馴れてきて、俺はふわりと飛び上がった。

「あはは！」

びゅーんびゅーんと花畑の上空を飛び回る。

まだ感覚がつかめなくてあちこちにガンガンぶつかるけど、まぁ、こんなもんだろう。

「ん――！　ふわぁ……」

一回、大きく伸びをすると、スーロンとキュルフェを俺の中からすぽーんと追い出した。

世界が真っ暗になり、ゆっくりと、目を開ける。そこは――

「おはよう、現実の世界。だ」

俺がそう言うと、両脇に寝そべる二人が、ピクリと反応した。


「う……ミュー……」

「サミュ、起きたのですか……？」

ボロボロになりながらも俺を気遣う二人に、俺は急いで回復魔法をかけて魔力を譲渡した。

二人のナカは空っぽで、奥の奥までスカスカだ。

一体、どれだけ俺を守るために魔法を使い続けたんだろう？

幸いにして、ポーション作りで魔力の質を調整するのに馴れているので、なるべく二人の魔力に似せて魔力を流し込む。

二人の空っぽの体は俺の魔力をごくごくと呑み込み、俺の魔力はいつも以上に勢い良く迸《ほとばし》った。

馴れない感覚のせいでちょっと粗っぽい注ぎ方になったけど、まぁ、大丈夫だろう。

それにしても、と辺りを見回す。

「宿、なのか。……あれからどのくらい経ったんだ⁇」

俺の問い掛けだけが静かな部屋に響いて、消えていった。

限界だったのだろう。スーロンもキュルフェも、俺の両脇でスヤスヤと寝息を立てている。

ぐっすりだ。少々つねっても起きないヤツだぞ、これ。

多分沢山《たくさん》寝ていたはずなのに俺も眠くなってきて、二人の手を体に巻き付け、その手を握って、もう一度寝ることにした。

おやすみなさい……Ｚｚｚｚ。

そして、もぞ、とベッドが揺れる感覚で目が覚める。

「……！」

目を開けると、ちょうど水滴がふよふよと落下してくる瞬間で、慌てて目を閉じたその鼻先にポタポタ、ぴちゃ！　っと落ちた。

恐る恐る、もう一度目を開ける。スーロンが大粒の涙を零して見下ろしていた。

「みゅぅ……すまんかった……！」

「……スーロン、庇《かば》ってくれてありがとう。いっぱい心配掛けてごめんね……」

カラカラの喉から声を絞り出す。スーロンに抱き着こうとした直後、俺の左側がぶるぶると震え出した。

「ふぇっ……ぶぁかこぶた……。良かっ……ぅぇ……。なんで、幻惑……解除、する、……ですか……ひくっ……」

どうやら、キュルフェは俺に抱き着いて寝ていたのではなく、俺に抱き着いて泣いていたらしい。

……左肩の下辺りがしっとりしてる。

「キュルフェも、何度も魔法をかけてくれたんだろ？　ありがとうな。心配かけてごめんなさい。……心配してくれて、ありがとう」

スーロンも俺の右肩に顔を埋めてぶるぶると震え出した。大きな手が何度も何度も俺の頭を撫《な》でる。右肩もどんどんと、しっとりしてきた。

あの時、二人の魔法を拒絶して目を覚ましたのは、二人の負担を終わらせる最善だったと思う。でも、多分、一番二人に心配を掛ける方法でもあったんだ。

「ごめんね、……でも、大分庇《かば》ってくれてたんだろう？　だから、もう起きても大丈夫だって……確信があったんだ」

頭を撫《な》でるスーロンの大きな手に口づけをして、キュルフェの俺の服を握り締める指を一本一本解《ほど》いてそれにもそっと口づけをする。俺はもう一度二人に謝った。

その時。

ゴゴごごギュぅわごうごぉぉぉぅるるるるごきゅキュルルきゅきゅルルーン？

湿っぽい時間は終わりだ、といわんばかりに盛大に、俺の腹の虫が鳴り響く。

フフフフフ……ククックククク……！

両脇からバイブレーションと共に抑えた笑い声が聞こえる。

どうやら、腹の虫は本当に湿っぽい時間を吹き飛ばしたようだ。

「あぁ、もう、サミュったら……」

「まぁ、そうだよな……。そうなるよな……」

二人が涙を拭き拭き起き上がり、俺を起こしてくれる。

部屋の空気が澱《よど》んでいたので、あり余る魔力で部屋全体に浄化をかけた。

「どれだけ寝てたのか知らないが、胃がビックリするからとかいう理由で粥《かゆ》とか用意されたら、火山噴火みたいに激しい癇癪《かんしゃく》を起こす自信があるぞ」

そう二人に伝えると、ハイ、ハイ♪　と軽く流され、取《と》り敢《あ》えず、甘ーいアイシングがたーっぷり掛かったカップケーキを渡される。

レモンピールが香るカップケーキはとても美味《おい》しく、ふがふがと貪《むさぼ》るように食べている間に風呂の準備がされていった。

脱衣所の鏡に映る俺は、しおっしおに干からびていて、あちこち皮膚が垂れ下がり、それはそれは酷《ひど》い有様だ。

家出前の太っていた時より醜《みにく》い姿に、今度は俺がポロポロと泣いてしまう。

「大丈夫ですよ！　ちょっと急激に色々変化したから……！　若いからすぐ治ります!!」

「ほら、風呂入りながら水分補給だ！　ジュースを飲め！　今俺が搾《しぼ》ったばかりの特製ジュースだぞ！　ミュー！」

あまりの垂れ具合にショックを受けたものの、キュルフェは優しいし、スーロンのジュースは美《お》味《い》しいしで、俺はなんとか立ち直る。

暫《しばら》く鏡は見ない。見ちゃダメ。禁止。

俺は心に誓った。

三人離れ難くて、俺は体を洗ってもらった後も、風呂桶に背を預けて床に座り込み、スーロンとキュルフェが体を洗うのを待つ。

話すことなんてあんまりなくて、どーでも良いことしか話さなかったが、俺達はニコニコニコニコとずっと喋《しゃべ》り続けた。

体を皆で拭き合い、髪の毛を梳《と》いたり乾かしたりしながら、幻惑魔法で見た花畑の話をする。

最初に見たエキゾチックな織物の敷き布、取っ手のない、キラキラしたガラスと金のカップで飲む、温かいお茶。あれは、幼い頃、スーロンとキュルフェのお母上達と一緒に行ったピクニックの記憶らしい。

キュルフェのお母上は、スーロンのお母上の従者だったそうな。

スーロンが生まれてスーロンのお母上が忙しいと夜の営みを拒んでいたせいで、キュルフェのお母上が代わりに手込めにされてしまったらしい。

ナニソレ、怖い。

そんな感じなので、スーロンとキュルフェは百人以上兄弟がいたんだって。

でも、大きくなると段々数が減るんだそうだ……

「ほら、生存競争の激しい魚なんか、一回に何百と子供が生まれるのに、大人になるのは一握りでしょう？　あんな感じですよ♪」

キュルフェが、さもうまいこと言った♪　みたいな感じで朗《ほが》らかに言い、スーロンはそうそうとにこやかに頷《うなず》いていて……

俺は濡れた犬みたいにぶるり、と身震いする。それで湯冷めしたと思われ、厚着させられた。

さて、風呂も浴びたし、満を持して……

ご飯だ!!

宿併設の酒場に下りると、ドワーフのおじさんが俺を見ておいおい泣いた。

「おおお！　ぼーず!!　ボーズ!!　おおおおおん!!　うおおおおおおん!!」

ドートンさんというらしい彼の大きな泣き声で、皆が何事かと集まってくる。

割と色んな人が俺が寝込んでいたのを知って心配してくれていたらしい。俺はもみくちゃのクチャクチャにされる勢いで皆に抱き着かれ、撫《な》でられ擦られ、エルフの雄ネーサンにはいっぱいチューされてしまった。

ぁわわわわわ……!!

「プヨプヨちゃぁーん!!　良かったワ！　起きて良かったワ!!」

「大分皮が余っちゃったのね……！　大丈夫よ！　エルフ流お肌引き締めマッサージ、キュルフェお兄ちゃんにしーっかり伝授♡　しとくから、きっとすぐ治るワ♡」

「私に触るな。うちの子豚にも触るな」

「痛っ……何よ！　ちょぉっとくらい……。減るもんじゃなし……！」

「ひどぉい、エルフの魔力ポーション分けてあげたでしょぉ？　ちょっとチューするくらいイーじゃない！」

あわわわわ！　エルフの雄ネーサン三人が代わる代わるむぎゅむぎゅしてくる。

顔がペタッとするなと触ってみると、赤いのが指先に付いた。

こ、これはキスマークでは⁉　プキュ――‼

顔中に赤やピンクのキスマークが付いていると思うと、俺の中の魔力がプンプン、プキュプキュと沸き立つ。

なんだか、大人だ、エッチだ……！　あわあわあわあわ……興奮してグルグルと変なことを考えていると、お腹《なか》の辺りが……あああ……

ごごゴギュルルルァア……ごう、ごう、ぐぅぅ？　ごぅぐぅ。……ゴゴゴゴごきゅるきゅるきゅるるーん♪

うっわ。恥ずかしいくらいに腹の虫が鳴った。

しかも、何か途中で会話っぽい鳴り方になる。

そして、どうして最後だけ子猫のおねだりみたいに可愛い音なんだ⁇

徹頭徹尾可愛く鳴れよ‼　どーせなら！

俺は今、キスマークが同化して見えなくなるんじゃないかってほど真っ赤に違いない。

けど、皆はその音を聞いた途端、さっ！　と道を開けてテーブルを見つけて座らせてくれ、何故《なぜ》だか首もとに布切れを巻いてくれた。誰かの食べ差しを取り敢《とあ》えず、と分けてくれぅんまい‼

「注文する間耐えれんだろう、俺のこれで良かったら……あれ？　落としたか⁉　……あれ⁇」

スーロンとキュルフェが注文している間に、皆が俺の前の皿にポテトやらソーセージやら肉の一切れやら付け合わせのブロッコリーやらニンジンのグラッセやらを置いてくれる。俺はそれをありがたく頂いた。

「女将《おかみ》急げ！　女将《おかみ》急げ！　女将《おかみ》急げ‼　ボーズの目の前に置いた瞬間に消える‼」

「ジョッキのジュースが三秒で消えた⁉」

周りが騒がしかったが、俺はもうなんだか……

目の前に現れたエルフの雄ネーサンの腕が艶々《つやつや》していい匂いだったから、噛《かじ》ってみる。弾力ある感触が気持ち良くて、モグモグモグモグした。

甘い匂いがする。

「あ♡　……違うのよぉ！　こんな、こんなつもりじゃ……あああ♡」

「変態エルフ！　子豚に変なものを舐《な》めさせるな！」

「違うの！　食べさせるものがなくなったから、ちょっと手遊びでもして気を紛らわせてあげようと思ったら、腕を掴んでそのまま噛《かじ》られちゃったの！　ねぇ！　誰か食べ物を！　甘噛みで済んでる内に誰か食べ物‼」

「う！　る！　さぁぁぁあああい‼　大人しく待ちなぁ‼　唐揚げがもう揚がる‼　他のも今、作ってんだぁぁぁ‼」

周りの喧騒《けんそう》は遠く、俺はこの甘い香りの肉を食べようとひたすらガブガブ口を動かした。

「サミュ！　サミュサミュ！　ほら、こっち！　唐揚げです!!」

その声にハッとしてキュルフェを見る！

「美味《おい》しそー!!　お腹《なか》ペコペコだ!!　いただきまぁす!!　い、い、い、い、い、い、起きてから何にも食べてないから、全部食べれちゃいそうだ！」

俺は山のように積み上がった唐揚げを一つ取り、ハフハフしながら食べた。

噛《かじ》った所から肉汁がとろとろと流れ出てくる唐揚げはとってもスパイシーで、俺の腹がゴウゴウと轟《とどろ》いて喜ぶ。

生姜《しょうが》が効いていて、甘味もあって、とても美味《おい》しい!!　幾《いく》らでも食べられる。

美味《おい》しい！　美味《おい》しい!!

「……どうやら、さっきまでの記憶はトンでるようですね……。折角《せっかく》食事を分けてくれたのに、皆さんすみません」

「まぁ、気にするなよ……」

「そうそう」

「レベルアップをかなりしたんだろう？　……ああなるんだな……」

「エルフのネーチャン、最後静かだったけど大丈夫か？」

「ボリーよ。肉体硬化したのに骨ごと食べられそうだったわ……」

「まぁ、あんたは自業自得だよ……」

「ひどぉい！」

ハハハハハ！　と皆が笑っている。

けど、俺はすぐにスーロンの持ってきたツンツンホカホカした揚げ芋に目が釘付けになった。

揚げたての揚げ芋だ!!

その魅力は強力で、俺の腹がゴウゴウゴォンと吠え立てる。

「あら、揚げ芋♡　はい、ぷよぷよちゃん、あーん♡」

あーんされたので即座にパクつく。

見ると、エルフの雄ネーサンが涙目で、その右腕が真っ赤に腫《は》れていた。俺は回復魔法をかけてあげる。

「オネーサン、怪我してる。大丈夫??」

ポテトと唐揚げを口に入れる合間に聞くと、優しく髪を撫《な》でてくれた。

「ありがとう、優しいのね♡　さっきは獣みたいで本当に喰い千切られるかと思ったけど……」

何の話かな？　俺、雄ネーサンの肉でも盗った？

唐揚げを噛《かじ》りながら首を傾《かし》げるものの、よく分からなかった。

すごい！　レモンをかけても、メチャクチャ美味《おい》しい!!

俺は気にせず、ガブガブと唐揚げを胃に詰め込み続ける。

「おい、突進モグラの肉が焼けたぞぉ！」

勢い良くドワーフのドートンさんが扉を開けて入ってきた。

それと同時に何人かの男の人が駆け込んできて、厨房の女将《おかみ》さんにペコペコ謝る。それはともかく、兎《と》に角《かく》、今食べさせてもらったこれも美味《おい》しいな!!

俺は柔らかく煮込まれた肉を頬張りながら見上げる。いつもならキュルフェがニッコリしているところだが、今はエルフの雄ネーサンの一人がニッコリしていた。

「これは角煮よ。美味《おい》しい？　沢山《たくさん》食べなさいね♡」

気が付くと、スーロンもキュルフェも一心不乱にご飯を食べていた。

そーだよな。二人とも魔力がスカスカになっていたし、なんだか体も窶《やつ》れて角張っていたもんな……

エルフの雄ネーサン三人が次から次へと空いた皿を片付けて、新しい料理を運んでくれる。

キュルフェは黙々と食べているが、皿の片付くスピードが恐ろしく速い。スーロンはガフガフ、ゴクゴクと豪快で、食べ物がどんどん腹に吸い込まれていく。

「おい！　武器屋が噛み付きガニガのとろとろスープをくれたぞ！」

「薬草売りの婆さんがケーキくれたぞ！」

色んな人が食べ物を持って酒場に来てくれる。

良かったな！　って言って頭を撫《な》で、頬をつつき、色んな方向から食べ物を突き刺したフォークを伸ばした。

はぃあーん、はぃあーん、はぃあ――ん。

次から次へと伸びてくるフォークにパクパクと食らいついていく。

「キャッ!?　ちょ……それは指よ！　イタタタタタ……」

「バカね！　手であげたら指ごと食べられるから皆、フォークを使ってるのよ！　ほら、ぼうや、このケーキを見て！　ケーキよー⁇」

ケーキ！　ケーキ‼　C、A、K、E、ケ、エ、キ‼　美味《おい》しい‼

あ、ちょっと、誰⁇　ケーキを食べている口に角煮を突っ込んだ人！

美味《おい》しいけど！　美味《おい》しいけど、この二つはもう少しインターバルが欲しいっていうか……

アーーー‼

第三章　十四歳の冒険者《アドベンチャー》

一　白豚令息、ダンジョンを発つ！

俺が目覚めてから二日が経った。

しおしおだった体は、二日間盛大に飲み食いしたおかげで水分が復活し、ぷるっぷるだ。見えない所が垂れまくっているものの、全体的に真ん丸なフォルムを取り戻し、尚且つ、二回りほど小さくなっている♪

鏡に映る姿は、どこからどう見ても、あらあら、真ん丸オデブさんね♪　といった程度の太り具合で、俺は嬉しくてぴょんぴょん跳ねた。

そう、体もかなり軽くなったのだ！

スーロンとキュルフェもすっかり元気になって、窶《やつ》れたせいで萎《しぼ》んでいた筋肉もうるうるパッパツ、ムキムキになっている。

出会った時以上に艶々《つやつや》ムキムキじゃないか？

そう二人に問うと、「そうだな、やっと本来の姿に戻った気がするぞ！」「ええ、完全回復です。二日間沢山《たくさん》食べましたからねぇ……♡」と返ってきた。

欠損を治しても、それまでの環境の悪さや体力の消耗からくる筋力や身体機能の低下はそんなに治せないもんなぁ。

それに比べて最近は、程良く運動して食べて、健康で、その上、すごい魔力消費の連続に晒《さら》された。

ショック療法って言うのかな？　こういうの。

体がビックリして、一番良い状態まで戻した。とか？

機会があったら、コートニー家の文献に似たような症例がないか調べてみると面白そう。

「さ、準備できましたし、行きましょうか、サミュ♪」

不意にキュルフェが頭をポンポンしながら声をかけてくれた。チェックアウトと清算が終わったらしい。

俺はぴょんぴょんと弾むようにスーロンとキュルフェの後を付いて歩く。

今からこのウメシのダンジョン街にサヨナラして、また旅に出るんだ！

何せ、俺、五日も寝てたらしくて。

その後、二日飲み食いしてて。

一週間も此処《ここ》に滞在しているんだ。もし、誰かが追いかけてきていたら、見つかっちゃう。

そう思って移動することにした。

まぁ、決めたのはスーロンとキュルフェだけど。

俺はレベルアップの結果を聞いてふわふわした気分で肉を噛《かじ》っていただけで、あんまり話を聞いていない。

そうそう、そのレベルアップなんだが、なんと！

レベル28になっていたんだ!!　わーい!!

レベル35でいっぱし、とか、ちゅーけん、とか言われるんだって。忠犬？

レベル5から一気に23も上がったし、なんならあの一日で25上がったし、もっとなんなら、二日で27も上がったし!!

「急激なレベルアップは本当に危険だから、庇《かば》ってくれたスーロンとキュルフェにいっぱい感謝するんだぞ！」

って、ドワーフのドートンさんには叱《しか》られてしまった。

次は気を付けるのは勿論《もちろん》だけど、レベル28ともなれば、そんなに一気にレベルアップすることはもうないだろう……

……スーロンとキュルフェが俺のせいで大変な目に遭《あ》うの、嫌だしな。

取《と》り敢《あ》えず、なるべく先走る癖を直そうと決意する。

「ミュー、もっとこっちにおいで、はぐれないように。な？」

街道に人が多くなってきたので、スーロンが心配して俺と手を繋いでくれた。

俺は嬉しくて、鼻息フンフン、ぴょんぴょんしながら歩く。

体が軽い！　軽い！　軽い!!

財布もスッカラカンで大分軽くなったらしいけどな……

………『回復』…………『回復』…………『回復』…………『回復』…………『回復』……

街道を歩いてどのくらい経ったのだろう。

宿から街道を少し歩いたダンジョンで、ドワーフのドートンさんとエルフの雄ネーサンズ——ボリーさん、ナンさん、バエビスさんにお別れした。

淋しくなるワと言われ、スーロンもキュルフェも俺もキスマークだらけにされる。キュルフェが悪態つきながらも少し淋しそうにしているなと感じた辺りまでは良かったんだ。

俺は今、ちょっと辛《つら》いことになっている。……『回復』。

今は、ダンジョンのある山を突っ切って、マンヤーマやスッパとは反対側に抜けようとしているんだが、股の辺りでもたついてる皮が擦れて、……すごく痛い。

あと、脇と腰の辺りも……

回復をかけても、すぐに痛くなって……。もう何回、回復かけたかな。

汗のせいなのか何なのか、かけてもすぐに痛くなる。辛《つら》い、でも、何か恥ずかしくて言えない。

ううう、でも、ツラいよ……

「す……ろん、きゅるふぇ……たすけてぇ……」

俯《うつむ》いて、とぼとぼぽてぽて歩きながらポツリと呟《つぶや》いたその言葉に、少し先を歩いていた二人がグリッ！　と振り向いて駆け寄ってきた。

それが酷《ひど》く嬉しい。

「どうした⁇　ミュー！」

「ちょっとゆっくりだな……、とは思ってましたが、何処《どこ》か痛めましたか⁇」

心配そうにあちこち確かめつつ聞いてくる二人に、股の辺りの皮が痛いと言おうとして、言《い》い淀《よど》む。

素直に言ったら良い。そんなので、スーロンもキュルフェも笑ったりしない。

それは分かっているんだ。

でも、なんだか恥ずかしいんだ。

俺の口からソレを訴える行為自体がすごく恥ずかしくて耐えられない。

スーロンとキュルフェが優しく視線で促《うなが》してくるのに……、うまく口が動かなくて、代わりに、ポロポロと涙が出てきた。

どうやら俺にとって、この皮タルタル状態は随分と認めたくない状況のようだ。

でも、言わなきゃ伝わらないし。

「痛いんだ……」

モジモジと股間の辺りの、立っているだけで身動《みじろ》ぎの度に擦れて痛む箇所に回復魔法をかけながら、何とか言葉を絞り出す。ありがたいことに二人はすぐに気付いてくれた。

「ミュー、大丈夫だ。今日はもう背負おう。直《じき》に次の街に着くからな？」

「言い出し難かったんですね……大丈夫。恥ずかしがるのは悪いことじゃないですよ。いつから痛かったんですか？　よく耐えましたね……」

こんなことも、伝えられないなんて……

自分の不甲斐《ふがい》なさと羞恥《しゅうち》に、耐えられず泣きじゃくっている間にスーロンに背負われる。

そして俺は次の街に超特急で運ばれた。

「俺に合わせて歩いてただけで、次の街まで、二人は走って行けるんだ……」

馬車みたいにビュンビュンと流れる風景に、俺は涙を吹っ飛ばしながら独《ひと》り言《ご》ちた。


超特急で着いた街——ショーコウブは、スッパを原色多めにして少しゴミゴミした雰囲気を出したような、賑やかな街だった。

速かった……

スーロンが伝書の馬と並走した時は、此方《こちら》を見下ろす騎手さんと何ともいえない気持ちで見つめ合ったものだ。

馬車も何台か抜かした。人が馬より速く走り続けられるとか、初めて知った。

あと、俺のほっぺが羽ばたくように波打っていたのも地味に精神を抉《えぐ》って辛《つら》い。

ううう……回復魔法とかで何とかできないのかな……

そんなことを考えている間に、宿に入り、今までより簡素な部屋に到着する。

すぐに裸にされて、俺の痛む箇所をキュルフェが検分し出す。

どうやら、段々、痛いことに過敏になってきていて、少しでも擦れた瞬間に一番痛い時と同じ痛みを錯覚するために、回復をかけてもすぐに痛むんだろうってことだ。

風呂でさっと洗われ、しっかりとスキンケアされて、そのまま裸待機。直後にベッドに放り込まれた。

バタバタと荷物を置いてスーロンとキュルフェが出ていき、ポツンと一人取り残された俺は、いつの間にか眠っていた。

ガタガタという物音で目を覚ますと、スーロンとキュルフェが布の山を抱えていた。下着からして新しいものに変えるらしい。次々と色んなスタイルの服を着せられていく。

スーロンが防御力UPの魔法をかけてくれたが、これが結構効き目があるみたいだ。

「この、皮が……よっと。……こうやって上にキープできてたら、……良いんだよな？」

スーロンが腕で抱っこするみたいに皮を持ち上げてくれると、割と細くなった脚が出現した。すごーい!! 皮で目立たないけど、多分脂肪半分くらいになったよね。

俺は感動のあまりぷるぷるっと身震いして、トイレに連れていかれてしまった。違う。催《もよお》してない。でも言えなくて、絞り出した。浄化浄化……

トイレから出ると、その間に色々検討されていたらしく、ぴったりした半ズボンを幾《いく》つか試着させられる。

その中で、黒の伸縮性のあるスパッツとやらが一番動きやすくて良かったが、そのままだと結局皮と一緒に下がってしまう。

色々試した結果、スパッツに伸縮性のあるランニングを縫い付けて、レスリングとかいう異国の格闘競技の服みたいな形にするのがベストだった。

だが、それだとトイレの時に全部脱がなきゃならないので、鎖骨の下辺りにボタンで肩紐部分を留める形に改造する。

腕の皮も、長手甲という伸縮性のある服でギュッと二の腕辺りに固定する感じで落ち着く。

こっちはトイレとかで外さないから、まず長手甲を付けてからこのレスリング服を着る感じだな。

大分動きやすくなった気がするぞ！

最後に、前まで着ていた服はブカブカだったので、キュルフェが使わなかった布の山と一緒に売りに行き、夕飯と共に帰ってきて、この日は終了となった。

「財布が本当に空になってきました……。サミュ、スーロン。明日からは暫《しばら》く付近の森で狩りまくりますよ！」

「おう！　頑張ろうな！　ミュー！　キュルフェ！」

「おー！　俺、頑張る！」

キュルフェとスーロンの言葉に俺は大きく腕を振り上げて返事をし、気合たっぷりに干し肉に噛《かじ》り着《つ》いたのだった。

ぐんぬぬぬぬぬぬ……か、堅いぃ～……‼

二　白豚令息、己を活《い》かす装備と出会う

「サミュ！　スッゴク似合ってますよ‼　……可愛い……！　すごく可愛い‼」

「ミュー……！　これは……攫《さら》われないように気を付けないと‼　すごく似合ってる。可愛いすぎ

て危険なくらいだ……」

朝起きて身支度をしてもらった俺は、非常に複雑な気分で鏡越しに俺を褒める二人を見つめた。

「……本気で言ってるのか？」

「勿論《もちろん》ですよ。こんなに可愛い少年、初めて見ました」

「絵本から飛び出してきたみたいだ……」

防御魔法で肌の強度を上げ、黒の長手甲の上に白地に赤い細ボーダーの柔らかいTシャツを着て、まん丸ボディを丈夫なデニムのオーバーオールに押し込んだ俺が、ちょっと怪訝《けげん》な顔で鏡の中から見返してくる。

しっかりとした三つ編みにされているにもかかわらず傷《いた》んで切れまくっていた長い白髪は、普通のショートカットのようにふさふさしている。

首許は皮が擦れたりしないように、赤いペイズリー柄の柔らかい大判ネッカチーフでカバーされて。三回も折ったオーバーオールの裾はこんもりと足元を目立たせている。

ちょんとその下から覗いている編み上げブーツの爪先《つまさき》が、豚の蹄《ひずめ》に見えてきたぞ？

「か、可愛い……♡　ダメだ、本当に金がないんです。見惚《みと》れてないで狩りに行きましょう！」

「……♡　……はっ！　そ、そうだな！　さあ、ミュー。狩りに行くぞー！」

二人はどうかしている。

そう思うが、狩りと聞いてどうでも良くなる。

狩りだ狩りだ！　狩りだ！　狩りだ!!

ふんもすふんもす、と鼻息荒く、俺は二人の後を付いていった。

結果。どうやら二人の意見が正しかったのだと痛感する。

街に出た瞬間、いや、宿の部屋を出た瞬間から、俺は注目の的だった。

皆がほっこりニコニコした顔で見つめてくる。

指差してきゃぁきゃぁ言われて振り向くと、嬉しそうに手を振られた。子供に抱き着かれ、おばあさんやおじいさんが飴《あめ》や菓子や店の商品をくれる。

というかこの街、ウメシもそうだったけど、歳いっても女の装《よそお》いをしている人多いな……

女の装《よそお》いというのは少し面倒らしくて、王都では年老いてくるとそれまで好んでいた人も簡素な男の装《よそお》いに戻す人が殆《ほとん》どだ。

俺のお祖母様も最近は髪を短く刈り込み、お祖父様とお揃いの服を着ている。

俺は文化の違いに触れた気がして嬉しくなったが、よく考えるとまだ国を出ていない。

国内でもこれだけ差があるのに知らなかったなんて、今までの俺の世界は本当に狭かったんだな……


森に着くと、キュルフェとスーロンは交代で狩りに行き、残ったほうが俺の運動に付き合ってくれる形になった。

「サミュー！　あんまり一匹を追いすぎると待ち伏せされて袋叩きに遭《あ》いますよ！　気を付けて！」

キュルフェに見守られながら、一匹一匹、スライムを叩き潰していく。ダンジョンが隣にあるせいか、結構魔物が多く、スライムがうようよいた。

俺はもぐら叩きみたいに木の杖で一匹一匹叩く。流石《さすが》レベル28。スライムが一撃で死んでいく。

この辺りは中位の魔物が冒険者によく狩られるせいで、スライムが異常繁殖しかけているようだ。

片っ端から倒して、ある程度スライムが逃げたところで落とした魔石を拾う。ついでに薬草があれば摘んでいった。

魔石を探査で取りこぼしのないように探すのも、魔法の訓練と運動だ。俺は飽きもせず、一日中スライムを狩り続けた。

朝ご飯とお昼ご飯は、干し肉と屋台のサンドイッチだったが、俺が色んな人からお菓子や食べ物を貰《もら》ったので豪華だ。

それを三人でありがたく頂く。特にふっくらとした小麦の生地の中に肉と野菜を捏《こ》ねたものが入っている食い物がすごく美味《おい》しかった。

街に帰り、ギルドで魔物や素材や魔石を売る。

スライムを沢山《たくさん》倒した礼だと、ギルドのオネーさんに超褒められた。

女の装《よそお》いをしている人は受け入れる側だってバーマンに聞いたのに、俺が出会う人は割と捕食者みたいな目で見てくるから、なんだか背中がゾクゾクするや……

空になっていた財布はすぐに重く暖かくなったらしく、キュルフェが早速、宿をグレードアップする。

そして、今日の戦いぶりを見て、俺に柄《つか》の長い木槌《きづち》を買ってくれた。

初めての武器だ‼

試しに振らせてもらうと、とっても使いやすい。俺はぴょんぴょん飛んで喜ぶ。

「ピッチフォークと悩みましたが、サミュは刺すより鈍器タイプみたいですね。ええ、本当にピッチフォークは捨てがたいですが。……ちょっと持つだけ持ってみてください。ね、お願いです」

そう言われ、ピッチフォークを持って見せる。スーロンとキュルフェが喜んだだけじゃなく、武器屋の店主まで泣いて大笑いし手を叩いて喜び、麦わら帽子を俺に被せてまた腹を抱えて笑った。

俺はフーン！　と鼻息が荒くなるほど不機嫌になったが、それも可愛いと髭《ひげ》ジョリジョリの頬擦りをされる。

「はぁぁ、可愛かった。スマンな、ボウズ。びっくりするくらい割り引きしてやるから許してくれ」

涙を拭き拭き俺にカップケーキをくれた店主が笑って言う。

買ったものが全て半額になり、俺達は言葉通りびっくりした。

宿に帰り、一日の疲れを取るべく、スーロンとキュルフェが念入りにマッサージしてくれる。

狩りの最中も何だかんだで魔法で回復しているが、スーロンとキュルフェがマッサージしてくれるとやっぱり疲労が溜まっているのを実感する。

美容に拘《こだわ》るエルフ秘伝？　のマッサージを受け、一日を思い返した。

「今日、全然肌が痛くなかった‼」

「そのようですね♪　本当に良かったです」

「気のせいか？　皮もなんとなく縮んでる気がするな」

「スパッツなどで固定しながら回復魔法をかけているのが功を奏しているのかもしれません。少し痩せた時用にもう少しサイズの小さいスパッツとランニング、手甲を買っといたほうが良さそうですね」

二人の言葉に、俄然《がぜん》ヤル気が出てくる。

「よぉし!!　明日も狩るぞ!!　ガッポリ稼がなきゃな！」

「おー！　俺もスライム狩るぞー！」

それから三日、俺達は狩り続けた。

スライム相手に俺は体の動きと木槌《きづち》の使い方をどんどん上達させていき、三日目には森を走り回れるようになる。

そう、俺は今、ゴム毬《まり》みたいに弾む、動けるデブへと進化したのだ!!　わっはっはっ!!

「ミュー！　ご機嫌なのは良いけど、足元も気を付けるんだ！　もう少し先にスライムの群れの気配がするぞ！」

「ふぉ――！　やるぞぉ――！」

俺はスーロンの言葉に雄叫《おたけ》びを上げて、スピードも上げた。

三日間ショーコウブの森の魔物を狩《か》り捲《まく》った俺達は、ほくほくした気持ちで街を後にし、街道を海に向かって進んだ。

森はめぼしい魔物が消え去り、スライムも殆《ほとん》どいなくなっている。

俺がスライムを狩り、付き添いのスーロンかキュルフェが時々出てくるゴブリンや角《つの》ウサギ、突進もぐらを倒す。

ゴブリンの群れは見かけたら遠くから魔法で消し炭にし、俺に付き添っていないほうが大型の魔物を素材と肉目当てに狩った。

そんな三日間の働きで、鬱蒼《うっそう》としていた森は、木漏《こも》れ日が差す町民達が散歩や野草採取にちょっと出掛けたくなるような雰囲気になる。

ギルドのオネーさん曰《いわ》く、半年もほっとけば元に戻るだろうが、なるべく今くらいを維持していきたいということだ。討伐報酬をいっぱいくれたし、魔石もちょっとだけ高めに買い取ってくれた。

キュルフェは、俺のスライム討伐の報酬と魔石の買取分をお小遣いとしてくれた上、木槌《きづち》がボロボロになったからと、小ぶりのヘッドのメタルスレッジハンマーを買ってくれる。

木がそのまま金属製になっただけなんだけど、メタルスレッジハンマーって、響きが格好いいじゃない？　メタルスレッジハンマー。

へへへ。頬擦りすると、冷たい。

小遣いも中々な金額で、キュルフェが新しく買ったポシェットに入れてくれる。

オーバーオールに赤いポシェットとか、一体俺を何だと思っているんだ。小一時間問い詰めたいところだが、きっと、ちょうど良いのがこれしかなかったんだよな？　そうだよな⁇

俺達は街道をずんずん進み、所々で沐浴《もくよく》したり野営したりする。魔物狩りには俺も参加して、途中で素材や肉を売り、時々スーロンに背負われて、海辺の街、イワォーコスに到着した。

三　白豚令息、潮風に驚き、海の幸に戦慄《せんりつ》する

「――ぷへっ。急に顔がペタペタしてきた。何だこりゃ？　浄化！」

「あぁ、無駄ですよ。サミュ。これは潮風です。浄化してもすぐにペタペタしますよ」

「あー……潮の香りがするな！　腹減った！　海の幸を鱈腹《たらふく》喰おう！」

潮風も無駄の意味も海の幸もよく分からないが、スーロンとキュルフェが非常に嬉しそうだったので、俺も嬉しくなってぴょんぴょんする。

それがいけなかった。漁師のおじさんに抱き上げられ、あっという間に肩車で市場とやらに案内される。

スーロンとキュルフェが慌ててついてきた。

「海の幸を鱈腹《たらふく》喰うならこっちの市場さ。お前ら、どっから来たんだ？　貝は好きか⁇　今日はとびきりデカイ蛤《はまぐり》や牡蠣《かき》、そっから仔クラーケンのピチピチしたヤツが揚がってなぁ……！」

スーロンのおんぶより高いその肩車のせいで、俺は通路の上のガーランドや大漁旗に容赦なく顔をぶつける。その度にグラグラしながら、もがもがと布をどけ、インナーマッスルがあっという間に悲鳴を上げ出した。

プヒィィ……！

おじさんの頭にしがみつくと、嬉しそうに膝を撫《な》でられるし。ＮＯＯＯＯＯＯＯＯＯＯ！

やっと下ろしてもらえたと思ったら市場のど真ん中で、俺は嗅《か》いだことのない匂いに圧倒された。

ちょ、ちょっと変な匂いがしないか⁇

慌ててスーロンとキュルフェにしがみつく。なのに二人はその匂いに魅了されているようで。

ちょっとずつ後退《あとずさ》ろうとしている俺をずるずると引っ張って、市場中央のテーブルで宴をしてる漁師の群れに飛び込んだ。

時々ジュワーッ！　とすごい音と共にもくもくと煙が出たり、火の粉が飛んで来たりと、あまりの恐ろしさに俺はカチコチだ。

だが、スーロンやキュルフェ、漁師の皆さんに次から次へと食べ物を貰《もら》う内に慣れてくる。

慣れてみたら、何のことはない。海の幸とやらは、ヒジョーに美味《おい》しい。

生の稚魚にポンスというものをかけて食べるノレノレ？　とかいうのやら、魚の内臓のぺちょっとしたしょっぱい何かやら、クラーケンの内臓でつけたクラーケンの身やら、トゲトゲの魔物の内臓やら、食べるのに勇気の要《い》るものが多かったが……というか、海の幸とやらは随分と内臓を食べるんだな……

ま、まぁ、どれも美味《おい》しかった。うん。

「サミュ、サミュは仔クラーケンばかり食べてますが、クラーケンは食べないのですか？」

キュルフェが少し上気した顔で問いかけてくる。

どうやら漁師さんにお酒をすすめられたみたいだ。目の縁《ふち》がほんのり朱い。ふっ、と笑う彼はとっても艶《つや》っぽくて。

首を傾《かし》げて、すっと流し目で問いかけられ、思わず顔の熱が上がった。

「おや、サミュ……？　どうしました？」

さらり、と長いマゼンタの髪を耳に掛け、俺に微笑《ほほえ》みかけるキュルフェ。その色っぽさにドキドキすると共に、そんな彼に妙にベタベタする漁師さん達に、なんだか俺の下唇がキュッとなる。

「ちょっと、お止《や》めなさい」

俺の肩にポン、と手が置かれた瞬間、キュルフェがその手の甲をギュウと捻《ひね》り上《あ》げて退《ど》かした。

「いってぇ！」

誰かと思ったら、俺を肩車で此処《ここ》まで連れてきた漁師のおじさんだ。顔が真っ赤で酒臭い。

「いてっ！」

ひゅっ！　という音がして、向こう側で嬉しそうに飲み食いしていたスーロンが額《ひたい》を押さえる。

どうやら、キュルフェが蟹《かに》の殻を投げたらしい。

どういうことだ⁇

俺がキョトキョトとスーロンやおじさん、キュルフェを見比べていると、スーロンがのしのしやってきて、俺を抱き上げる。俺はベンチに胡座《あぐら》をかいたスーロンの中にすっぽりと収まってしまった。

「どうしたんだ⁇　キュルフェと喧嘩したのか⁇」

慌てて聞くと、にっこり笑って頭を撫《な》でてくれる。

それが嬉しくてニコニコしている俺の腕を、漁師のおじさんが引っ張った。

「おい、ボウズ！　こっちに来いよ！　仔クラーケンの旨《うま》いのがまだあるんだ。刺身は食べたことあるか？　ん？」

え、……と？

スーロンの腕の中から俺を引っ張り出そうとするみたいな、少し乱暴な手の引き方に戸惑《とまど》う。

スーロンがおじさんの手首を掴み、やんわりと断ってくれた。

「悪いな。こいつそろそろ満腹なんだ。気持ちだけ頂いておくよ」

おじさんは、「そーかぃ」と言って手を離してくれたけど、まだ、俺の近くに立ったままだ。少し左右に揺れながら、じっとしている。

スーロンは鼻歌交じりに薫製のクラーケンやら貝やらを解《ほぐ》して俺にくれたり、自分で食べたり、キュッとライスワインとやらを呷《あお》ったりと楽しそうだ。

一方、キュルフェは妖艶《ようえん》な笑顔で漁師さん達から色々な食べ物を貰《もら》っている。

彼の横でニヤニヤしているおじさんがさっきより一人増えた……

なんだか、俺の下唇がまた、キュッとなる。

むむぅ。

「な、なぁ、宿はもう決めたのか？　満腹ならボウズだけ先に宿に行くか？　送ってくぞ？」

おじさんが話し掛けてきてハッとなった。正直、まだいたんだ……という気がする。

妙な鼻息の荒らさというか、圧というか……、変な感じがするんだよね……

俺は後ろに凭《もた》れてスーロンの中にすっぽりと隠れるようにして、そっとその膝を握り締めた。

おじさんがそんな俺に笑いかけてくる。

でも、逆光になったその笑顔は背筋をゾクゾクさせた。

「「ぃでででで……‼」」

と、突然スーロンとおじさんが叫び、おじさんがじりじりと離れる。

「キュルフェ……！」

キュルフェがスーロンとおじさんの耳を引っ張って、おじさんをスーロンの隣から引《ひ》き剥《は》がしてくれた。

俺はすごくホッとして、ギュッとキュルフェの服の裾を握り締める。その指を彼がそっと大きな手で包んでくれた。

うぅ～～キュルフェ～！

「サーミュ♡　こんな変態、相手にしちゃいけませんよ。無視です、無視。……お前、いい加減にしろ……。最初は単に気に入っただけみたいだったから多めに見たが、これ以上その汚ならしい欲を子豚にぶつける気なら容赦しない。尻にタラバンクラブの殻を詰め込まれたくなかったらとっとと失せろ！」

キュルフェがおじさんに何か言っているみたいだが、よく聞こえない。

気になってスーロンの中で右に左に揺れていると、気付いたスーロンが腹を擽《くすぐ》ってきた。

アハハハハ！　やめろよ！　自分の笑い声で全然聞こえない！　あああぁぁ！

結局、その後すぐに俺達は市場を後にして宿を取った。

四　救出された白豚令息と明日の予定

「――何のために私が手癖の悪そうな奴らを引き受けてたと思ってるんですか⁉　久しぶりの酒にホイホイ釣られて！　このアホ酒乱！　脳筋！　バカゴリラ‼　サミュがあんなに怯《おび》えてたのに呑気に飲み食いして！　今は身分がないんですよ！　膝に乗せたからって回りの猿共は遠慮なんかしないんです‼」

「でも、完全にブロックするより、ある程度危険を自覚させ……す、すまん……。悪かった……」

気が付くと、スーロンがキュルフェにメッチャクチャ怒られてた。

よく分からないけど、俺もしゅんとなって、思わずキュルフェに抱き着く。

「……！　……サミュ？」

彼は優しく髪を撫《な》でてくれる。

「キュルフェ……。……もう、お風呂入ろう？」

そう言って見上げた彼は、いつもの優しい彼だったので、ちょっとホッとした。

「もう……。そんなうるうるお目目で見つめないでください……。スーロンは抜けてる時があるから、しっかり怒っとかないと……。サミュ、さっき、ちょっと怖かったんでしょ？」

怖かった……？　怖かったのかな？

「分かんない、けど、おじさんちょっと変な感じがした」

思い出して首を傾《かし》げながら言うと、後ろでスーロンが溜め息を吐《つ》く。

「悪かった……。今はまだブロックしとくべきだったな。ミュー……ごめんな」

「ほら見たことか。ほら見たことか！　可哀想に、ぷるぷるしてるじゃないですか」

別に震えてはいなかったが、キュルフェが膝をついてギュッと抱き締めてくれたので、ありがたく抱き締められるままにする。

ふーぅ、と安心して深く鼻息を洩《も》らすと、擽《くすぐ》ったそうにうふふ、とキュルフェが笑う。

後ろで淋しそうにしているスーロンにキュルフェがどや顔しているのも気付かず、俺は抱っこで風呂へ連れていかれた。


——ふぅ、風呂は良いな……

久し振りのデカイ風呂に三人で浸《つ》かると、なんだか身も心も蕩《とろ》けそうになった。

いや、俺の見た目はもう蕩《とろ》けている。

皮が！　皮がプカプカ浮いて、珈琲《コーヒー》に浮かべたクリームみたいだ……。ううう……精神衛生に悪いから、なるべく見ないようにしよう。

俺はそっと目を閉じた。

ちゃぷ、ちゃぷ、とキュルフェが俺の肩に湯を掛けてくれる音が心地良い。

「ちょっと、あの変なのはしつこそうです。明日、朝早くに此処《ここ》を発って、海の向こうの島に行きましょうか。海洋ダンジョンといって、島から海の中に洞窟が続いてる不思議なダンジョンですよ。しかも、ダンジョンとは反対側に、リゾートスパがあるんですって♡」

「なんだソレ！　楽しそうだ!!　海の中のダンジョンって息はできるのかな!?」

興奮して湯と皮をちゃぷたぷバチャヒラさせる俺を、キュルフェが嬉しそうに見つめて頭を撫《な》でてくる。

「ふぅ、それにしてもいい湯ですね……」

不意に、バシャッ、どかっという音がして、う……とスーロンが小さく呻《うめ》く。

目を開けて見ると、大きな浴槽の反対側、此方《こちら》に背を向けてションボリ湯に浸《つ》かっているスーロンの肩にキュルフェが思いっきり足を乗せていた。長い足だなぁ……。いや、そうじゃないよ、俺。

「はぁー。足乗せがちょっと高いんですけど？　低くなってよ、兄さん」

スーロンを兄さんと呼ぶのを聞くのは初めてだ。やっぱり二人は兄弟なんだな。

俺は、浮力に負けて引っくり返らないように俺の肩を抱いてくれているキュルフェを見上げた。

褐色《かっしょく》の肌を上気させながら、こっちに気付いてにっこり微笑《ほほえ》む彼は、市場で飲み食いしていた時みたいに色っぽいのに、同時にすごく格好良くて、なんだか俺は安心する。

キュルフェの足が動くのでなんとなく先に視線を向けると、足で頭をうりうりグリグリされて静かに湯に沈んでいくスーロンの背中が見えた。

うわ、ちょっとこれは……

「スーロン……」

可哀想に思って名前を呟《つぶや》くと、ピクリと肩が反応する。後ろ姿だけなのに、どこか嬉しそうにしている気がした。

「サミュ！　甘やかしちゃダメですよ。スーロンみたいな超鈍感は、少々折檻《せっかん》しても何しても懲《こ》りやしない。そのくせ、ションボリする姿はすごく此方《こちら》に訴えかけてくるんだから、ホント質《たち》悪いんです。あいつのお仕置は精神的に辛《つら》いものにしないと効果ないんですよ」

そ、そうなのか。

鬼気迫る顔で騙《だま》されるな！　というキュルフェに圧倒される。

「そうだ、可愛いサミュに取って置きを教えてあげましょう。本当に反省させたい、その時は、お尻の穴に指を突っ込むと効き目抜群ですよ♡」

え⁉　ナニソレ怖い！

俺は目を見開いて慌てて自分の尻を隠し……きれない！　肉が邪魔で尻に手が届かない！　皮がふよふよ水中で翻《ひるがえ》るだけだよ！

ザバッ！　といつの間にか潜って此方《こちら》に来ていたスーロンが、滝みたいに水を滴《したた》らせて隣に出現し、あっという間に俺をキュルフェから引き剥《ひ は》がした。

「ミュー！　気を付けろ！　アイツは何かあると仕置きだと言って風呂の時にケツに指を突っ込もうとする変態だ！」

「悪いことばっかりするからですよ！　それに突っ込んだのは一回だけでしょう？　あとは全部防

いでるくせに！　サミュ！　覚えていて。大抵の侵入《はい》り込《こ》む側は、尻に何かを入れられると非常に大人しくなりますからね。何かあった時は、指でも何でも尻に突っ込んでやるんですよ⁉」

ひぇぇぇ⁉　あ、でも――

「バ、バーマンやアマンダは金的しろって。そうだ、兄上や父上も金的だって言ってたぞ⁇」

「サミュ、金的はまずデフォルトで喰らわすものです。でも、金的が難しい場合もありますからね。意外とヤツら、前は警戒してても後ろは油断してるんですよ。私は何回かこれで逃げ切りましたからね。効果は保証します。良いですか？　万が一の時は、お尻に何か突っ込んでやるんですよ？」

よく分からなかったが、キュルフェが真剣な目をしているので、俺はコクコクと頷《うなず》いておく。

お尻の穴……怖い。

何故《なぜ》か、漁師のおじさんのゾクゾクする笑顔を思い出す。

きっとこの話も、あの時のスーロンとキュルフェの態度も、俺にとって大事なことなんだ……

そんな気がして、俺は静かに中指をピコピコ動かした。スーロンが何故《なぜ》だか身震いしている。

「そういえば、キュルフェって受け入れる側なの？　受け入れてもらう側なの？」

俺は疑問に思ったことを口にする。

二人とも受け入れてもらう側だとずっと思っていたのだが、今日の漁師さんの態度はなんだか違った。

「私は幼い頃から受け入れてもらう側です。でも、この容姿なので何度か手籠めにしようとしてくるヤツらに遭遇しましてね……。まぁ、返り討ちです♡」

スッ！　とキュルフェが中指を突き立てて何かに入れる仕草をする。

俺もスッ！　と真似しながら聞く。

「……スーロン……も？」

「スーロンは違います。何年か前、あまりにも聞き分けがなかったので、風呂の時に腹いせに突っ込んだんです。風呂場が倒壊して、私の顔も半分形が変わりましたが、とってもスッキリしましたね……♡」

ブクブクと音を立ててスーロンは風呂の底に沈んでしまった。

そうなんだ……二人はきっと、昔からこんな感じなんだな。

俺は下の毛の時のことを思い出して苦笑いする。

その日も、俺は両脇から二人に抱き込まれるようにして眠った。

あのレベルアップ事件以来、こうやって寝るのが俺達の標準になりつつある。

かなりの勢いで皮が縮んでいる、二人から言われたその言葉をニマニマ反芻《はんすう》しているうちに、俺は夢の中に沈んでいった。

五　炸裂する薔薇《ばら》張り手！　窮鼠《きゅうそ》白豚令息、執着漁師を噛む

朝起きて身支度し……

というか、まだ夜明け前のせいで俺は眠い。

ベッドの上に膝立ちのスーロンに、同じく膝立ちで体重を預けていると、キュルフェがテキパキと服を着せてくれた。

俺はそれを半分夢を見ながら感じている。ぐうぐう。

あれは、叔父さん……？

待って！　叔父さん！

草臥《くたび》れた燕尾服をのっしのっしと揺らして、ナサニエル叔父さんが前を行く。

走って並ぼうとするものの、全然進まないし声も出ない。

気が付いた叔父さんが足を止め、いつもみたいに優しく微笑《ほほえ》んで何かを言った。

待って……。叔父さん、待って。ねぇ。


「――ふがぉぅ……ふがっ⁉　……ふぇ……？」

「お、ミュー、起きたか？　まだ寝てて良いぞ。これからフェリーとかいうヤツに乗るところだ」

スーロンの言葉に周囲を見回す。俺はスーロンにおぶられて宿の外にいた。

どうやら、寝ていたようだ。……何か夢を見たような？

頭を起こして、自分の頬とスーロンの肩にベットリついた涎《よだれ》を浄化で綺麗にする。んー……まだ眠い。

俺はスーロンの背負い籠の上で目を擦りつつ、大あくびをした。

「おお！　ボウズ、此処《ここ》にいたのか!!　昨日はどの宿に泊まったんだ??　何処《どこ》にもいなかったろう？　野宿するならウチに泊めてやったのに……！」

ひぇっ！　あの漁師のおじさん……！

昨日、俺を肩車して市場まで連れ歩いた漁師のおじさんが、何処《どこ》からともなく現れた。ちょっと息を切らしている。

走ってきたの??　何処《どこ》から??

思わずギュッとスーロンの肩を掴むと、彼が優しく俺の手をポンポンと叩いてから包んでくれた。

少し、ホッとするものの、おじさんから感じる妙な空気に、呼吸が浅く、速くなる。

「下がってください。野宿なんかしませんよ。昨日はそこの一流ホテルのスウィートに泊まりました。お忍びとはいえ、貴族のお坊っちゃまを安い宿に泊まらせるわけにはいきませんでしょう？」

すっと前に立ちはだかったキュルフェが、ツンと冷たく言い放つ。

こんな時にはいつも彼が前に出ちゃう。俺はそれが悔しくて、そっと下唇を噛み締めた。

ぐっ。と、スーロンの首筋が動く。顎《あご》に力が入ったんだ。

俺ら、いっつもキュルフェにお世話になりっぱなしだね……

コツンと頭をスーロンの頭に寄せると、ヨシヨシ、と大きな掌《てのひら》が撫《な》でてくれた。

「え、……貴族……？　ボウズがか？」

「そうですよ。貴方とは身分が違うんです。分かったら下がって。とっととお帰りなさい」

おじさんがすごく怖い顔でキュルフェを睨《にら》んでから、フラフラと此方《こちら》に近付こうとする。

キュルフェが押し留めているのに身を乗り出して、熱に浮かされたような目で俺に語りかけた。

「おい、ボウズが貴族なんて嘘だろ？　……いや、貴族でも構うもんかよ！　なぁ、此方《こちら》へ来いよ！　今から船を出すんだ……。一緒に来いよ！　楽しいぞ！　俺はこの街じゃ鳴らした腕だ！　毎日、旨《うま》い魚や貝、クラーケンを食わしてやる！　お前が欲しがるなら、真珠だって珊瑚《さんご》だって山ほどくれてやるよ！　なぁ、来いよ！　来いって！　さあ、来るんだ!!」

「お坊っちゃまは珊瑚《さんご》だって真珠だって山程お持ちですし、今からこの街で一番豪華なフェリーでリゾートスパに行くんです」

キュルフェが冷たく言うが、おじさんは目をギラギラさせて俺を見るばかりだ。

そ、それにしてもキュルフェの言い方だとかなり貴族感出るな。

単にリゾートスパとダンジョンのある島には、そのたっかいフェリーしかないだけなのに。

俺が欲しがれば何かと皆がくれるだろうから、そうなるだろうけど……別に珊瑚《さんご》も真珠も山程持ってはいないよ。

怖くなった俺はつい、どーでも良いことを考えてしまった。

目が泳ぐ。

こんな時どうしたら良いんだ？　バーマン。アマンダ。

外で遊ぶ時はいつも二人の内どっちかが付いていてくれたからか、思わず二人を探す。勿論《もちろん》、今はいるわけない。

外出する時は、兄上か父上が一緒にいてくれた。二人が席を外す時は、知り合いのおじさんやおばさんが必ずそばにいてくれたから……

スーロンは俺の手を優しく包むだけで、何かをじっと我慢している。

一方、キュルフェはちょくちょくスーロンを睨《にら》んでいるけど、スーロンは動かなかった。

俺がギュッとスーロンの肩を握ると、彼は優しく手を撫《な》でてくれる。

こんなこと初めてで、本当に困ってしまう。

「お前、良い年して。いい加減にしてください。この子はまだ十四歳ですよ？」

「俺はまだ二十八だ！　十四なら嫁《とつ》いでも問題ない年齢だろ！　二十八に十四が嫁《とつ》ぐなんざ、この辺ならザラだ！　てめえらのその肌色、てめえらの国なら十二でも嫁に行くじゃねーか！」

ヒエエ……！　何だよそれ、何言ってるんだ⁇　怖いよ！

十四歳で婚約とか、養子縁組の間違いじゃないのか⁇　婚姻も偶《たま》にはあるけど、やむを得ない事情で書類を出すだけのヤツだ。

でも、おじさんのは、それだけの話じゃないよな⁇

おじさんの言葉に、スーロンとキュルフェの魔力が怒りで膨れ上がる。

「ははぁ、さてはてめぇら、ボウズを娶《めと》るつもりだな？　貴族なんて嘘で、あの国に持ち帰ろうってんだろ？　だが、ボウズ、俺も中々悪くないだろう⁉　どうだ？　毎日可愛がってやるし、旨《うま》いもの鱈腹《たらふく》食わせてやるよ。そんなヤツの背中から下りて此方《こちら》に来い！　昨日、肩車してやったら、嬉しそうに抱き着いてきたじゃないか！　忘れたのか⁇　それともお前は誰でもああやって誘うのか？　違うだろ？　さあ、来いよ！　大事にしてやるから！　来いって！　さぁ‼」

「何言ってるんです⁉　あれは……！」

キュルフェが掴んだおじさんの肩がミシミシいって、そんなキュルフェの腕もおじさんに掴まれてミシミシいう。少しずつおじさんが近付いてきた。

どうしよう。どうして？

あの時、俺が肩車は嫌だって暴れなかったのがいけなかった？

怖くて、あっという間で、嫌って言えなかったんだ。

抱き着いたからダメだったの？　でも、ああしなきゃ俺、ひっくり返って落ちちゃうと思ったんだよ。膝擽《くすぐ》られたのは変な感じだったけど、肩車が怖くてそれどころじゃなかったんだ。

俺は泣きそうになった。

その時、すとん、と心に言葉が降ってくる。

『嫌いな人に、嫌いって言う権利がおちびさんにはあるんだよ。嫌いって言って良いし、時には嫌いって言う必要がある時もある。そこに、自分が悪かったかもしれない、なんてことは関係ないんだ。自分が悪くても嫌って良いし、好意でも拒む権利がおちびさんにはあるんだよ……。……私にはついぞできなかったが……、きっとおちびさんならできるだろう』

ああ、これのことだったんだ。

想い出の中のナサニエル叔父さんが優しく笑いかけてくる。

『サーミ、不届き者は容赦なく吹っ飛ばしてやれ！』

『サミュ、何かあった時は指でも何でも尻に突っ込んでやるんですよ』

『坊っちゃん、ここは金的といって……しっかりと狙ってやるのですよ？』

次々と、皆の言葉を思い出す。

俺はギュッとスーロンの肩を握り締め、魔力を練《ね》った。

狙いは、不届きなおじさん！

「棘薔薇乃実《ローズヒップ》!!」

「ぐわっ!?　……ミュー??」

「わ!?　……サミュ??」

ぷっくぷくに膨れた俺の魔力が一斉に駆け下りて地面に潜り、おじさんの近くに芽吹く。

プルン！　と弾けるように大きな双葉が出現し、みるみる大きくなってポン！　と真っ赤な大輪の薔薇《ばら》が咲く。

スーロンでさえ悠々と見下ろす大きな薔薇《ばら》は、ぐらりとその首をもたげ、真っ赤な花弁を少し萎《しな》びさせると、中央に大きなオレンジ色の実をプクプクむくむくと出現させた。

本来なら花の根元が膨らむが、その辺りが少し違うのは、創作魔法のご愛敬《あいきょう》というもの。

ぐいっと茎を反らした薔薇《ばら》の実が大きく裂け、凶悪な牙がゾロリと並んだ口になった瞬間、ケラケラ……とちょっと可愛い声で笑い、漁師のおじさんに金的一発！

「うぎゃ!?」

ドカン！　とトゲの生えた太い縄みたいな蔦《つた》で金的を蹴られ、おじさんが前屈みになる。続いて、薔薇《ばら》は踵落《かかとお》としの要領で彼の頭を踏みつけ、上がった尻をこれまた蔦《つた》でベチンベチンと数回ひっぱたく。そして、パクリとおじさんを頭から咥《くわ》えた。

「む――!! んぐ――！ んむ――！ んん!? んんぅ!? んっ――むぅ――んぐ――!!」

薔薇《ばら》の実からチョロリと出たおじさんの膝下がバタバタと暴れ、実の中からくぐもった叫び声が聞こえる。

俺は何度か深呼吸をして息を整え、キッとおじさんを睨《にら》みながら薔薇《ばら》の実にお願いした。

「棘薔薇乃実《ローズヒップ》！ 俺から見えないところに捨ててきて！」

アイアーイ☆ って感じで大きな深緑の葉っぱを曲げて敬礼した薔薇《ばら》の実は、るったるったとスキップみたいな足取りで何処《どこ》かへ去る。

ふぅ。一息吐《つ》いて、未だにカタカタと震えている冷えた指先を、意識して開いた。

これはアドレナリンが出ているんだな……

恐怖からのものではない、所謂《いわゆる》武者震いというヤツを、不思議な気分で見つめる。

何処《どこ》かスッキリとした気分ではあるが、色々と、不満のようなものが残る……

「ミュー！ よくやった！ 偉……『棘薔薇乃実《ローズヒップ》！』っ～！」

俺は薔薇《ばら》の実をもう一体出すと、スーロンの背負い籠から出してもらう。

ひょいっと俺を抱き上げた薔薇《ばら》の実は、そのままストンと花の部分に乗せてくれ、しっかりと蔦《つた》で固定してくれた。

「スーロンの……」

「……？ ……ミュー……？」

「スーロンの…………馬鹿ァ!!」

「ウグッ!?」

スパァ――ン!! と派手な音を立てて、薔薇《ばら》の実が俺の代わりに葉っぱの張り手を炸裂させる。

「ばかばかばかばかばかばかばかばかぁ！」

スパンスパンスパンスパパパパパン！ と高速で張り手を繰り出した。

俺は薔薇《ばら》の実にしがみついて思いっきり泣き叫び、スーロンに怒りをぶつける。

「怖かったじゃないか！ どうして助けてくれないんだよぉ！ ばかばかばかぁ！ スーロンなんか！ スーロンなんかぁぁ!! うぇぇ――ん!!」

「いっっってぇ！」

俺がくるりと踵《きびす》を返した直後、スーロンが悲鳴を上げた。

薔薇《ばら》の蔦《つた》でも当たったかな？ でも、知るもんかぁ！

兎《と》に角《かく》、じっとしていられなくなった俺を、薔薇《ばら》の実が港の端っこまでるったるったと連れていってくれる。

俺は薔薇《ばら》の実の背中でグジュグジュと涙と鼻水が溢れるままに泣き続けた。

本当は分かっているんだ。

スーロンは俺のためを思ってギリギリまで我慢していてくれんだって。

もう少しおじさんが近付くなり、魔法を使いそうになったりしたら、すぐに動いてくれたって。

でも、きっと、それじゃダメだったんだ。

あのおじさんには、スーロンやキュルフェが何を言ってもダメで、俺が自分で嫌だと言わないと、拒絶しないと、ダメな人だったんだ。

だからスーロンは、俺に大丈夫だよって合図をしつつも動かなかったんだよね。スーロンが言わせたって思わせたくなくて、何にもしなかったんだ。

分かっているんだ。

これは、甘えだって。

もう俺は十四歳だから、昔みたいに皆に守られているだけじゃダメなんだって。

そうだ、俺は一人前の冒険者なんだ。

そうだよ、スーロンとキュルフェの主なんだよな、一応。

甘えてちゃダメだ。

兄上や父上、バーマンやアマンダが見たらビックリするくらい、立派になって帰るんだもん！

甘えてちゃダメだ……

「ふぇぇ〜〜ん！　うわぁぁぁん！　でも、怖かったよぉぉぉ！」

誰もいない港の端っこ、大きな船の横で、俺は海に向かってウワンウワン泣く。

海は朝日でスーロンの朱色がかった金色の瞳と同じ色にキラキラしていて、そういえばまだ早朝だった、と思い出す。

薔薇《ばら》の実が甘くて優しい、コートニー家の中庭みたいな薫りをさせる。背中を葉っぱでポンポンしながら、るんたぁ、るんたぁ、と揺れて……

俺は段々、眠くなってしまう。

だから、キュルフェが迎えに来たのも、彼に俺を渡した薔薇《ばら》の実が普通サイズの紅薔薇一輪を残して消えてしまったことも、気付かなかった。

目が覚めた時にはもう、フェリーは俺を乗せてとっくに海原へ乗り出していた。

六　目覚めた白豚令息と唐紅髪奴隷の怒り

「おや、起きました？　おはようございます。サミュ」

もぞりと動いた俺に気付き、キュルフェが優しく髪を撫《な》でながら顔を覗き込んできた。

んー……瞼《まぶた》が重い。ぼやーっと熱っぽい頭で顔に回復魔法を掛け、キュルフェに湿らしたタオルで拭かれるままにする。

「まだフェリーの朝食ビュッフェに間に合いますから、さ、行きましょう」

優しく起こされて、靴を履かせてもらう。

なんだか、違和感あるなぁ……？　ぽやっとそんなことを考えている内に、キュルフェに抱っこされて運ばれる。

「サミュ。今日は朝から大変でしたね……。サミュが寝てる間に、あの木偶《でく》の坊のスーロン野郎《やろう》には、このキュルフェ様がし～っかりお説教しときましたからね？　まったく……。でも、さっきのサミュは本当に立派でしたね！　あの漁師には全く言葉が通じなかったですから、あれくらいハッキリ拒絶を示してちょうど良いくらいだと思います。それに、ローズヒップでしたか⁇　すごい魔法ですね！　とっても素晴らしかったですよ♪」

キュルフェがふっと笑って俺を褒めてくれた。違和感なんて吹っ飛んで、俺の中から言葉が溢れてくる。

「棘薔薇乃実《ローズヒップ》とかポンポンデイジーは、四つの時に兄上と一緒に作った魔法なんだ♪　兄上、跡継ぎだからって、家庭教師から結構色んな課題出されててさ。でも創作魔法の課題って、想像が苦手な兄上にはどうしたら良いか分かんないって困ってて。偶々《たまたま》俺が絵を描いて見せたのを、ひどく真剣に兄上が誉めたからって、先生がその絵を元に魔法を考えようって言ったんだ。だから一緒に作ったといっても、俺が書いたお花を元に、兄上がこんな技に違いないって考えて、俺がそれに、もっとボカン！　てして〜とか言ったってだけなんだけど。それで、折角《せっかく》だからって二人でその創作魔法がちゃんと使えるか試してたから、俺も使えるようになっちゃって」

「成る程、それで可愛いお花の名前にあの攻撃力なんですね」

「……意外と普通に習った魔法よりこっちのが咄嗟《とっさ》に思い出すみたい。八歳でポーション作りの訓練始めてからそっちにすごい魔力使うおかげで、学校の授業以外では魔法を使ってなかったんだけどねー」

「それだけしっかりと身についてたってことですよ。きっとサミュは兄上と一緒にできるのが嬉しくて、沢山《たくさん》練習したんじゃないですか？」

「確かに！　あの頃、二人でいっぱい練習したよ！　すごいなキュルフェ！　よく分かったな！」

「サミュのことなら何でもお見通しですよ♪」

キュルフェが、サミュ♪　サミュ♪　と何時《いつ》もより少しおどけた感じで話し掛けてくれる。

彼に抱っこされるのも珍しいし嬉しかったが、後ろからションボリとした感じで頭をさすりながらスーロンが付いてくるのが気になった。

「サミュ、あれはヤツの作戦ですからね。騙《だま》されちゃダメですよ？　昨日あんなに言ったのに、結局、今朝も独断で突っ走ったんですから。……うまくいったから良かったですが、サミュすっごく怖かったでしょう？　おぉ、ヨシヨシ。もう大丈夫ですからね♪　……今日はこのキュルフェ様と一緒に、めいーっぱいスーロンの野郎《やろう》をこき使ってやってスッキリしましょーね♡」

キュルフェのテンションが変だ。

でもまぁ、楽しくなっちゃって、俺はキュルフェの腕の中でクスクス笑った。

食堂に着くと、二人してあれやこれや料理を取ってはスーロンに持たせる。手ぶらで席に着き、二人であーんしあって朝ご飯を食べた。

スコッチエッグが絶妙なお味で、家よりも美味《おい》しい。スパイスとか肉の脂《あぶら》の具合とか、絶品！

スーロンは自分では料理を取らせてもらえず、俺らの向かいでぽつんと座っている。

キュルフェが時々あーんするも、絶対素直に食べさせず、何度も何度もフォークを引き戻していた。時々、散々焦《じ》らした挙げ句、そのままキュルフェが食べる。

スーロンはそれを黙って受け入れていた。多分、今まで何度かこういうことがあったんだろうな。

楽しそうなので俺も時々参戦したが、引き戻す前に食べられてしまい、うまくできなかった。

スーロン、速い。

でもまぁ、彼が飢えても可哀想だし、良しとする。

食事は昼も夜もそんな感じだった。

食事以外はフェリーの中のショップや娯楽室などを俺達は無駄に散歩する。

俺を抱っこしたキュルフェをスーロンが抱っこするという離れ業で……

それなのに、キュルフェはそんな状態でスーロンのほっぺをビロンビロン引っ張ったり、脇腹を突っついたりした。

脇腹を突っつかれたスーロンがぐらついて俺とキュルフェがきゃぁきゃぁ笑った時だけは、少しだけスーロンも笑っていたが、すぐにキュルフェにほっぺをつねられて慌てて無表情に戻る。

でも、俺は悟ってしまった……。スーロン、すごくシュンッてしているように見えるけど、割と平静だ……

「スーロン……顔ほどシュンッてしてない……」

「そんなことないぞ、ミュー。すごく反省しています」

「様を付けろよ！　様を！　サミュエル様とキュルフェ様だろ！　スーロンてばいつもそう。顔ほどは懲《こ》りてないんだから。サミュも分かったでしょう？　こいつ意外と狡《ずる》いんですからね」

ふんぞり返ってキュルフェ様と呼ばせるキュルフェも、意外と狡《ずる》くて懲《こ》りないスーロンも、二人の新しい一面を知られた気がして、俺は嬉しくてクスクス笑う。

その日は、風呂もキュルフェと一緒にスーロンを足乗せにしてゆっくり浸《つ》かり、寝る時も足元で背中を丸めて横たわるスーロンを足乗せにしてキュルフェの腕に包まれて寝た。

キュルフェと二人でこれほど色んなことをしたり話したりする機会はあんまりなかったから、すごく楽しい。

寝ようとすると、あのおじさんを思い出して怖くなり、キュルフェにギュッとしがみつく。

キュルフェは少しスッキリした花みたいな匂いがして、なんだかちょっとドキドキした。

朝。目が覚めると、俺はスーロンの背中に抱き着いて寝ていて、そんな俺を後ろからキュルフェが抱き締めてくれていた。

嬉しかったので、もう一回目を閉じる。

あーあ、最近二度寝ばっかりだな。俺ってば悪い子♪

七　紅髪奴隷と海の幸と不穏な漁師

漁師に抱き上げられ、肩車でミューが連れ去られた時は正直肝を冷やした。

俺達は悪意や殺気には気を付けていたが、単純な好意しか感じなかった上に、漁師として優秀なのか気配が薄く、見つけてから手を出すまでが刹那《せつな》の速さだったせいで、まんまとかっ拐《さら》われる。

キュルフェがすぐに攻撃態勢に入ったが、此処《ここ》は故郷とは違うし、俺達は今、奴隷。主のミューは家出中ときてる。

目立ちたくなかったし下心はなさそうなので、俺はキュルフェを宥《なだ》め追い掛けるだけに留めた。

だが、あの時彼を止めずに蹴りでも喰らわせて、子供を勝手に抱き上げて連れていくのは人攫《ひとさら》いと一緒だと大声で怒鳴り飛ばせば良かったと、今は後悔している。

「海の幸を鱈腹《たらふく》喰うならこっちの市場さ。お前ら、どっから来たんだ？　貝は好きか⁉　今日はとびきりデカイ蛤《はまぐり》や牡蠣《かき》、そっから仔クラーケンのピチピチしたやつが揚がってなぁ……！」

そう言ってズカズカと進む無神経な漁師の上で、ミューは可哀想に通路の上のガーランドや大漁旗に容赦なく顔をぶつけ、グラグラもがもがと必死にバランスを取っていた。

それがなんだか可愛くて、可哀想だったがちょっと眺《なが》めてしまう。

だが、ミューが疲れて頭にしがみついたせいで、漁師の好意に下心が芽生えてしまっていたらしい。それに気付いたのは少し後だった。

ジュワーッ！　という音と共にもくもく上がる煙、蟹《かに》に魚にクラーケン、故郷では見たことがない異国の珍味に久々の酒。

俺は久々の海の幸に舌鼓《したつづみ》を打ちつつ、ふと、先程の漁師のミューを見つめる視線がおかしいことにようやく気付く。

いやそもそも、漁師が鼻の下を伸ばすからとわざと色っぽく振る舞って手癖の悪いヤツらが間違ってもミューにちょっかいかけないようにしているキュルフェの妖艶《ようえん》スマイルを前に、ミューを見つめていることがおかしい。

現に他の荒くれ共はキュルフェのご機嫌取りのためにキュルフェ本人だけじゃなくミューにも旨《うま》いものをやったり、お茶のお代わりを淹《い》れたりと甲斐甲斐《かいがい》しく世話をしていても、視線はキュルフェだ。

「いやぁ、旨《うま》いものだらけだな、此処《ここ》は。あの漁師に案内されて来たんだが、アイツは何だ？　この街じゃ、顔なのか？」

「ん？　ああ、リョーズか。あいつぁ……」

俺はそれとなく、回りの漁師達からそいつのことを聞き出す。

名前はリョーズ。腕利きの漁師で、実家もそこそこ裕福な網元。体は大きく喧嘩も負け知らず。

彼に甘かった父親が少し離れた別荘で隠居暮らし。町長なんかもヤツの前では萎縮気味。普段は気のきく良いヤツだが、何かあっても誰も意見できないらしい。

……この街では、王も迂闊《うかつ》に手出しできない高位貴族みたいなもんか。

暴れん坊ではないようだが、以前、誰も意見できなくて困ったことがあったみたいだな。

俺は、旨《うま》い旨《うま》いと飲み食いしながら周りを酔わせて、更に詳しく話を聞いた。

重い口も、酒と笑顔と労《ねぎら》うような相槌《あいづち》の前では軽くなる。

「あいつァはなぁ……男の見る目が……もうちっと、なぁ……ハハハ」

「そうだなぁ……もうちっと、なぁ……」

おいおい、何だってんだよ。どうやら、リョーズは初心《うぶ》なのがお好みらしい。何度か婚姻と離婚を繰り返しているとか。

最初はリョーズも若かったから、早い結婚ってだけだったのだが、段々相手との年の差が開き、ヤツの地位も上がって、親も断り難くなる。嫌がる子供を結構な執着で追い回すので、逃げるように街を出た一家もあるとか。

「だから、あの美人さんは大丈夫さ」

キュルフェが俺の伴侶だとでも思ったのか、一人の漁師がカラカラと笑う。

「笑い事じゃねぇ。俺の弟達に手を出すなら、容赦しない。もし、リョーズやそこの弟に群がってるヤツらに何かあれば、そういうことだと思ってくれ」

俺が静かにそう言うと、年嵩《としかさ》の漁師が笑いを引っ込めて黙って頷《うなず》いた。

纏《まと》め役だろうか。何かあった時にはリョーズ達を庇《かば》うつもりはない、ということだと受け取る。

「イッ！」

その時、ヒュッと刺々しいタラバンクラブの殻が飛んできて頭皮に刺さった。

地味に痛い。

どうやら、件《くだん》のリョーズがミューに声をかけようとしたらしい。

やっぱりか……

もう少し情報集めと根回しをしたかったが、俺はミューの所へ行き、胡座《あぐら》の中に彼を座らせて牽《けん》制《せい》することにした。

「どうしたんだ⁇　キュルフェと喧嘩したのか⁇」

慌てて聞いてくるミューがとても可愛くて、頭を撫《な》でる。

本当に、大分可愛くなってきた。きっとこれからもこんな変態が山程出てくるだろう。それなのに、俺達が守るだけで良いのか？

汚いものを何も知らず育つ、白痴《はくち》の美だっけか？

……それも良いかもしれないが、そうやって育ちきってから、うっかりノーガードで悪意に晒《さら》された日には、簡単に壊れてしまう。

いつまでも純粋で、キレイなものに囲まれて育ってほしい、なんて周りのエゴだろう？

いや、そう思う俺のこの気持ちもエゴかもしれない……。でも……

こんだけ丸々しているのに、もうこんな野郎《やろう》が寄ってくるんだ。

今のうちに少しずつ、こういうヤツらに対する心の持ちようを教えるべきだ。

さっきからミューをもっとガードしろと睨《にら》んでくるキュルフェには悪いが、俺は胡座《あぐら》の中に収めるだけに留める。

早速、それが面白くなかったらしい漁師がミューの腕を些《いささ》か乱暴に引っ張った。

「おい、ボウズ！　こっちに来いよ！　仔クラーケンの旨《うま》いのがまだあるんだ。刺身は食べたことあるか？　ん？」

「悪いな。こいつそろそろ満腹なんだ。気持ちだけ頂いておくよ」

ミューの代わりに、口調は柔らかくだが強く手首を掴んで睨《にら》みながら断ると、そーかぃと言って手を離したが、近くに立ったまま、じっとりと次の手を考えて機会を窺《うかが》ってやがる。

まぁ、そうだ。キュルフェに手をつねられても懲《こ》りないんだからな。

ミューは、なんとなく違和感があるらしく、不安そうだ。

だが、ミュー。こいつは俺やキュルフェが言っても聞かないし、ミューが不安そうにモジモジしても余計に可愛いと思うだけみたいだぞ？

「な、なぁ、宿はもう決めたのか？　満腹ならボウズだけ先に宿に行くか？　送ってくぞ？」

送り狼になりたいのがバレバレだぞ。隠す気もないんだな。

この小さな街で思うが儘《まま》に振る舞ってきたのがよく分かるよ、リョーズ。

ミューが俺の腹に凭《もた》れ、俺の中にすっぽりと隠れるようにそっと膝を握り締めた。可愛い。頼られたい。

今すぐリョーズを張っ倒して、ミューを思いっきり抱き締めていっぱい撫《な》でてやりたい。丸いほっぺがホカホカになるまでキスしてやりたい。けど、我慢だ。

ミューの魔力が不安そうにふよふよと彷徨《さまよ》っているのが伝わってくる。けど我慢だ。我慢だ我慢。

スマン、ミュー。

不安か。だが、不安に思うだけじゃダメなんだ。付け入られてしまうんだ。

リョーズが覗き込むように笑い掛けている。

そら、ミュー。分かるか？　ヤツはミューが一歩引く度にその分詰め寄ってくる。どんどんミューに踏み込んできているぞ？　良いのか？　ミュー。

「「ぃでででで……!!」」

「キュルフェ……！」

我慢できなくなったキュルフェが怒りの形相で俺とリョーズの耳を引っ張り、割り込んできた。

ミューが嬉しそうにキュルフェを呼んで、ギュッと彼の服の裾を握り締める。

まぁ、そうなるわな……

……今回は此処《ここ》までにしておくか。ミューに嫌われてしまいそうだし。


その後。宿に着いたものの、キュルフェがひどくご立腹だった。

まぁ、俺の独断でキュルフェの意図と反対の行動をしたんだ。当たり前だ。

「何のために私が手癖の悪そうなヤツらを引き受けてたと思ってるんですか!? 久しぶりの酒にホイホイ釣られて！　このアホ酒乱！　脳筋！　バカゴリラ!! サミュがあんなに怯《おび》えてたのに呑気に飲み食いして！　今は身分がないんですよ！　膝に乗せたからって回りの猿共は遠慮なんかしないんです!!」

「でも、完全にブロックするより、ある程度危険を自覚させ……す、すまん……。悪かった……」

一応、俺の意見を言ってみるが、まぁ、般若《はんにゃ》の如《ごと》く怒るキュルフェに伝わるはずがなく、謝るしかない。

キュルフェに抱き着くミューの魔力は、あれからずっと不安そうにふるふると震えたままだ。

「悪かった……。今はまだブロックしておくべきだったな。ミュー……ごめんな」

「ほら見たことか。ほら見たことか！　可哀想に、ぷるぷるしてるじゃないですか」

更にキュルフェに言い募《つの》られる。

そう言う彼もすごく魔力が震えていて。

きっと、ずっと心配していたんだろう。チクリと胸が痛む。

浅はかだったんだろうか。いや、だが……

うーん……だが、俺はキュルフェと違って、そっちの対象としてあんなふうに狙われる恐怖は知らないものな……

キュルフェにギュッと抱き締められて安心し、深く鼻息を洩《も》らすミュー。それをうふふ、と笑うキュルフェ。

ちょっと淋しい気持ちで二人を見つめていると、キュルフェがどや顔をして抱っこでミューを風呂へ連れていった。

まぁ、そうなるよな。

「ちょっと、あの変なのはしつこそうです。明日、朝早くに此処《ここ》を発って、海の向こうの島に行きましょうか。海洋ダンジョンといって、島から海の中に洞窟が続いてる不思議なダンジョンですよ？　しかも、ダンジョンとは反対側に、リゾートスパがあるんですって♡」

確かに、リョーズ対策で一番良いのはそれだよな。

俺はキュルフェに頷《うなず》いたが、お前には聞いていないとばかりにフン！　と睨《にら》まれる。……悪かったよ……。反省した素振りを見せたのに、騙《だま》されないとばかりに更に睨《にら》まれて、思わず笑いそうになった。おっといけない。反省だ、反省。

「なんだソレ！　楽しそうだ!!　海の中のダンジョンって息はできるのかな!?」

あー……ミューはやっぱり可愛いな。

こんなに可愛いんだ。少しくらい変態の処し方を学んだって可愛さは損なわれないし、やっぱりミューを守るためにも、学ばせるべきだろう。

そんなことを考えながら、俺はその後のキュルフェのいつもの可愛い意地悪を耐えた。

この程度は甘んじて受けるさ。……だが、ケツは許さん。ケツは。


朝。起きて、半ば夢の中なミューをベッドの上で膝立ちにさせて支える。キュルフェと協力して服を着せ、とっとと出発だ。

だが、そうは問屋が卸《おろ》さなかったようだな。

「おお！　ボウズ此処《ここ》にいたのか!!　昨日はどの宿に泊まったんだ??　何処《どこ》にもいなかったろう？　野宿するならウチに泊めてやったのに……！」

流石《さすが》高いホテル、守秘義務を通したのか。

息を切らしているのを見ると、リョーズは一体何時《いつ》からミューを探していたんだ？　船で出ることも念頭に置いて暫《しばら》く前から探し回っていた、ってところか？

不安なのか、ミューがギュッと俺の肩を掴む。その手を優しく叩いてから包み、少しでも安心するよう願った。

だが、リョーズの気迫に怯《おび》えているのか、呼吸が浅く速くなっている。

「下がってください。野宿なんかしませんよ。昨日はそこの高級ホテルのスウィートに泊まりました。お忍びとはいえ、貴族のお坊っちゃまを安い宿に泊まらせるわけにはいきませんでしょう?」

キュルフェが冷たく言い放ち、苛立《いらだ》ったリョーズが彼を殴らんばかりに睨《にら》む。俺まであと少しで手を出しそうになった。

けれど、ぐっと堪える。

大丈夫だ。向こうは手を出すつもりはない、だから、俺もまだ手は出さない。

コツン、とミューが頭に頭を寄せた。キュルフェに守られたのが歯痒《はがゆ》いのだろう。

そうだな。守られるばかりじゃイヤなんだな。その気持ち、よく分かるよ。

よし! そう思うなら、きっと、ミューは大丈夫だ。きっとやれる。

信じているぞ、との思いを込めて柔らかい白髪を撫《な》でる。

「え、……貴族……? ボウズがか?」

「そうですよ。貴方とは身分が違うんです。分かったら下がって。とっととお帰りなさい」

リョーズは貴族と聞いても退《ひ》かず、キュルフェを睨《にら》んだ。思い通りにいかないのが納得いかないのだろう。

熱に浮かされたような目でミューに語りかける。

まったく、旨《うま》いものや真珠や珊瑚《さんご》で全ての可愛子ちゃんが釣れると思ったら大間違いだ! 漁のしすぎで、何でも捕まえたら手に入ると思っていないか??

ああ、くそ、我慢だ我慢。我慢。まだ殴ったらダメだ。俺の出番じゃない。俺の獲物じゃない。ミューのだ。これはミューの!

キュルフェがちょくちょく睨《にら》んでくるけど、無視だ。

ミューは守られるだけなのを嫌がっている。リョーズは身分も高くないし頑丈そうで、少々ミューの魔法が暴発してもいけそうだし、絶好の教材なんだ。

俺は、子猫に狩りを教えるためにネズミを差し出す母猫のようにじっと耐えた。

「お前、良い年して。いい加減にしてください。あの子はまだ十四歳ですよ？」

「俺はまだ二十八だ！　十四なら嫁《とつ》いでも問題ない年齢だろ！　二十八に十四が嫁《とつ》ぐなんざ、この辺ならザラだ！　てめえらのその肌色、てめえらの国なら十二でも嫁に行くじゃねーか！」

その言葉に、俺とキュルフェの魔力が怒りで膨れ上がった。

俺達には、それが誰のことを言っているのかすぐに分かったからだ。

「ははぁ、さてはてめぇらボウズを娶《めと》るつもりだな？　貴族なんて嘘で、あの国に持ち帰ろうってんだろ？　だが、ボウズ、俺も中々悪くないだろう⁉　どうだ？　毎日可愛がってやるし、旨《うま》いもの鱈腹《たらふく》食わせてやるよ。そんなヤツの背中から下りて此方《こちら》に来い！　昨日、肩車してやったら、嬉しそうに抱き着いてきたじゃないか！　忘れたのか⁇　それともお前は誰でもああやって誘うのか？　違うだろ？　さあ、来いよ！　大事にしてやるから！　来いって！　さぁ‼」

「何言ってるんです⁉　あれは……！」

キュルフェに掴まれた肩をミシミシいわせながら、少しずつリョーズが近付いてくる。

ああそうさ。まだ十二歳の子供を、俺達の親父が今のお前と同じように無理やり娶《めと》ったのさ。

まだ何も知らない幼気《いたいけ》な子供をベラベラと理屈で丸め込んで保護者を脅し、キラキラしたもんで釣って、罪悪感で縛り付けて……

その結果、俺とあんまり年の変わらない兄弟みたいな親と子は、まだ子の背も伸びきらないうちに政争に巻き込まれて死んだんだ。

……ダメだ。これはまだ殴ったらダメだ。俺が手を出したら、ミューは成長できない。

これはミューの学びだ。ミューの獲物だ。俺の気分を良くするために奪ってはいけない。

俺の肩の上で、ミューの魔力が色んな感情を抱えて四方八方に飛び回ったり、ぷるぷると縮こまっている。それを放置している罪悪感と、怒りが俺の中で暴れまわるが、何とか耐えた。

ああ、ミューが泣きそうだ。

もう少し、もう少し様子を見てダメそうなら、こいつはもう好きなだけ殴って玉でも潰してしまおう。

と、その時。すとん、ミューの魔力が凪《な》いだ。

一瞬、その反応に心底肝が冷える。また俺は見誤ったか⁉

大事なミューに取り返しのつかないことをしたのか⁉

だが、奥のほうから順々に、凪《な》いだ魔力達が攻撃の意思を孕《はら》んでプンプクに膨れてトンがってくる。

ああ、良かった！　本当に良かった……‼

だがやっぱり、キュルフェの言う通りにするべきだった。

これは危ない橋だ。俺は、俺が思ったより危険な賭けをしたんだ！

成功したから良かったものの、他に方法は幾《いく》らでもあったはずだ！

スマン、ミュー、キュルフェ。俺が浅はかだったよ……

ミューがギュッと俺の肩を握り締め、魔力を練《ね》る。

……あ？　ちょっと待て？

「‼」

ミューが魔力を練《ね》るのと同時に、肩からすぅっと俺の魔力が幾《いく》ばくか抜かれた気がした。何だ？

瞬間、肩からプンプクに膨れてトンがったミューの魔力が、一斉に俺のナカに流れ込み地面まで駆け抜けていく。

「ぐわっ⁉　……ミュー⁇」

「わ⁉　……サミュ⁇」

プンプク魔力がリョーズの近くに芽吹くのが分かったが、俺はそれどころじゃない。まだ体中がゾワゾワとしている。

何だ⁉　何が起こったんだ……⁉

プルン！　と弾けるように大きな双葉が出現し、みるみる大きくなってポン！　と真っ赤な大輪の薔薇《ばら》が咲く。

薔薇《ばら》だ、すげぇ薔薇《ばら》だ。デカイ。ああ、腰が砕けそうだ。ヤバい、ヤバいぞ。耐えろ俺。

俺を悠々と見下ろす大きな薔薇《ばら》は、ぐらりとその首をもたげ、真っ赤な花弁を少し萎《しな》びさせると、中央に大きなオレンジ色の実をプクプクむくむくと出現させた。

俺はそいつを眺《なが》めながら、何とか息を整え、平静を取り戻す。ふぅ……

ぐいっと茎を反らした薔薇《ばら》の実が大きく裂け、凶悪な牙がゾロリと並んだ口になった直後、ケラケラ……とミューと同じ笑い方で笑い、リョーズに金的を喰らわせた。

ぅわぁ……

思わずタマがヒュッとなったお陰で、俺のナカの先程の刺激が全て吹き飛ぶ。……ありがたいような、ありがたくないような……

「うぎゃ⁉」

ドカン！　と金的を蹴られて前屈みになったリョーズの頭を、踵落《かかとお》としの要領で踏みつける薔薇《ばら》に既視感を覚える。

これは、ヤツがもう少し近づいたら俺が喰らわせようと考えていたヤツだ。

踵落《かかとお》としの型なんか、まんま俺……

まさか、あの時……⁉　いや、そういえば確かに……

上がった尻を、これまた蔦《つた》でベチンベチンと数回ひっぱたいてズボンの尻を破いてから、薔薇《ばら》の実はリョーズを頭からパクリと咥《くわ》えた。

ミューの魔力が駆け降りた時、その一部が俺の魔力と記憶をほじくり返し、キュルフェなら詳しいという結論を出して彼のほうに駆けていったのを思い出した俺は、ゾッとした。

魔力がそんなことをするのか、というのも驚きだが、多分、ポーションやこの間の魔力譲渡なんかで分かった俺達の魔力の親和性が高過ぎることで、起こったんだろう。

俺は、ミューに魔法の杖として使われてしまった。魔法が使えなくても、魔力を流せば仕込まれた魔法を発動する杖があるが、俺はあれの高性能バージョンだ。

だから、俺が考えていた攻撃を薔薇《ばら》が再現したし、ミューが知らなかった知識を補完しようと動いたんだ。

「む――‼　んぐ――！　んむ――！　んん⁉　！　んんぅ？　んっ――むぅ――んぐ――‼」

薔薇《ばら》の口からチョロリと出たリョーズの膝下がバタバタと暴れ、薔薇《ばら》の中からくぐもった叫び声が聞こえる。

俺の予想を裏付けるように、薔薇《ばら》の口の中には薔薇《ばら》の蔦《つた》が数本入っていた。ミューは気付いていない。多分、これはキュルフェの魔力からの影響だ。彼はミューには見えない所でやりたがるから。

うう、それにしても何で俺だけまだ薔薇《ばら》と繋がっているんだ⁇　俺が杖になったからか？　ああ、幾《いく》つ入れるんだ……。もう入らないよ……！　ヒエエ！　押し込んだ‼　これ、やっぱり、薔《ば》薇《ら》の感覚が俺と繋がっているんだよな？　多分、間違いなく、この予感みたいなのはあの口の中で起こっていることだな⁇

俺はリョーズのケツの冥福を祈った。

「棘薔薇乃実《ローズヒップ》！　俺から見えない所に捨ててきて！」

大きな深緑の葉っぱを曲げてミューに敬礼した薔薇《ばら》は、スキップで去っていく。昨日の市場のごみ捨て場に捨てにいくつもりらしい。俺やキュルフェが何度かアイツをあのゴミ箱に叩き込んでやりたい、なんて思ったせいだろう。

ふぅ。とミューが溜め息を吐《つ》いたことで我に返る。

そうだ！　ミュー！　良くやったと褒めてやろう！　そして謝ろう。

中々許してもらえないとは思うが、それでも、謝らなくては。

「ミュー！　よくやった！　偉……『棘薔薇乃実《ローズヒップ》！』っ〜〜！」

またもや魔力が俺のナカをすごい勢いで駆け抜けて地面から薔薇《ばら》が生える。

ああああ……キッッツ!!　ミューを背負っているんだ、俺は根性で戦慄《わなな》く膝を抑えた。

だが、体のナカをパチパチ弾ける泡で擽《くすぐ》られたような強烈な感覚に耐えている間に、薔薇《ばら》に命じて背負い籠からミューがひょいっと出る。

「スーロンの……」

「……？　……ミュー……？」

ど、どうした??　おずおずと俺はミューを呼んだ。

「スーロンの…………馬鹿ァ!!」

「ウグッ!?」

スパァ――ン!!　と派手な音を立てて、薔薇《ばら》が俺に葉っぱの張り手を炸裂させる。

まぁ、そうなるよな。うん。その怒りはもっともだ。

「ばかばかばかばかばかばかばかばかばかばかぁ！」

スパンスパンスパンスパパパパパパン！　と薔薇《ばら》が高速で張り手を繰り出す。

俺は、トゲで傷付かないように気を付けながら高速で繰り出される優しい張り手を甘んじて全て受けた。思いっきり泣いて叫んで怒りをぶつけていても、何処《どこ》までも優しい、ミューらしい優しい張り手だ。……ほんとゴメンな。

「怖かったじゃないか！　何で助けてくれないんだよぉ！　ばかばかばかぁ！　スーロンなんか！　スーロンなんかぁぁ!!　うぇぇーん!!」

「いってぇ！」

くるりと踵《きびす》を返した拍子に、スパンと一発蔦《つた》で頭をチョップされ、プスリと頭皮にトゲが刺さる。今のは絶対、キュルフェの魔力からの影響だ……くそ、イテェ〜。

るったるったと薔薇《ばら》がミューを乗せて去っていった。

「サミュ！　何処《どこ》へ……！」

「大丈夫。薔薇《ばら》はフェリーの所に連れてっただけだ」

「えっ……スーロン？」

キュルフェが俺の言葉に怪訝《けげん》な顔をしつつも、膝が震えて動けないでいる俺に肩を貸しフェリーまで歩いてくれる。

「どういうことです？　何があったんです⁇」

「ミューが魔法を使った時、何故《なぜ》か俺が魔法の杖として使われた状態で魔法が発動したんだ。多分、魔力の親和性が高かったせいだと思う。お前も、ミューが魔法を使う時は気を付けろ」

「そんなことが……！　大丈夫ですか？　痛みが強いんですか？　スーロンがこんなになるなんて……」

「いや、痛みじゃないが、体のナカをパチパチ弾ける泡で擽《くすぐ》られたような……兎《と》に角《かく》、強烈な感覚だった」

キュルフェに説明しながら、俺はぶるりと身震いした。すっ、とキュルフェが下を覗き込む。

「おい、やめろよ。俺はソコへの刺激を遮断する術を習得してるんだ。やめろって、ニヤニヤしながら下と俺の顔とを交互に見るな！　楽しそうにしてるが他人事じゃないぞ！　親和性の高さはお前も同じだ。手を繋いでる時に魔法を使われないように精々気を付けろよ！」

全く、嬉しそうにしやがって！


「………今回はすまなかった。俺の基準だけで考えて、人はそれぞれ脆《もろ》い箇所が違うということを考慮しなかった。俺が認識してたよりかなり危険な賭けだった。独断でお前を無視してまで……本当にすまない」

「ええ、そうですね。昔から、こうと決めたら突っ走るんですから。後でしっかりサミュに謝ってくださいね」

勿論《もちろん》だ、と俺は静かに頷《うなず》く。

「ふぇぇ～～ん！　うわぁぁぁん！　でも、怖かったよぉぉぉ！」

風に乗ってミューの泣き叫ぶ声が聞こえてくる。

フェリーの横で海に向かってウワンウワン泣いている姿に胸が痛んだ。

「フフフ……ワンワン泣いてる姿も、可哀想ですが、とっても可愛いですね。まぁ、今回は貴方の読み通り、サミュは大丈夫ですね。……でも、次やったら承知しないから。そろそろ突っ走るくせ何とかしなよ、兄さん」

「ああ、本当に、ミューは何してても可愛いな。……スマン。すぐには無理だと思うが、努力するよ」

「直せるなんて思ってないよ。兄さんの根っこだもん。半分くらいに抑えてくれたらいい。あと、今日は一日お仕置きだから。覚悟しといてね」

ケツ以外は何でも甘んじて受けるよ。ケツ以外は。

ミューの背中を葉っぱでポンポンしつつ不思議なリズムで揺れてる薔薇《ばら》のほうへ、キュルフェがミューを迎えに行く。

薔薇《ばら》は彼にそっとミューを渡すと、一輪の真っ赤な剣弁薔薇《ばら》となって消えた。

朝日が反射する海を眺《なが》めながら俺達はフェリーに乗り込む。

もう、こんなことがないようにしよう。

だが、反省も後悔もこれで終わりだ。ミューが起きたら、いつもの俺。

甘く優しい薔薇《ばら》の香りを吸い込んで、俺は反省と後悔を心の奥深くに呑み込んだ。

フェリーのそこそこ良い部屋で、寝ているミューを尻目に、キュルフェと話す。

もぞり、とミューが身動《みじろ》ぎする。

「おや、起きました？　おはようございます。サミュ」

キュルフェが優しく髪を撫《な》でながら顔を覗き込んだ。

だが、俺はまだまともにミューに接することができなくて、静かにそれを眺《なが》める。

「まだフェリーの朝食ビュッフェに間に合いますから、さ、行きましょう」

キュルフェに靴を履かされ抱っこされて運ばれる、ぽやっとしたミューの後ろをそっとついていく。

「サミュ。今日は朝から大変でしたね……。サミュが寝てる間に、あの木偶《でく》の坊のスーロン野郎《やろう》には、このキュルフェ様がし――っかりお説教しときましたからね？　まったく……。でも、さっきのサミュは本当に立派でしたね！　あの漁師は全く言葉が通じませんでしたから、あれくらいハッキリ拒絶を示してちょうど良いくらいだと思います。それに、棘薔薇乃実《ローズヒップ》でしたか?? すごい魔法ですね！　とっても素晴らしかったですよ♪」

ハイハイ、木偶《でく》の坊でございます。誠に申し訳ありませんでした。

「棘薔薇乃実《ローズヒップ》とかポンポンデイジーは、四つの時に兄上と一緒に作った魔法なんだ♪　兄上、跡継ぎだからって、家庭教師から結構色んな課題出されててさ。でも創作魔法の課題って、想像が苦手な兄上にはどうしたら良いか分かんないって困ってて。偶々《たまたま》俺が絵を描いて見せたのを、ひどく真剣に兄上が誉めたからって、先生がその絵を元に魔法を考えようって言ったんだ。だから一緒に作ったといっても、俺が書いたお花を元に、兄上がこんな技に違いないって考えて、俺がそれに、もっとボカン！　てして～とか言ったってだけなんだけど。それで、折角《せっかく》だからって二人でその創作魔法がちゃんと使えるか試してたから、俺も使えるようになっちゃって」

嬉しそうに話しているミューが可愛い。俺も交ざりたい。

「成る程、それで可愛いお花の名前にあの攻撃力なんですね」

俺もそれ思った。あの攻撃力はヤバイよな。

「……意外と普通に習った魔法よりこっちのが咄嗟《とっさ》に思い出すみたい。八歳でポーション作りの訓練始めてからそっちにすごい魔力使うおかげで、学校の授業以外では魔法を使ってなかったんだけどねー」

八歳からポーション作りの訓練?? 早くないか? コートニー家。

あー……いつもみたいにいっぱい褒めて頬擦りして頭ナデナデしたい。……けど、させてくれるかな?

「それだけしっかりと身についてたってことですよ。きっとサミュは兄上と一緒にできるのが嬉しくて、沢山《たくさん》練習したんじゃないですか?」

一生懸命練習するミューは、それはそれは可愛らしかったろうなぁ。

「確かに! あの頃、二人でいっぱい練習したよ! すごいなキュルフェ! よく分かったな!」

——俺だって分かっていたさ♪

なんて、勝手に脳内で会話に参加してみたものの、やはり淋しいな。

「サミュのことなら何でもお見通しですよ♪」

くそっ。キュルフェのヤツすごく楽しそうだ。羨《うらや》ましい。

だが、よく考えると、普段のキュルフェは俺らの世話ばかり焼いていて、ミューとあまり会話できていなかったんだ。今度からもう少し意識して手伝おう。

今頃そんなことに気が付く自分が腹立たしくて髪を掻き上げると、薔薇《ばら》のデカイトゲが刺さった所を掠《かす》める。

イテテ、と擦ったせいか、気遣わしげな顔でミューが此方《こちら》を見た。

「サミュ、あれはヤツの作戦ですからね。騙《だま》されちゃダメですよ？　昨日あんなに言ったのに、結局、今朝も独断で突っ走ったんですから。……うまくいったから良かったですが、サミュすっごく怖かったでしょう？　おぉ、ヨシヨシ。もう大丈夫ですからね♪　……今日はこのキュルフェ様と一緒に、めいーっぱいスーロンの野郎《やろう》をこき使ってやってスッキリしましょーね♡」

ハイ、本当に申し訳ありませんでした。

クスクス笑うミューの声にほっとする。

食堂に着くと、二人して楽しそうにあれやこれや料理を取っては俺に持たせて、俺をお預けにして二人であーんしあって食べ始めた。

す――っごい羨《うらや》ましい。このお仕置き地味に効くぜ。キュルフェ、流石《さすが》だなぁ。

スコッチエッグが絶品だったらしく、ミューは頬張る度に幸せそうだったり、驚いたり、色々な表情を見せてくれた。

キュルフェは時々あーんを俺にもしてくれるが、いつも通り絶対素直に食べさせてくれず、何度も何度もフォークを引き戻される。

楽しそうだとミューが時々参戦したが、ちょっとおずおずと差し出すのがあまりにも可愛かったんで、ミューが差し出すものは全部頂いた。うん。スコッチエッグは絶品だ。

ミューは自分が旨《うま》いと思ったものをくれるタイプみたいだ。その気性がとても愛しく、今すぐ抱き締めて撫《な》でまくって褒めまくりたくなる。

その日は、風呂もミューとキュルフェが俺に足を乗せて浸《つ》かり、寝る時も足元に背中を丸めて横たわる俺を足乗せにして、二人で仲良く眠った。

ぷひゅー……ん、ぷひゅー……ん、ぷひゅー……ん、安らかなミューの寝息が聞こえる。

キュルフェの足が俺の頭をわしゃわしゃグリグリと撫《な》でてくる。その足の甲をそっと掴んで撫《な》で返した。

「……兄さんは、サミュにあんなに厳しくして……。何がしたかったの？　国にでも連れて帰るつもりなの？」

国にか。二度と帰らない、なんて言い切れないのが本音だ。

「今日のは反省してる……。……だが、国のことは……俺らが帰らなくても、何が起こるか分からんだろう。……次は、逃げずに戦うつもりだ」

取《と》り敢《あ》えず、戦わないでこんな目に遭《あ》ったんだ。次は此方《こちら》から行く。

「そうなんだ……ああ、そうだね。次は戦おう。私も一緒だよ？」

あの時、死ぬ気で戦ってみようって俺を鼓舞しただけあって、キュルフェの声が少し嬉しそうだ。

そんなキュルフェの命乞いを無理やりしたことで、結局、二人でこの様《ざま》だ。

「勿論《もちろん》さ。一緒に戦おう。キュルフェ」

「ん。………暫《しばら》くは家事、兄さんがしてね」

「頑張ります……」

ぷひゅー……ん、ぷひゅー……ん、ぷひゅー……ん、ぷひゅー……ん。

静かな室内にミューの寝息が響く。ミューの寝息は、やっぱり眠気を催《もよお》す。

明日は、もう少し話しかけてみようか。許してくれるかな……

朝目が覚めると、俺の背中にミューが抱き着いて寝ていて、更に後ろにキュルフェがいた。

ちょっと、いや、かなり……嬉しかった。

八　唐紅髪奴隷の忙しい朝とリゾート島

「んー……スーロン。おはよー」

「……ミュー……おはよう……。昨日は、……ごめんなっ……」

「んー？　……うん。……？」

朝起きたら、昨日いっぱいお仕置きしたのでスーロンを許してあげましょうか、と、サミュに提案するつもりだった。

昨日の感じからいって、ワンワン泣《な》き喚《わめ》いて葉っぱ張り手を食らわした割にサミュはスーロンのことをそんなに怒っていなかったし、あの事件も然程《さほど》引きずっていないようだったから。

だが、それより早く、サミュのほうからスーロンにペットリ抱き着くとは思わなかった。早い。淋しい。

折角《せっかく》、昨日は二人でイチャイチャ楽しかったのに。

元々スーロンのほうに懐き気味だったからか？

面白くないから、目に涙を溜めて喜んでいるスーロンの頬を思いっきり引っ張ってやる。勿論《もちろん》、サミュが見ていない隙に。

喜びの涙を痛みの涙に変えてやる！

ちょっと本気で痛かったみたいなので、スッキリした気分で、サミュの身支度を整えた。

スーロンが手伝おうとしたのを思いっきり手をつねり、追い払う。

「フン。時々手伝わせてあげてたけど、今日は全部私がさせてもらいますからね♪　スーロンは手を出さないで！」

しっしっと追い払うと、自分で服を着ようとするが、分かっていない。

「そこに出してあるでしょう？」

「や、この服あんまり好きでは……」

「それを着てください」

「………はい」

渋々着ているが、やはり分かっていない。

「もう、貸してください」

サミュのお着替えを終えて、スーロンに服をぴっしり着せていく。

「家事は暫《しばら》く俺担当だと……」

ションボリぽそぽそと呟《つぶや》くスーロンに、ああ、それでと納得する。すぐ悄気《しょげ》るんだから。

「着せ替えは家事じゃない。私の趣味です」

「左様でゴザイマシタカ」

キッパリ言うと、半ば呆れ顔を返された。まったく。長い付き合いなのに気付いてなかったのか。

まぁスーロンは昔から、服は肌触りが良くてゆるゆるしたゴムの伸びきったパンツとパジャマズボンが至高！　って人だからね。

いつの間にか私好みの服装ばかり着せられているなんて、言わないと気付かないか……

でも、着せられたら少々窮屈《きゅうくつ》でも我慢してくれるから好きだ。

お陰で私好みの服を好きなだけ着せられる。ああ、なんて楽しい。

二人のお着替えが終わり、荷物を纏《まと》めて部屋を出る。

荷物は全てスーロンに持たせて可愛い子豚を抱っこした。

「サミュ？　大分軽くなりましたね。皮も縮んでるし。島に着いたらお洋服新調しましょうか♪

少しだけ背も伸びてますしね♪」

島に入ったら、まずリゾートスパのほうに宿を取ろう。それから買い物だ。

可愛い子豚は、背が伸びたと言われてすごく喜び、ほっぺをぷるんぷるんさせている。皮もまだ下のほうで少したふたふしているが、大分目立たなくなってきた。

チュッと頬に口付けするとふよっと柔らかい感触と可愛い笑い声が返ってくる。あー可愛い！このこのこの。

本人は皮が一番目立つ瞬間ばかりを見て嘆くが、普通にしていれば可愛いまるぽちゃさんにまで細くなっている。

島には金持ちがよく来るらしいから、きっと品揃えの良い服屋があるに違いない。

楽しみだ。そろそろ四六時中オーバーオールにも飽きたから、色々なスタイルの洋服を着せてあげたいな♡

フンフ～ンとサミュと一緒に鼻唄を歌いながらフェリーを降りる。

重い荷物を待ってフウフウと荒い息でも吐いていたら良いな、と後ろを見ると、スーロンも楽しそうに鼻唄を歌っていた。子豚とさりげなくハモっている……。ちっ。脳筋め……

「うわ――！　アレは何だ⁇　すごいすごい‼」

フェリーから降り、近くの売店で可愛い耳の付いたキャスケットが売っていた。買ってあげようと思いサミュを下ろした途端、走り出してしまう。

どうやら着ぐるみのウサギに感動したようだ。一目散に駆けていく。

慌ててスーロンが追い掛けてくれるが、最近体が軽くなって、更にレベルアップしているせいで妙に素早い。

「「きゃきゃ!!　きゃぁー！　キャッキャ！」」

「ゎわ！　何だ⁇」

走っていったサミュに四方八方から子供達が吸い寄せられ、あっという間に彼を取り囲んだ。

包まなくて良いと店員に告げ、急いで買ったキャスケットを五つほどひっ掴んで追い掛ける。

「くー！」

「違うわ！　プーよ!!」

「なんだよ！　ワーに決まってるだろー⁉」

「「プーだ！　プーだ!!」」

「クーよ!!」

「な、なんだなんだなんだ⁇」

「「ねーねー！　あなたはだぁれ⁇　くー？　ぷー？　わー⁇」」

「ミュー！　大丈夫か？」

「みゅー⁉　みゅーなんていなかったぞ！」

「よんひきめよ！」

おやおや、なんて可愛らしい包囲網だ。

きゃいきゃいと矢継ぎ早に話し掛けられて、サミュは大混乱に陥《おちい》っている。

どうやら子供達はサミュを物語の子豚と思ったようだ。スーロンが似たような名前で呼ぶせいで、
すっかりミューは四匹目、という結論で納得してしまう。

サミュはその子豚の物語を知らないようで、おぶおぶと困惑していた。

狼さんたらどんと来い♪　どんと来い♪

お遊戯ダンスに参加させられてグルグル回るサミュを眺《なが》めて幸せな気分になりつつ、私はリゾートスパの入場手続きをした。

「さあ、サミュ、スーロン、入りましょう」

私の一声を切っ掛けに、端で控えていたそれぞれのお目付け役がサッと子供達に向かい、家族のもとに連れていく。

「みゅー！　バイバーイ！」

「ばいばぁい！」

「うん、バイバーイ！」

口々に手を振ってバイバイする子供達に律儀にバイバイし返すサミュに、キャスケットを順々に被せてみた。三つとも可愛かったが、今日はデニム生地に白い猫耳のものにする。

スーロンと私も、狼か何かの赤い耳のキャスケットを被る。地の色はどちらも黒だ。それしかなかった。

リゾートスパの外にも売店や屋台はあったが、敷地内は貴族好みのキラキラした食べ物や小物の売店がびっしりと並び、スパというよりは貴族向けのショッピング街の趣《おもむき》が強い。

「わぁー！　スーロン！　何だそれ！　何だそれ！　すごいすごい！」

カラフルなパラソルがささったテーブルに行くか、食べ歩くかを考えている間に、スーロンが何《ど》処《こ》からか砂糖とクリームがふんだんに使われていそうなカラフルな飲み物とハート形のサングラスを三つ抱えて戻ってきた。

「折角《せっかく》スーロンが飲み物を買ってきてくれたことですし、朝ご飯はこのまま食べ歩きましょうか」

スーロンの大荷物が心配だが、本人が気にしてないようなのでその状態で売店をそぞろ歩く。

ピンクのハートのサングラスをして、猫耳キャスケットを被り、色鮮やかな飲み物を持つサミュはとても可愛らしく、リゾートをエンジョイ☆　している感じで、今すぐに画家を呼びたい気分だ。

「あ、見てください！　とっても可愛らしい食べ物が売ってます！　鯛焼《たいや》きサンドですって！」

「すごいすごい！　食べたい!!」

「ミュー！　クラーケンの炙《あぶ》りゲソが売ってるぞ！　食べたことあるか??」

「ない！　食べてみたい！」

「……えっ」

結局、虹色の魚の形に型どられたパンケーキにクリームや果物を挟んだモノと、香ばしい磯《いそ》の香りプンプンの炙《あぶ》りゲソを同時に手に持つ羽目になる。

一応、二人と一緒に炙《あぶ》りゲソから食べるものの、タレが鯛焼《たいや》きサンドに付きそうだし、炙《あぶ》りゲソを食べる時にはラムネみたいな匂いを感じて、少しげんなりしてきた。

どちらも美味《おい》しいが、できれば時間を空《あ》けたい。

「キュルフェ、スーロン、美味《おい》しいな！」

「ああ、旨《うま》いな、ミュー！」

そう言ってニッコリ笑うサミュの口に付いたタレとクリームを、そっと指で掬《すく》って舐《な》めるスーロンの猛者《もさ》ぶりに感嘆すると共にぶるりと一つ身震いする。

うううう、私にはちょっと……

「とっても美味《おい》しいですね♪　次は何食べます？　あ、食べ終わってから次のを買うようにしましょうね。何個も持ったら落としちゃいそうですし」

「確かに。落としたら嫌だもんな！　キュルフェありがとう。俺、気を付けるね！」

ニコニコ笑うサミュにホッとしつつ、私は次の美味《おい》しそうなものを探した。

「ダンジョンダンジョン！　先ダンジョンがいい！」

リゾートスパのホテルに部屋を取り、荷物を置いてさあ、買い物！　という時。スーロンが一人でダンジョンの様子見をしてくると言ったせいで、子豚が先にダンジョン行きたいと地団駄を踏み始めた。

スーロンが頭をポリポリ掻いて気まずそうに私を見る。

まぁ、子豚の駄々《だだ》はいつ見ても可愛らしいから許しましょう。

「サミュ……ダンジョンの様子見は、サミュを連れていって安全そうかとか、装備の見直しが必要かとか、でチラッと行くだけです。洋服はサイズ調整で時間が必要な場合があるので先に行きたいんです」

「そうだぞ、ミュー。すぐ帰ってくるから……。な??」

「ダンジョンダンジョンダンジョンダンジョン!!」

ふんすかふんすか、ふんもすふんもす、と鼻息荒く潤《うる》んだ目で見上げて訴えるサミュの子豚感といったら！

「俺、ダンジョン行くと思ったから、甘いものとかも沢山《たくさん》食べちゃったのに……」

そんな顔でそんなことを言われたら、絆《ほだ》されるじゃないですか……

でも、私も譲れませんよ。かくなる上は……！

すっと屈んで、立っているサミュを見上げるようにしてうるうると見つめる。

「服屋へ行っても、今日ダンジョンに行けますよ……？　それに私、朝からスッゴク、サミュと服屋に行くのを楽しみにしてたんですよ……？　なのに……」

すん、と鼻を鳴らしてできるだけ哀しげに儚《はかな》げに見えるように、首の角度を意識して上目遣いで見つめる……

「ぁわわ、泣かないでぇ、キュルフェ。分かったよぉ。服屋に行こう！　それから皆でダンジョン行くまで、俺は我慢するよぉ……!!」

フフフフ……おろおろしたり赤くなったり、子豚のチョロくて可愛いこと……？

きゅっ！　と抱き着いてくる可愛い子豚をヨシヨシしながら、スーロンにサムズアップする。

スーロンもサムズアップで返してくるので、ハンドサインで静かに依頼した。

『大きいのを、最低、五つ』

『任せろ！　行ってきます！』

『ＧＯＯＤＬＵＣＫ！』

此処《ここ》のダンジョンの、サミュのレベルではまだ行けない奥の奥から海中にちょいと入った辺りに、高級真珠を産出する魔物シェルシェルが出現するらしい。今後も円滑に素敵な旅を続けるために少しスーロンに荒稼ぎしてきてもらうのだ。

故郷の海で狩りなれた魔物だし、スーロンは私の試着地獄から抜け出せる。私はサミュと二人で楽しいお買い物デート♡　これが、世間で言うＷｉｎ‐Ｗｉｎというヤツかな。

「さ、サミュ。行きましょうね♪」

私は上機嫌でサミュを抱っこして服屋に向かった。

流石《さすが》貴族や金持ちが集まるリゾート！

私は歓喜した。

服の種類もサイズも豊富で、サミュを連れて片っ端から店をチェックする。

コロコロした少年や男性が他より沢山《たくさん》来るのだろう。あの服もこの服も、痩せたサミュが裾上げ程度の直しで着れる！　なんて素晴らしい‼　これも買おうあれも買おう。ええい、追加の財布《スーロン》はまだか、追加の財布《スーロン》は！

あ！　あれ！　良いじゃないか！　スーロンに良いじゃないか⁉　これは私好みだ！　サイズはある？　足の長さが足らない⁇　仕立てはどのくらいかかる？

なんて、あれこれ見ていると、いつの間にかコンシェルジュが付いていた。店員に連れられていったサミュが試着を終えて帰ってくる。

可愛い！　買う！　次！

サミュが再び店員に連れられていく。

「お客様、隣の店舗にもお好みの商品があるかと……」

「じゃんじゃん持ってきてくれる？」

「――やるとは思ったが、これまた買ったなぁ……」

のんびりした口調に我に返る。

「スーロン!!　おかえり！」

サミュが嬉しそうにスーロンに抱き着く。

その試着している服、微妙だけど、ダンジョン帰りのスーロンに抱き着いちゃったから買わざるを得ないな……

買った商品が小山のようになっている。そろそろ切り上げ時かな。

「スーロン、首尾は如何《いかが》でした？」

サミュが試着から元のオーバーオールに着替えに行った隙に問いかける。

「それがよ。なんかあそこ最近、全然シェルシェル捕られてなかったみたいでウジャウジャいてよ……。大きいヤツ倒してる間に全身に群がって噛みつかれたが、お陰で、そのまま陸地に戻って一匹ずつ外しては倒し、外しては倒し……大収穫だった。あ、あと、此処《ここ》金持ちが記念に買いたがるから需要高くてさ、小粒二、三個売ってこれだったぞ♪」

スーロンが小袋を二つ渡してくるので受け取って確認する。中々の金額と、中々の真珠ちゃん達だ。あらあら。

「これは、やりましたね♡」

私はスーロンと同じくほくほく顔になった。

「スーロン？　キュルフェ？　なんか嬉しそう！　どした？　どした？」

ダンジョンに行けると思って興奮しているのか、はしゃぎ気味にサミュが聞いてくる。

さあ、可愛い子豚のレベルアップのお時間だ。

支払いを済ませ、ニコニコ顔のコンシェルジュに部屋番号を伝え、全て運んでもらうよう指示して、私達はダンジョンに向かった。


「――此処《ここ》が海洋ダンジョンかぁ！　すごーい！」

「美味《おい》しいクラーケン沢山《たくさん》捕りましょうね！」

「俺はオクトパラーとかも捕りたいなぁ」

ダンジョンに着き、キャッキャとはしゃぐ私達に周りの視線が刺さる。

「……取《と》り敢《あ》えず、買ったものを全部食べてから行こうか」

プクーと膨らませた風船キャンディをパチン！　と弾けさせ、スーロンが言う。

頭には狼耳キャスケット、ピンクのハートサングラス、手にはタピオカドリンクとカラフルなクレープ、唐揚げのカップ、串焼きの肉。

すれ違う冒険者達の、此処《ここ》へ何しに来たんだ？　という視線が刺さるのも頷《うなず》ける格好だ。

「そうですね」

同じく狼耳キャスケットにピンクのハートサングラス、タピオカドリンクにサミュのコットンキャンディ、ペロペロキャンディ、カラフルクレープ、鯛焼《たいや》きサンド、ワッフルを持ち、ジェラートを食べる私。

横で一生懸命タピオカドリンクを啜《すす》っているサミュも、猫耳キャスケットにピンクのハートサングラスだ。手には唐揚げカップと肉の串焼き、腰には大きなキャンディと金平糖やチョコなどを詰め込んだ大きなアクリル瓶を下げている。大変可愛い。

取《と》り敢《あ》えず、粗方のものを食べてから、折角《せっかく》買ったサングラスとキャスケットを失くさないようにしまい、私達はダンジョンに踏み込んだ。

九　白豚令息、発症する

「わはははは！　待てぇ！」

仔クラーケン達はヨチヨチチョロチョロと沢山《たくさん》うろついていて、追い掛けると妙にすばしっこく逃げるので、俺は楽しくって縦横無尽に追い掛けまくった。

「サミュー！　青の斑《まだら》があるヤツは墨《すみ》が毒攻撃ですからねー？　気を付けるんですよー！」

「うん、キュルフェ、気を付けるー！　せやー！」

ある程度伸縮する吸盤付きの脚を使って仔クラーケン達はあちこちに逃げ回る。いつの間にか、俺も自由自在に動けるようになっていた。

不思議だ！

海洋ダンジョンの三層目。ヒンヤリじめじめとしたこの洞窟エリアに来た時は、飛んで逃げられると追い付けなかったのに、今では天井に貼り付いていても攻撃できるようになっている。

「わははは！　我がスレッジハンマーの煌《きら》めく波動を受けるが良い！」

わーははは！　俺は今、絶好調だー!!

「ワァオ！　スーロン聞きましたか⁇　我がスレッジハンマーの煌《きら》めく波動ですって！」

「十四歳の言動はそっとしておいてやるんだ……。それがマナーだぞ。王宮の真の支配者よ……」

「……ぅわぁ……忘れてました……。えぇと、スーロンは何だったかな……」

「暗黒の力で全ての海を支配する海の覇者《はしゃ》スーロン様を忘れるとは……其方《そち》は中々薄情な漢《おとこ》よ……。

ゲソ焼けたぞ。食べるか？」

「ぅわぁぁぁ……懐かしい……！　そうだ、眼帯と海賊のコスプレが結構似合ってて、兄さんカッコイー！　って思ってたんですよねぇ……!!　あ、食べます。ゲソください」

「俺らだって、皆茶化さずに見守っててくれてたんだ。キュルフェも、サミュがある程度大きくなるまでは茶化したりするんじゃないぞ……」

「……分かりました。黒歴史に誓って、我慢します。……あふっ」

「はぐ……それにしても、大分動きがこなれてきたな。そろそろ、体術なんかを教えてやるかな」

「そうですね。基本的な魔法練習、武器と魔法を使った戦い方……。あ、私もスーロンやサミュから魔法を教えてもらいたいな……」

「そうだな。お互い教えあおう」

そんな会話がされているとも知らず、俺はばすん！　ばすん！　と明日の糧《かて》となる仔クラーケンを屠《ほふ》る。

その内、轟轟《ごうごう》と腹の虫が騒ぎ始め、すごく腹ペコになってきた。

俺の鼻をとても美味《おい》しそうな匂いがふわりと掠《かす》める。

何処《どこ》だ⁇　何処《どこ》からだ⁉

慌てて探すと、なんと！　スーロンとキュルフェが何か焚《た》き火《び》で炙《あぶ》っているではないか！

え――⁉　泣いちゃう！　どうして二人だけで食べてるの⁉　酷《ひど》い！

「うぉー‼　スーロン！　キュルフェ！　良い匂いする！　酷《ひど》い！　二人だけで何かを食べるなんて！　腹ペコだ！　俺も腹ペコだ‼」

「おお、レベルアップしたみたいだな。ミュー！　いっぱい焼けてるから早くおいでー！」

「棘薔薇乃実《ローズヒップ》‼　倒したクラーケン集めてきてー！」

ケラケラケラと笑いながら三匹の薔薇《ばら》の実があちこちの仔クラーケンを集め始める。

「サミュー！　さっきの唐揚げも炙《あぶ》ってますからねー♪」

俺は刹那《せつな》の疾《はや》さでスーロン達のもとに駆け戻った。

「――フワァーン！　スーロン！　キュルフェー！　俺のSHINING SLEGE HAMMERが折れちゃったよおー!!　うわぁぁぁーん！」

海洋ダンジョン三層目に俺の慟哭《どうこく》が響く。

「さ、さみゅぅ……大丈夫ですよ。そろそろ、武器の替え時だったんです。シャ、シャイニングすれっじはんまーは、役目を全うしたんですよ……」

「キュルフェは黙ってろ……。ミュー、SHINING SLEGE HAMMERはレベルアップしたお前の能力にもう耐えきれなかったんだ。今まで共に戦ってきたお礼を言って、新しい相棒を探しに行こう」

「えーん！　今まで、今までありがとう！　SHINING SLEGE HAMMER!!」

「SHINING SLEGE HAMMERもお前と一緒に戦えて喜んでるよ……」

「っっ～～～!!　(サミュ！　兄さん！　もうやめてぇ、私の腹筋が死んじゃう!!)」

この少し前、仔クラーケンのゲソ焼きを鱈腹《たらふく》食べた俺達は、それでも大漁仔クラーケンだったので、一度外に戻って換金し、次は四層目に行こう、ということにした。

その、帰る途中、ひょっこりと出てきた仔クラーケンをついでにばすん！　と一撃したところ、大切なSHINING SLEGE HAMMERがグニャリンコ♡　とひん曲がってしまったのだ。

それは突然の別れだった。

俺は衝撃のあまりウワンウワン泣く。もう歩く気力もなくなり、スーロンに抱っこでヨシヨシされながらそこから先を進んだ。

そんな俺を、仔クラーケンを山ほど背負った薔薇《ばら》の実達も葉っぱでヨシヨシしてくれる。

キュルフェも時々ヨシヨシしてくれたが、何故《なぜ》か手が震えていた。

SHINING SLEGE HAMMERはキュルフェが買ってくれたんだもんな……。ぐすん。悲しい。

ダンジョン外のギルドで仔クラーケンを買い取ってもらい、俺達は武器屋を目指したが、俺はすっかり意気消沈する。

「仔クラーケンばっかりあんなに仕留めたので、ギルドもかなり喜んでましたよ♪　棘薔薇乃実《ローズヒップ》の遺した薔薇《ばら》、あれも結構良い値段で買い取ってくれました。ギルドって何でも買い取ってくれますね♪」

ほくほく顔でキュルフェが言い、武器屋の扉を開く。

SHINING SLEGE HAMMERに代わる相棒なんて存在するのかな……

俺は、スーロンのムキムキの肩に顔を擦《こす》り付《つ》けながら独《ひと》り言《ご》ちた。


「──おー！　そうかそうか!!　レベル29で、メタルのスレッジハンマーがこの通りかぁ。それで魔法も使うってかぁ！　なぁるほどなぁ！　ちょっと待てよぉ、この辺に……あ、こいつだ！」

「おや、良さそうですね！」

「おー！　ミューにちょうど良いんじゃないか⁇」

「へへへ、どうだ？　前のメタルより少し強度のあるメタルで、このハンマーと柄《つか》に使われてる飾り紋様はミスリルだ。これなら魔法の伝導力も良いし、前より少し重いがかなり頑丈だぞ！」

武器屋のおじさんとキュルフェとスーロンの会話に、スーロンの肩に埋めていた顔を上げて振り返った俺は、そのメタルスレッジハンマーに驚く。

「わぁ！　すごい！」

全体的に銀色で、白銀色部分がミスリルだろうか？　白銀色と金色で飾り紋様が施《ほどこ》されているそのメタルスレッジハンマーは前より少し大ぶりで、ハンマーの上のところがちょっとトゲトゲしているのがスッッゴク格好良かった!!

「おや、サミュも気に入ったみたいですね、ではこれにしましょうか。お会計をお願いします」

「あいよぉ！　ほら、坊や、新しい相棒だ♪　これがまたぐんにゃりするくらい強くなれよ！」

「ありがとう！　おじさん！　新しい武器だ！　よし、お前は今からＳＨＩＮＩＮＧ ＳＬＥＧＥ ＨＡＭＭＥＲ ＭＡＲＫⅡだ!!」

「……坊や……そうか、……ＳＨＩＮＩＮＧ ＳＬＥＧＥ ＨＡＭＭＥＲ ＭＡＲＫⅡを真に使いこなせる時が来たら、お前ぇさんは一人前だ。頑張るんだぜぇ☆」

「ありがとう！　おじさん！」

「いやいや、此方《こちら》こそ。……百五十年前を思い出しちまったよ。懐かしいもんをありがとうな」

こうして俺は新しい相棒を手に入れた！

――デッデッデッデッデッデッデッデッデッ…………

棘薔薇乃実《ローズヒップ》の駆ける足音が、海洋ダンジョンの第四層に響く。

デッデッデッデッデッデッデッ………

「閃光《スラッシュ》の斬撃!!　ウォーア——!!」

デッデッデッデッデッデッデッ………

「ウハハハハハハ……！　俺様は剛胆なる閃光の斬撃を放つ者《スラッシュゴータン》！　サミュエル様だぁ——!!　ウハハハハハハ!!」

家出中の侯爵家次男とは仮の姿、俺様サミュエル・コートニーは現在、下級魔物の中ではそこそこ強いといわれているオーシャンアーチン、ヒュージタラバンクラブ、ウォーキングシャークを追いかけ回していた。

魂《たましい》から湧《わ》き出《い》ずる（この年齢特有の）全能感に支配され、魔物を追い掛けては新たな武器、SHINING SLEGE HAMMER MARKⅡを振るい、一撃の下に屠《ほふ》る。

彼らは剛胆なる閃光の斬撃を放つ者《スラッシュゴータン》サミュエルの明日の糧《かて》となるのだ。

なーんて俺様が独自ナレーションを脳内で流しながら気持ち良く魔物退治をしている時——

「ハヒィ〜〜ッツ!!　ヒヒヒヒヒヒヒ……こ、子豚が……俺様って……おるぇさま……ククククク……はぁ、死んじゃう……息、息が、できな……ぶふ——っ……！」

同じ海洋ダンジョン第四層の少し拓《ひら》けた平らな場所で、キュルフェが身を捩《よじ》って笑いを堪えていた。

愛情を忍耐に変え、何とかこみ上げる笑いと可愛い俺様サミュエル様をイジりたいという欲求に耐えようとするのだが、結果は散々で、大声で笑わないのが精一杯だったようだ。

「おい、もうすぐこっち帰ってくるぞ。痙攣《けいれん》してたら心配するから寝た振りでもしとけよ……！」

そんな異母弟を尻目に、スーロンは紅色の髪を揺らし頭をポリポリと掻いて、間食のための焚《た》き火《び》の準備に取り掛かる。「先程までの仔クラーケンよりかなり強い魔物を倒しているせいで、そろそろミューのレベルが上がりそうだ」なんて呟《つぶや》きながら。

彼は海洋ダンジョンのあちこちから拾い集めてきた湿った流木や海草などを魔法で乾燥させて積み重ね、リゾートスパのゴミ箱から持ってきたタブロイド紙をグシャグシャにして火種にしようとする。そこで、ふと、その見出しに目を止めた。

「おい、これ、ミューのことじゃないか？」

ヒクヒクピクピクと体をヒクつかせるだけの存在に堕《お》ちかけていた異母弟の足をペシペシと叩いて記事を見せる。

『美少年と噂のユトピア伯爵家次男、婚約破棄！　その後ろにちらつく男爵家庶子の影と慰謝料の額に迫る！』

『陞爵《しょうしゃく》が内定していたユトピア伯爵家が暴走!?　白昼堂々の婚約解消宣言！』

『コートニー侯爵家怒りの鉄槌《てっつい》！　ユトピア伯爵家が侯爵になっても風前の灯火な三つの理由』

そこにはタブロイド紙特有の煽《あお》るような見出しが並んでいた。

「わ、本当だ。へー。サミュのお相手は、結構名の知れた美少年だったんですねぇ……」

キュルフェが関連記事以外をグシャグシャにして火をつける。

「おい、傷心のあまりコートニー侯爵家次男は婚約解消を突きつけられた後に出奔《しゅっぽん》。現在は領地で療養中なんだってよ。随分ミューの肩を持つ記事だな。この記事読んだら、婚約者に傷つけられた可哀想な侯爵家次男に励《はげ》ましの手紙を送りたくなる」

スーロンは膝で地面に記事を固定すると、読みながら蟹《かに》を串に刺して焼く準備を始めた。

「駆け回ってSHINING SLEGE HAMMER MARKⅡ《スラッシュゴータン》で魔物を片っ端から倒してるぞこの剛胆なる閃光の斬撃を放つ者サミュエルのこととは思えないくらい、薄幸の少年感がありますね。この描写」

「ハハハ、この見出し見ろよ！『逃した魚は大きい!? 侯爵家次男は痩せたら伯爵家次男よりイケメン説！』だってよ。何々？ へー。取材したところ、複数の証言者から痩せたら美男子なはずなのでユトビア伯爵家次男は大物を逃がした見る目のないヤツである、との意見を貰《もら》ったんだってよ。まぁ、まだ丸いが大分可愛くなったもんなぁ」

「わあ、ここ、サミュが誕生日三日前に家出したって書いてある。すごい、色んな人が何をプレゼントしたかと、家出しちゃって悲しいってコメントしてます。これ、明らかにサミュに対するメッセージじゃないですか」

「こっちは片付いたから何時《いつ》でも帰っておいでっていうメッセージをひしひしと感じるなぁ」

記事を読んで二人が俺様の家族の思いやらをしみじみ蟹《かに》の脚と一緒に噛み締めているとは露知《つゆし》らず、俺様は魔物を屠《ほふ》り続けていた。

「うはははは！ 俺様の力を思い知ったか！ 愚かなる海の眷族《けんぞく》達よ！」

思わず叫ぶと、何処《どこ》かでキュルフェとスーロンの声がする。

「ウヒヒヒ……折角《せっかく》、忘れてたのに……さ、さみゅう……お腹《なか》死んじゃう……」

「おーい！　ミュー！　これ、読んでみろよ！　記事になってるぞー！」

誰かが呼んでいる！　今行くぞ！

俺様は屠《ほふ》ったばかりのヒュージタラバンクラブを担《かつ》いで声のするほうに馳《は》せ参《さん》じた。

十　王に喚《よ》ばれた不機嫌侯爵の横で新米侯爵は神に祈る

王都。侯爵家嫡男にして王宮騎士団玄翼副団長、ロレンツォ・コートニーがビクトール・ユトビア伯爵家次男を馬で引《ひ》き摺《ず》り、コートニー邸に戻ってから数日経った。

フランク・コートニー侯爵は自国ヒルトゥーム の王、パーリエス・ヒルトゥーム国王陛下を不機嫌丸出しで睨《にら》み付《つ》けていた。

「先程、ユトビア伯爵を先だっての帝国軍との戦いの際にポーションを十個納めた功績を称え、侯爵に陞爵《しょうしゃく》した」

「そうか」

国王の言葉に一度跪《ひざまず》いて挨拶《あいさつ》をしたものの、立って良いと許しが出て以来突っ立ったまま、不機嫌を隠しもせずに冷たく言い放つ。そんなコートニー侯爵の態度に、隣で跪《ひざまず》いているユトビア伯爵改めユトビア侯爵は心臓が凍るような思いだ。

——国王陛下になんて態度を！　他人事ながら寿命が縮む。

跪《ひざまず》いた状態で動けずにいる体をギシギシ言わせ、ジョゼフ・ユトビアはそっと唇を舐《な》めた。

そもそも、ジョゼフには立つ許可が下りていない。一体、何時《いつ》までこうしておけば良いのか。特に運動もせず、毎日執務室の机で領地の収支に夢中になっていたジョゼフのだらしなく中年らしい肉体に、この仕打ちは酷だ。

早く何とかしてほしい。そう願いつつ、床の赤くて毛足の長い絨毯《じゅうたん》を見つめる。

——ナイス絨毯《じゅうたん》……。最高級品だ。

「ユトビア伯爵が言うには、ポーションは簡単に作れるらしい。………フランク、どういうことか説明してもらえるか……？」

玉座にゆったりと座って足を組み、頬杖ついて気怠《けだる》げに発せられた国王の言葉に、横から尋常《じんじょう》じゃない暗くてじめっと冷たい気がヒタヒタと押し寄せ、ジョゼフは跪《ひざまず》いたままガタガタと震えた。

黒い手が何時《いつ》でも捕まえられると首根っこを撫《な》でて心臓をキュッと握り締める。そんな錯覚に陥《おちい》るような気配だ。

そして陞爵《しょうしゃく》したばかりとはいえ、侯爵になったのに国王から伯爵と呼ばれ、それを誰も訂正してくれないのが、少し哀しい。

「……成る程、お前の目的はそれか」

怒気を孕《はら》むコートニー侯爵の言葉に、静かに傍《かたわ》らに控えていたロイリー・リーガル大公とデューク・プリシラ宰相から国王に、咎《とが》めるような視線が行く。

しかし、玉座に座ったまま国王パーリエスは気怠《けだる》げな表情を崩すことなく、コートニー侯爵の言葉の続きを待った。

百八十に届かない身長、プラチナブロンドと言うには少しくすんだ、カフェラテの泡みたいな滑《なめ》らかな短髪に、強い意志の籠《こも》ったダルブルーの瞳。

三十年経っても褪《あ》せないフランク・コートニーの魅力を、パーリエスは顔に貼り付けた気怠《けだる》げな表情の下、内心ニヤニヤしながら堪能《たんのう》していた。

「ポーションは簡単に作れるのに、コートニー家は出し渋って価格を吊り上げてる……。そんなことを言いたげな感じだったんでな。しっかり本人の口から説明してもらおうかと思って、今日は呼び出したわけだ」

国王の発言のせいで注目を集め、跪《ひざまず》いたままジョゼフはだらだらと冷や汗を流す。

「あ、あの……それは――」

「発言は許可されていない」

咄嗟《とっさ》に言い訳しようと口を開いたジョゼフだったが、王弟であるリーガル大公にピシャリと言われ、慌てて黙る。

――そうですか、発言は許可されていませんでしたか。……一体何時《いつ》まで此処《ここ》でこうしていれば良いんだ!? 動きたい! ぷるぷるする! 死にそうだ! 疲れた! 誰か助けて!

ジョゼフはポタポタと絨毯《じゅうたん》に吸い込まれていく自身の汗を見つめながら、必死に神に祈った。

「……なぁ、フランク。まずは、ユトピアがポーション十個も持っとった理由から教えてくれへん？」

突然の国王の訛《なま》り言葉にジョゼフは耳を疑った。

「国王、言葉を……」

「何やねん、もうええやろ。お前らも楽にせぇや。俺ら以外誰もおらんがな」

「兄やん、おりますよ。そこにユトピアが」

プリシラ宰相も訛《なま》りだし、ジョゼフは跪《ひざまず》いた格好で信じられない気持ちで会話を聞く。

——兄やん？ いや、宰相は王の従兄弟ではあるが……兄やん⁉ そして、ユトピアがいると言うことは、コートニーは〝俺ら〟の中に入るのか⁇ 何故《なぜ》⁉ 一介の侯爵が何故《なぜ》⁉

「ぁあ？ ほんなもん気にすんなや。小者や小者。こんなんが何か言うたかて、誰が気にするかいな。それより、なぁ、フランク？ そんなぶすぅーっとしとらんで、何か言うてぇや。なぁ、なぁ。なぁて、フランク～♡」

「もう、やめーや兄ちゃん。フランクめっちゃ怒ってるん分かとるやろ！ 何で茶化すん。何でユトピア、陸爵《しょうしゃく》すん。……フランク、ごめんなぁ？ 俺ら止めてんけど、兄ちゃん、俺が王様や！言うて無理やり……」

「フランクはん、うちも謝るわぁ。他の貴族もおったから、うちら、あんま強く兄やんに言えんでなぁ。兄やんあっちゅー間に採決取りよって……」

ジョゼフは唇を噛み締め、信じられない気持ちで会話を聞いていた。コートニー侯爵に媚《こ》びるような甘い声で語りかける王に小者と言われても、宰相と大公に目の前で陞爵《しょうしゃく》を反対していたことを堂々と叫ばれても、自身は身動き一つ許されず、跪《ひざまず》いたまま、訂正や反論すら許してもらえない。

ジョゼフは有象無象の中の一伯爵として扱われるのが嫌だったから、長年領地経営に励《はげ》み、事《こと》ある毎《ごと》に功績を求め、戦績を上げたり、息子達を騎士団に入れるべく動いたり、良家との政略結婚を進めたりしたのだ。

それなのに、侯爵になった今、人生で最も惨《みじ》めな扱いを受けていた。

跪《ひざまず》いた状態で動くことも発言することも許されず、只管《ひたすら》、自分への批判めいた発言に耐える。

これが、コートニー侯爵も同じ扱いであったなら納得もいったろう。

だが、先程から偉そうなコートニー侯爵と、そんな彼に媚《こび》を売るような王。納得などできるはずがない。

「何やねん。俺の何が悪いっちゅーねん。ポーション十個納めるんで陞爵《しょうしゃく》させてくださいって言うからさせたっただけやろー！」

「フランクからは毎年もっと貰《もろ》てるやんけ!!」

怒りを露《あらわ》に捲《まく》し立てる王に、大公が噛み付くように言い返す。

「フランクんとこは昔から爵位は固定で、その代わりに公爵並の待遇で税金とかはある程度免除したれて、先々代《じぃちゃん》も言うてたやろ!!　ユトビア陞爵《しょうしゃく》させたってそんなもん何も関係あらへんがな！」

「関係あるでっしゃろ！　兄やん、あれがどっからのポーションか分かってはって知らんぷりしはったやろ！」

「はぁー!? 何やて？ 何やて？ 勝手に決めつけんとって、この阿呆《あほ》が！ デュークのウンコ垂れが！」

「阿呆《あほ》はどっちやねん！ ワケ分からんことしくさってからに！ 兄ちゃんこそウンコ垂れのしっこ垂れのあかん垂れやないかい!!」

「ツカー何やねんロイリーなんか――」

「いい加減にしろ」

シン……！

コートニー侯爵が冷たく放った一言で、ヒートアップしていた口喧嘩が静まる。

「ロイリーもデュークも、もういい。ありがとう」

「フランク……」

「フランクはん……」

コートニー侯爵の少し柔らかい言葉に、大公と宰相がしゅんとした声で彼の名を呟《つぶや》く。

ジョゼフはその声音に含まれた甘い感情に、クラクラと目眩《めまい》がした。

コートニー侯爵と大公や宰相、王との親密さが信じられないほどの高さであると思い知らされると共に、自身は今、本当に路傍《ろぼう》の石程度の存在なのだと実感する。

「王よ、知りたいんだろう？ 教えてやろう」

「さーすが、フランク♡ 俺はこれを待っとったんや！」

コートニー侯爵の一言に、王は気怠《けだる》げな表情を一転、ウキウキと掌《てのひら》をこすり合わせた。

「まず、コートニー家の家則として、魔法薬を作った場合、作成者は二割報酬として貰《もら》える、というルールになっている。残りは全て家門で管理し、王家に納めたり販売したりするわけだ」

「成る程成る程」

「そして、我が家の天使サーミは今までに十五本、ポーションを報酬として得ている」

「成る程成る程」

「そして、先だっての戦、ユトビア家は戦績を上げるのに躍起《やっき》になっていたから、うちのサーミの婚約者ビクトールが前線に送り込まれる可能性もなきにしもあらず、だったろう？　というより、サーミは当時、ビクトールに何か言われたのか、非常に彼を心配していたと使用人達から報告を受けている。まさか、ポーションを贈っていたとは思わなかったが、まあ、そういうことなのだろう。サーミが全部で何本ポーションをビクトールに差し出したかは分からない。サーミが何処《どこ》に仕舞っていたかは家族も使用人も、敢《あ》えて把握していなかったからな。寮にも邸にも、サーミの所有していたポーションは一本も見つからなかった」

謁見の間に、重い沈黙が垂れ籠《こ》める。

国王が玉座の肘掛けを人差し指でトン、トン、と叩いて考え込む音がやけに大きく響いた。

「ふん……む。ユトビアが馬鹿正直に貰《もろ》たん全部俺に流した、と思ててんけど……、一本でも別で流してたり保持しとったら厄介やな……」

まるでジョゼフがいないかのように呟《つぶや》く王の言葉に、彼は縮み上がる。

もし、一本でも隠匿《いんとく》もしくは誰かに売り付けていれば、虫でも潰すかのように家門を潰されそうだ。

だが、幸い、ジョゼフは馬鹿正直に全て王家に納めたし、兄より認められたがっていたビクトールもジョゼフに馬鹿正直に全て渡していた。

――後は、それを王に信じていただけるか、だ。

王の言葉に大公達の肯定の空気が漂《ただよ》う中、ジョゼフは絨毯《じゅうたん》に広がる染みを見つめて思考する。馬鹿の考え休むに似たりと言われても、今の自分には考えることしかできなかった。

「……ユトビアが馬鹿正直に貰《もろ》たん全部俺に流した、と思ててんけど、やて。兄ちゃん自白したん気付いとるか？」

「ぅん……？　……うん？？　な、何やて？？　はっ！　ちゃうちゃう！　使《つこ》た人間皆、パチパチしゅわしゅわしますね、言いよったから、あんれ～？？　これもしかして天使謹製ちゃうかぁ？？　て思たんや～。な、フランク？」

「兄やん、さては、証拠隠滅や思て全部使たんやね……？　うまいこと、うちらに隠して……よぉやるわ」

大公の言葉に、考え事から現実に引き戻され、焦《あせ》る王。言い訳をするものの、宰相が記録を見ながら追い討ちをかける。

「ユトビア伯爵、答えろや。ビクトールが天使サミュエルちゃんから貰《もろ》たんは何本や？」

誤魔化すように王がジョゼフに問《と》い質《ただ》した。またもや伯爵と呼んだのに、誰も訂正してくれない。

「十本全て、王に献上してございます……。侯爵家次男、サミュエル殿に聞いていただければ、私が全て王にお渡ししていることが確認できるかと……」

ジョゼフはもう、サミュエルがビクトールに贈ったポーションであることを隠さずに話した。

――ポーションの作り方は簡単らしいとビクトールが言うから、信じてそれも王に言ってしまったのに、まさかサミュエルからレシピを聞き出す前にあんな騒ぎを起こすなんて。だが、サミュエル達が今さら何と言おうと、一度贈られたものをどう使おうと、此方《こちら》の勝手ではないか！　私は何もやましいことなどない！

そう考え、自らを奮い立たせたのに、すぐさまその気力を根こそぎ奪われることになる。

「せやねんなー。こんなお話、天使サミュエルちゃんに、ちょぉっと優しーく、ビクトールにポーションあげたんかー？　て聞いたら済むこっちゃねん。何本あげたん？　て聞いたらな、済む話やねんけどな……」

ジョゼフの体から水分という水分が冷や汗となって絨毯《じゅうたん》に染み込んでいく。

コートニーから漂《ただよ》う殺気にも似た気配もそうだが、王の言葉に不穏なものを感じたのだ。

――サミュエルに聞いて済まない事態、とは、どういうことだ？

「ビクトールにカフェで振られてんてな……。その日からサミュちゃん、家出しとるんよ」

――家出……!?　え、今も……？　そんな……

一瞬、首と胴が離れたかと錯覚する。意外にも、そんなジョゼフを助けたのはコートニー侯爵だった。

「甚振《いたぶ》るのはその辺にしておけ。どうせ陞爵《しょうしゃく》を取り消す気もないし、ユトビアをどうこうするつもりもないのだろう？　私の怒りの矛先《ほこさき》を変えたり、溜飲を少しでも下げたりしようとユトピアを甚《いた》振《ぶ》ってるのが丸分かりだ。下衆《げす》め。ポーションの作り方を知りたいがためにユトピアに乗っかったんだろ？　お前は昔からポーションの作り方をしつこく聞いてきてたものな」

「……そうや。その通りや。陞爵《しょうしゃく》は取り消さんしユトピアもこのまんまや。バレてたんなら、お遊戯は終わりにしょか。フランクは俺のことなら何でもお見通しやな♡　惚《ほ》れ直《なお》すわぁ」

ポーション一本が莫大な価値を持つと、仲間内で話を聞いたことがある。我が国はそのポーション外交で様々な恩恵を得ている、とも。

そのポーションを作れる数少ない人物が一人いなくなった。その原因は自分の息子。

それなのに、陞爵《しょうしゃく》も取り消されず、罰も与えないという王の言葉がジョゼフには信じられなかった。

高潔で公明正大、とは思っていなかったが、一体、王とはどんな人物なのか。今まで王家にはそれなりに信頼を寄せていただけに、今日の王の言動や自分に対する扱いに、ジョゼフは底知れぬ恐怖さえ感じている。

――取《と》り敢《あ》えず、陞爵《しょうしゃく》も罰なしも決定なんだ、早く帰って休みたい。

ジョゼフは朦朧《もうろう》とする頭でコートニー侯爵の言葉を聞いた。

「まず、我が家門のポーションは、回復ポーション百個で一つできる。材料は殆《ほとん》ど薬草だ。ユニコーンの角《つの》も不死鳥の羽もいらない。その点では、すごく簡単に作れると言えるだろう。特殊な魔法陣が要《い》るが、王がポーションを作りたいなら、特別に王にはその魔法陣を使わせてやる。但《ただ》し、許可するのは王にだけだ」

「ほんまに!? うわ、めっちゃ嬉しぃ！ 作る作る！ ぁー……まじか！ ほんま嬉しぃ！ ありがとな！ ユトピア。あんたのお陰やでぇ♪ ほな早速、回復ポーション百個用意やな！」

「だが、使用する全ての薬草は、同じ土地で同じ人物に育てられなければいけない。そして、回復ポーションも全て同じ人物が作る必要がある」

「ほわ――！ そうなんか！ おい、ロイリー、回復ポーション一個に薬草はどんくらい使《つこ》てるもんなんや？」

「俺に聞くなや……」

「まぁ、ええ、準備させたらすぐにコートニー家に行くわ！」

「……勘違いさせてしまったか。準備させてはダメだ。言い直そう。王がポーションを作るには、まず、同じ土地で薬草を育てなければならない。回復ポーション一つに薬草百束、一束一株なので、一万株の薬草を育てる必要がある。そうだな……ちょうどこの謁見の間くらいの広さに植えて一万株だな。といっても、枯れたり虫食いがあったりを考慮して一万二千株ほどは植えたい。この謁見の間にびっしり畝《うね》を作って植えるほどだ。これを、種の段階から、王一人で世話をして育てる。魔力も均等に与える。種から三ヵ月で収穫だ。そして王が摘んで王が乾燥させる。王がそれを鍋で煮て回復ポーション百個分を作るんだ」

　本当は、現在、魔力で稼働する全自動管理システムを組んでいるのだが、これはこれで、一から全部一人で何重にもなる魔術陣を魔力を使って特殊インクで書き、更にその稼働の燃料のために多大な魔力を毎日魔石に補充しないといけない。

が、そんなことは教えなくて良いだろう。フランク・コートニーはそう判断して、旧式の作り方だけ滔々《とうとう》と語る。

「えっ……。しんど……」

思わず、といった顔で王が呟《つぶや》いた。

「薬剤師がユニコーンの角《つの》や不死鳥の羽を自ら取ってくるよりは簡単だが、材料さえ揃っていれば、不死鳥の羽を使ったほうが遥《はる》かに簡単に作れるさ」

大公も宰相も脳内で試しているのだろう。謁見の間に沈黙が流れ、王はうんざりした顔になる。

「そして、我が家門外へは不出の魔法陣の中で王が三日三晩不眠不休で煮詰めて、王が魔法を掛けて効能を結晶化させて、満月の晩に王が祈祷《きとう》と共に容器に封じて初めて完成する。あ、そうだ、魔法陣の中に食物を持ち込んだりすると魔力のバランスが崩れるから、飲まず食わずが望ましい。中にトイレもないし、そもそも、かき混ぜる鍋から手を離せないからオムツに垂れ流しだ。浄化魔法も使えない。魔力バランスが崩れる」

「……は、はぁ?? 何やねんそれ。コートニー家は皆そんなことしてるんかいな!!」

王が驚いて叫ぶ。

「王はそうなる。我が家門も一昔前は皆、垂れ流しで頑張っていたらしい。だが、垂れ流しは嫌だし、食べ物で魔力バランスが崩れるから今は皆二日前くらいから断食する。そして、多めに作った回復ポーションを飲みつつ作る。これなら、魔力バランスの崩れを最小限に抑えられるからな。そして、回復ポーションを飲みすぎなければ何も排泄しない。それが心許ないものはオムツをしているようだが。王は断食しててもオムツしておいたほうが良いと思うぞ。ああそれと、魔力バランスと言ってるが、調整していても、何かの要因で魔力バランスが崩れれば、回復ポーション百個分は全て塵《ちり》になる。それは見事な、サラサラした塵《ちり》に。一瞬にして、だ。大体、我が家門で修業を始めて、初めてポーションが完成するまで平均八年かかるんだ。我が天使サーミは三年、ロレンツォは十年かかった。勿論《もちろん》、これはポーションが作れる者に限った話であり、何年修業しても作れなかった者も多い」

「平均八年⁉　その間、毎回回復ポーションが塵《ちり》になるん⁉　兄ちゃんには無理やわ……。てか、そんなん、俺、聞いただけで心折れたわ……」

大公の感想にコートニー侯爵は笑う。

「そうやって何度も心折れながらもそれを乗り越えるんだ。だから、コートニーのポーションは大抵酷《ひど》い味なんだよ。そんな中パチパチしゅわしゅわしたポーションを作るサーミは正に天使だ」

「……え、フランクはん、ポーションって、確実に作れるもんちゃうんですのん？」

ぽそり、と信じられない、といった顔でプリシラ宰相が聞く。

「ありがとう、デューク。作り方を習得した者は自分の魔力を変質させたり、薬草の魔力バランスを整えたりして、確実に作れるようにするので、そんなに失敗はしないよ。大きな天候不順や災害が起きると、そのせいで魔力バランスが変わってパアになることは時々あるがね。あ、ロレンツォは未だに調整が苦手なので一本ずつ作って、八割成功させるのがやっとだな。私やサミュエル、ジャスパー翁はほぼ確実だ」

ジョゼフは呆然と絨毯《じゅうたん》の毛足を見つめていた。

簡単だと聞いていたポーションは、確かに薬草でできる至極簡単なレシピだったが、実行するには途方もない労力と研鑽《けんさん》が必要だ。

「さあ、王よ。いつでも歓迎だ。是非《ぜひ》、作りに来ると良い。予定は長めに空《あ》けておけよ。大抵、初めて魔法陣入りした後は寝込むからな」

「取《と》り敢《あ》えず、自棄糞《やけくそ》でも何でも、今まで絶対教えてくれへんかった作り方をフランクが教えてくれたんや……。今はその勝利の美酒にだけ、酔っとくわぁ……」

これで満足か、と言わんばかりに睨《にら》むコートニー侯爵に大きな溜め息を一つ吐いて、王は降参だと両手を上げた。

「ほな、俺はもう満足したから、ユトビアは帰ってエエよ。おつかれさん。あ、侯爵なったから、年度とか待たずに、今月の分から侯爵の税率で税計算して納めてな。あ、ほんでほんで、天使サミュエルとの婚約破棄、ビクトール有責で慰謝料とか賠償金とかの支払い請求フランクからされてた思うけど、あれ、俺、バチコーン☆　王印押しといたから！　頑張って払てな！」

「……へっ？」

ポーションのレシピにばかり気を取られていたので、突然王に話し掛けられたジョゼフは気の抜けた声を上げる。

「へっ？　やあらへんがな、あんた。ヒルトゥーム国は爵位によって税率が変わる国やぞ。忘れたんか？　伯爵から侯爵は税率が跳ね上がるけど、まぁ、あんたは領地経営いっつも頑張っとるし、何とか払えるやろ♪　払えんかったら領地切り売りざまぁ、とか思てんけど、フランクに払う金と跳ね上がった税率考えても、暫《しばら》く火の車にできる程度であんたを破産させるまではいかんかったわ。まぁ、気ぃ抜いたら、破産やけどな。良かったな、ユトビア。ビクトールは騎士見習いになるし、陞爵《しょうしゃく》するし、エエことずくめや！　おめでとさん♡」

自分を破産させたかったと言わんばかりの王の態度に呆然となるジョゼフに、コートニーが淡々と言う。

「どうやら、ユトビア侯爵は随分と王を美化して信奉していたのだな。昔から、王は最低野郎《やろう》だぞ」

「兄ちゃん、臣下はもっと大事にしろや」

「何でやねん。めっちゃ大事にしてるわ！　願い通り陞爵《しょうしゃく》して、陞爵《しょうしゃく》取り消しも罰もなしやぞ！それに、最低とか言うけど、その最低さんの頭脳でこの国はあっちゃこっちゃの国からの侵攻やら貿易摩擦やらを掻《か》い潜《くぐ》って生き残ってるんですぅー！　ほれ見てみー？　豊かな金の巻き毛も、コバルトブルーの智力に溢れた瞳も、五十目前にして未だに均整を崩さないこの肉体も、ヒルトゥーム国の王はこのパーリエス様以外あり得ません！　ってくらい、王の威厳に溢れとるやろ？　どや？　どや⁇　フランク、惚《ほ》れて⁇」

「…………」

「ああ、スッゴい冷めたそのダルブルーの瞳、ゾクゾクするわぁ……」

無言で軽蔑の視線を送るコートニー侯爵をうっとり見つめていた王が、ふと、足元で呆けているジョゼフを見下ろして嗤《わら》った。

「ユトビア、あんたも可哀想になぁ……。天使ちゃんがビクトールに十本もポーション贈ったって知った時、良心に従って天使ちゃんかフランクに返しときゃぁ、この俺に利用し尽くされたりせんかったのに……。ありがとうな？　あんたは本当に良うやってくれたでぇ。お疲れさん」

ジョゼフはもう何も考えられなかった。ただ、ノロノロと王と大公達に退室の礼をして、謁見の間を後にする。

ずっと、陞爵《しょうしゃく》して有象無象から抜け出し、あのキラキラした高位貴族達と肩を並べることだけを夢見て頑張ってきた。

思わぬポーションが手に入り、王のポーション外交を真似して陞爵《しょうしゃく》を勝ち取り、小躍りするほど嬉しかった。

ビクトールが婚約解消を望んでも、恋仲とかいう男爵庶子を宥《なだ》めすかして愛人にさせて、公爵か隣国の王族とでも政略結婚させれば、より磐石な地位に就けると思っていた。

もう、侯爵や公爵が視界に入る度に緊張したりヘコヘコしたりしなくて済むと考えていた。

フランク・コートニーのように公爵や大公とも対等に話せると信じていたのだ。

それがどうだ。

「何だよ……。何でコートニーだけ……」

欠損も治すポーションを毎年十本どころか五十本以上は国に納め、そのポーションは外交にも使われる王家の重要アイテム。喫緊《きっきん》の時にコートニー家門から齎《もたら》される種々の魔法薬は、各貴族達に金銭を支払っても返せない恩を残す。

ジョゼフが当主になって以来、魔法薬を必要とする事態が訪れなかったせいか、そんな当たり前のことを認識できていなかった。

そして、憧れた侯爵の身分は、夢とはかけ離れたもので。

ジョゼフはあちこち痛む体をさすりながら、馬車の中、静かに泣いた。


ジョゼフがノロノロと王と大公達に退室の礼をして、謁見の間を退室した後。プリシラ宰相が名《な》残惜《ごりお》しそうにフランクと言葉を交わし、執務室に戻っていった。

「おい、サーミが帰ってくるまで、ポーションの作成数にかかわらず、前回納めた数からサーミが作った数を引いた分だけを納めることとする。文句は言わせない」

最近はサミュエルがナサニエルの研究を引き継ぎ、多大な魔力を使って量産できるか実験を繰り返していたため、かなり大量にポーションを産出している。コートニー家はそれを律儀に納めていたが、それを維持しなければならないということはないだろう。

あくまでも実験でできた副産物である。

先日、とうとう実験は成功し、本来一人でしなくてはならない作業を複数人で協力する方法が確立された。だから、サミュエルが抜けた穴は充分に埋められるが、フランク・コートニーは王にそれを言うつもりはない。

毎回、事前に何重にもなる魔法陣を書き、毎日体がスカスカになるまで魔力を絞って魔石に込めれば、魔法陣の中で三日間、時々監修することで、不眠不休でなくても作れることを教えなかったように。

——楽にできると知れば、その分要求を増やす。そういうヤツだからな。

「はぁ!? そんなん！　今、天使ちゃん三分の一くらい担《にな》ってたやろ?? え、ひっど。ぇえー。勘弁しとくれや、な、フランクぅ♡」

「お前が撒《ま》いた種だし、いっぱい溜め込んでるじゃないか」

おどけて泣き真似をする王に、侯爵は冷たく言い放つ。

「えぇー！　……ま、エエけどな。それより、フランク？　そろそろ飯時やんか。お前の好きなんいっぱい用意してんねん。一緒に食べていけや。な？　……なぁ、エエやろ？　な？」

侯爵の態度も、ポーションの納める数も、全く気にしない。そんな態度で王は玉座から立ち上がり、するり、と滑るように侯爵の横に貼り付いて親しげに肩を抱いた。

その手をすっと払って侯爵は苛苛《いらいら》とした声で言う。

「どうせ王命だと言うんだろうが、それでも断る。金輪際《こんりんざい》お前と食事を共にしないと、あの時言ったはずだ」

「まだ一服盛って襲おうとしたん許してくれへんのんかー？　あれから二十年も経つのに～？」

「兄ちゃん!?」

「あ、ごっめーん。ロイリーおったんか。二人だけの秘密やったんにウッカリウッカリ♡　……お、殴る？　殴っちゃう⁇　王様殴っちゃう⁇」

明らかに暴露する目的の物言いに、カッとなった侯爵が思わず王の胸倉を掴む。しかし、その嬉しそうな顔を見ると、殴れば思う壺なのは明らかだ。

大きく深呼吸一つ、そっと乱れたタイを直してやる。コバルトブルーの瞳がうっとりと蕩《とろ》けた。

侯爵は手袋を外し、王の両頬をそっと掌《てのひら》で挟んで微笑《ほほえ》む。

「我が王、最近体調は如何《いかが》です？　どれ、私が直々《じきじき》に健康チェックをしてあげましょう」

しっかりと押し付けた掌《てのひら》から、盛大に尖らせた魔力をこれでもかというほど乱暴に流し込んだ。

流し込まれた侯爵のヒタヒタ這《は》い寄《よ》る黒く冷たい魔力が、王の体の隅々《すみずみ》まで異常はないかとグサグサ突き刺さりながら検分する。

「あ、めっちゃ幸せ。フランクの肌に、触れるの！　二十年ぶりィデデデデ！　ぎぁあ――ちべだぃ！　ぢべだぃ！　骨まで凍えてまうぅ！　めっちゃ痛いぃぃぃぃぃぃ!!」

「おやおや、最近お疲れかな？　内臓が少し弱っているようだ」

医療行為の体裁を保つために、弱っている臓器には回復魔法をかけつつ、付近の痛覚を存分に刺激する。

叫び声に慌てて入室してきた近衛《このえ》達を大公が何でもない、と下がらせた。

「これはコートニー侯爵による医療行為だ。少し王はお疲れで痛むらしい。気にするな」

「ォオエエエエ!!　グヘエエエエ!!　レバー！　いだだレバー死んじゃう！　イダダダダ……畜生！　痛い！　けど！　ぁああ！　フランクの魔力！　めっちゃ体ん中入ってくるやん！　こ

れはイダダダダご褒美！　だだだいぎあああ！　ご褒美や！　いでえええ!!　畜生俺は諦めへん！　イダダダ諦めへんからなぁあああがが死ぬまで諦めへんんんギャァァア!!　絶対に！　ァアアフランク！　お前を手に入れたるううぎゃぁぁぁ!!」

「くそ！　いい加減諦めろ!!　この変態王め！」

「嫌じゃァアダダダダ今回はギャ――！　失敗したがぁぁ！　つ、次こそはぁ!!　ヘヘヘヘフランクの手えや……ちゅ♡」

最後に気力を振り絞って侯爵の手に口づけし、ドサッと王が床に崩れたが、大公も侯爵も気にせず放置した。忌々《いまいま》しいと言わんばかりに倒れた王を睨《にら》み、侯爵は大公に別れの挨拶《あいさつ》をして退室する。

謁見の間が静まり返った。

「……あ、やった。フランク、手袋置いていきよった……♡　へへへ」

呆れた顔をして大公も出ていき、暫《しばら》く――

誰もいない謁見室で、手袋に頬擦りしながら王はヨロヨロと立ち上がった。

Θ　Θ　Θ

……カタリ、ヒュン！

「…………!!」

夜更けに、部屋のドアを開けた者がいた。微《かす》かな物音で、私、バーマンは目を覚ます。

ぷっすりマチ針トラップが刺さったらしく、静かにドアが閉まり、来訪者は音を立てずに去っていった。

またアマンダか……懲《こ》りないお人だ。このバーマンの少ない睡眠時間を削るなんて……明日は私のお仕事を少し手伝ってもらいましょう。侯爵家執事長のお仕事の中にも侍従長アマンダにできる仕事がありますからね。

そう考えて寝返りを打つと、私は再び目を閉じた。

翌朝。ポールからの坊っちゃん追跡の報告書を読みながら、私は部屋の外から感じるアマンダの気配にうんざりしていた。

だがまぁ、アマンダの気持ちも分からなくはない。

私は、アマンダにも教えられる情報と隠すべきものとを分けて報告書を整理する。

ポールの報告によると、坊っちゃんは徒歩で街道を進み、彼の奴隷が魔物を倒したり、ダンジョンで稼いだりしながら過ごしているようだ。

少し大きめの街、スッパで誕生日の三日後にお買い物と食事でお祝いをした、とも。

ふむ。色々バタバタしていたのが、この辺りで余裕ができて誕生日が過ぎたことに気付いた、というところでしょう。

我々はお祝いをしてあげられませんでしたが、楽しい誕生日を過ごされたようで良かった良かった。これはアマンダにも報告可、と。

それで、何々？　スッパから街道を南下……

上質紙に写した地図に、点、点、とまち針を指していく。

あぁ、奴隷は土魔法が得意なのですか。街道に次々と休憩スポットやバスタブが……。清潔を心掛けてくれているようで何よりです。中々できる奴隷ですね。

ふむふむ、野営までして……坊っちゃんに色々な経験をさせてくれる奴隷達か！ 素晴らしい!! きっと坊っちゃんは、可愛いスカイブルーのお目目をキラキラさせて喜んだでしょうね。ああ、報告を聞くだけでも心が温まる……。これもアマンダに報告可、と。

私はそうやって、報告書の中の坊っちゃんの可愛さを一つずつ噛み締めながら地図にまち針を置いていった。

マンヤーマの街で屋台を楽しみ、ウメシダンジョンへ。

まぁ、ゴキブリを！ おやおや坊っちゃん……。そして、レベルアップのお祝いをして……ん？

報告書になんだか握り締めた跡が……

あちゃぁ、急激なレベルアップによる副作用ですか。報告書がぐしゃぐしゃになるわけだ。

しかし、この副作用に対する対応。中々博識な奴隷だ。もとの身分は何なんだろうか。生まれた時からの奴隷ではあり得ない知識量です。これは半分アマンダ不可。と。

さてと、と一息ついてまち針を見つめる。

「成る程……奴隷は褐色《かっしょく》肌でしたね。読めましたよ～。さては貴方達、お魚を食べたいのでしょう？ そして、宿選びとお買い物の癖から見て、リッチがお好きですね？ フフフ。ボンボヤージュ♪」

私は海の街イワォーコスと海洋ダンジョンとリゾートスパのある島、ウ・ス・ジョーンユ島に、素描スキル持ちのパパラッチを張り込ませるようタブロイド紙の支社に手配した。

また、此方《こちら》の記事を載せたタブロイド紙を、刷り上がり次第、この二つの街で重点的にばら撒《ま》くように、と。


後日。報告書には、大分スッキリ痩せて可愛さが際立つ坊っちゃんの色んな絵姿が届き、旦那様やロレンツォ様、アマンダを始めとする使用人一同の心を大いに慰《なぐさ》めた。

イワォーコスの街で、自ら不届き者に鉄槌《てっつい》を下した報告には、その成長具合に、このバーマン、顔から汁が出すぎてミイラになるかと思いましたよ。これは、めでたいけれどもう少ししてから報告しないと、今すぐに連れ帰ると皆が騒ぎそうですな。時間を空《あ》ける、と。

それにしても、この漁師、坊っちゃんにお仕置きされて以来不能になり、好んでいた少年と薔薇《ばら》を怖がって、何人かの屈強な漁師仲間に尻を狙われ引きこもりになった⁇

フフフ、坊っちゃん、中々いい仕事をなさいますね。

そしてポール。そんな引きこもりさんにお話を聞いた後、腹が立ったからといって殴り気絶させてドアを粉微塵《こなみじん》に壊し、それを近くの漁師達に伝えたですって⁇　フフフ、ポールめ。

私はヒクつく腹筋と口許をそのままに、絵姿を数枚めくる。

可愛らしい坊っちゃんが、キリッと魔物を睨《にら》み付《つ》けスレッジハンマーを振るっている姿。

創作魔法ローズヒップで疾走《しっそう》する坊っちゃん。

曲がったハンマーを抱えてウェンウェン泣いている坊っちゃん。

フフフ、可愛らしいなぁ。SHINING SLEGE HAMMERからSHINING SLEGE HAMMER MARKⅡに武器を新調し、嬉しそうに跳ねる坊っちゃんの素描も一枚追加する。

どうやら、坊っちゃんは今、一般に〝全知全能の十四歳〟と呼ばれる時期に入ったみたいですね。剛胆なる閃光の斬撃《スラッシュゴータン》を放つ者サミュエル様なのですって。なんてお可愛らしい。

その成長を傍《そば》で見られないのは残念ですが、こうして素描で知られるのは本当に嬉しい。手配が間に合って本当に良かった……！

奴隷が警戒するかと思いましたが、……もしかしたら、見守り隊に気付いているのかも。少し前から変身魔法も使っていませんし。

此方《こちら》としてはとてもありがたい。

さて、取《と》り敢《あ》えずこの四枚にしようかな。

私は選《よ》り分《わ》けた四枚の素描を複製依頼に出す。額に入れて部屋に飾ろうと考えたのだ。

ああ、考えただけでも嬉しくなってしまう。

アマンダは絵の才能を活《い》かして、三人でお揃いの帽子とハートのサングラスをかけて食べ歩いている素描を、同じ格好をした自分も追加して四人組の絵にして飾るらしい。

なんともまぁ、うちの侍従長はいじらしいことをするものよ。

身長二メートルのムキムキ君は、今日も心は誰よりいじらしい乙女だ。

他の使用人達はどの素描が気に入るのだろう？　暫《しばら》くはこの素描で会話が弾みそうだ。

そんなことを考えて、私はウキウキと弾むような足取りで仕事場へ戻った。

十一　白豚令息 meets 白豚令息

まさか、今の自分が〝全知全能の十四歳〟と呼ばれる、大人になってから思い出すと恥ずかしすぎて転げ回ってしまう暗黒の時代真っ只中《ただなか》だなんて露《つゆ》にも考えていない俺は、今日も相棒のＳＨＩＮＩＮＧ ＳＬＥＧＥ ＨＡＭＭＥＲ ＭＡＲＫⅡと共にリゾートスパ内の巡回に勤《いそ》しんでいた。

最近、俺が倒した魔物の素材や魔石を売ったお金をキュルフェがお小遣いとしてくれるので、ここまと買い食いをするのが密かな楽しみとなっている。

たっぷりの生クリーム、ぷるぷる真っ赤な苺《いちご》、ぽてっとしたカスタード。それだけでもとっても美味《おい》しいそれらをたーっぷり孕《はら》んでふっくら膨らんでいるしっとり生地に、俺はそっと齧《かじ》り付く。

生地に少し蜂蜜《はちみつ》の風味を感じる柔らかなクレープは、生クリームと苺《いちご》の完璧なコンビネーションと共に俺を天国に導いてくれた。

「特にこの生クリームの砂糖加減が絶妙だ……」

呟《つぶや》いて、うっとりともう一口頬張る。

次はカスタードも入ってきて、うーん。堪《たま》らない。

「おい！　お前！　すごいデブだな!!」

突然の大声に、俺はお砂糖と生クリームでできた天国から地上に引《ひ》き摺《ず》り下ろされた。

ビックリして思わず声の主を見つめて目をぱちくりさせる。

声の主は、ちょっと前の俺みたいな少年だった。

ベットリ脂《あぶら》で張り付いた金髪、むちゃむちゃと盛り上がった肉に埋まりつつある目鼻立ち。肌は脂《あぶら》ぎったり粉が吹いたり吹き出物が出たり。体はでっぷりまん丸で、とても動き難そうだ。

俺はなんだか懐かしくて、ニッコリ笑って言った。

「うん。そうだね。でも、ちょっと前は俺、この倍以上太ってたんだよ！」

手を広げてこのくらいだと手振りで示すと、でっぷり君は不思議そうな顔をしてこっちを見てから少し近付いてきてモジモジと言う。

「……本当にそんなに太ってたのか？　……俺よりもデブ？」

良かったら座りなよ、と俺は声をかけた。

「うん。本当に太ってたよ、君よりもずーっと太かった！」

でっぷり君は嬉しそうに俺の隣に腰かける。ベンチがぎしり、と悲鳴を上げた。

そうそう、俺もベンチに座る時はいつも、こんな音がしていた！

そういや、最近、椅子もベンチも軋《きし》まないな。

俺は改めて自分が痩せたことを実感して嬉しくなると共に、この俺より少し小さな、俺によく似た少年をスッゴク可愛く感じていた。

「お、俺はこの国の隣の国アサルテアの、公爵家の者だ！　お前はこの国の者なのか？」

ふん！　と鼻息荒く胸を張って言う、でっぷり君。元気だなぁ。

「うん。俺はね、ここヒルトゥーム国の侯爵家の次男、サミュエル・コートニー。十四歳で、……実は家出中なんだ。だから、俺が此処《ここ》にいるのは内緒だよ？」

俺はキョロキョロと辺りを確認してから、ヒソヒソ声ででっぷり君に自己紹介をする。でっぷり君は、家出……！　と息を呑んだが、内緒だと言うと、真剣な顔をしてコクリと頷《うなず》いてくれた。

「……俺の名前は、アーサー・オガニクソン。俺は公爵家三男だ。こないだ十歳になった。此処《ここ》にはバカンスに来たんだ。護衛のサモナイトだけ連れて」

「すごい！　十歳で国外に、しかも護衛と二人だけでだなんて！　君ってすごいんだな！」

俺に合わせてヒソヒソ声で自己紹介をしてくれたでっぷり君改めアーサーは、俺の驚きの言葉にすごく嬉しそうに体を揺らす。

俺達はすぐに仲良くなった。

「――クレープ美味《おい》しそう。俺も買ってくるから一緒に食べよう！」

嬉しそうにアーサーがクレープを買いに行き、多分、彼の最速だろう小走りで戻ってくる。

俺とアーサーは、一緒にクレープを食べながら色んなことを話した。

まずは俺の家出の理由。偶々《たまたま》、誰かがゴミ箱に入れ損ねたのか、件《くだん》のタブロイド紙が風で飛んできたから、それを拾って二人で読みながら話す。あ、父上達にお手紙書かなきゃな……

「おまえ、良いヤツなのに、酷《ひど》いな！　婚約解消するって、カフェのど真ん中で言うなんて！　それもう解消じゃない！　本当にこんなことされたのか!?　そいつ何処《どこ》にいるんだ！　俺がこてんぱんにやっつけてやる！」

プンプンと怒ってくれるアーサーがなんだか嬉しくて、可愛くて、ケラケラ笑ってお礼を言う。

「ありがとう。でも、今だから分かるけど、俺も悪かったんだよ。だって、ビクトールは俺に色々してくれたのに、俺は彼に好かれる努力をするなんて考えたこともなかったもの。や、そりゃ誕生日プレゼントとか贈り物なんかはちゃんとしてたよ？　でも、ビクトールが会いに来るからお洒落《しゃれ》しよう、とか、ビクトールが好きな髪型はどんなかな、とかさ。いつも俺はビクトールが来る直前まで普通に過ごしてたし、服だって着せられた服だし、髪型だってされるがまま。でも、ビクトールは毎回、今日の服はこんな感じで選んだけどサミュエルは好き？　とか、髪型変えてみたんだけど前とどっちが好き？　とか。今考えたら、俺の好みに合わせてくれようとしてたんだよね。俺はそんな彼をいつも褒めたけど、俺もビクトールの好きな髪型があれば変えてみようか、とか、全く考えなかった。婚約者だったんだ、もっとお互いに知る努力や、寄り添う努力をするべきだったと思ったよ。折角《せっかく》ビクトールは、その努力をしてくれてたっていうのにさ」

俺がそんなことを語るのを、アーサーは黙って聞いてくれていた。

気恥ずかしいや。

「……俺にはよく分からない」

アーサーは拗《す》ねたようにそう言うと、きゅっと下唇を噛む。

「ふふ、今すぐ分かんなくても良いさ。大きくなって、必要な時に思い出してくれれば。その結果、俺のこの考えとは相容《あいい》れないと思っても良い。ただ、俺がこんな婚約破棄騒動を経て、こう学んだんだって知っていれば、何処《どこ》かで役に立つ時があるかもだろう？」

俺は記事をとんとんと指で叩いた後、ポイッとタブロイド紙を近くのゴミ箱に投げ入れる。

昨日ダンジョンでまたレベルが上がって、とうとうレベル31になったのだが、流石《さすが》レベル31！

シュッと綺麗な軌跡を描いてゴミ箱に入った。

「次はアーサーのことを聞かせてよ！」

俺が笑顔で頼むと、アーサーはモジモジしながら色々話してくれる。

両親が自分を好いていない気がすること、いつも馬鹿にしてくる兄達が嫌いなこと。

似た年頃の令息達に苛《いじ》められてもう会いたくないのに両親が一緒に過ごさせようとするのが嫌で、自分の護衛であるサモナイトを連れて此処《ここ》に来たこと。

「すごいなぁ、アーサー。まだ十歳なのに自分でちゃんと状況打破に動いてるんだもん！　尊敬するよ！　俺だったら泣くしかできないかも！」

逃げて来たんだ、としょんぼりするアーサーに俺はそう答える。すると、恥ずかしそうに笑いながらサミュエルだって家出してるじゃないか、と返された。

「そういえばそうだね。でも、十歳の俺なら、やっぱり泣くだけだったよ」

そう言って、俺達はなんだかクスクス笑いあった。

暫《しばら》く笑ってから、アーサーがぼそぼそと聞いてくる。

「俺も、サミュエルみたいに、痩せたいんだ………できると思う？」

アーサーの言葉に、俺は胸を叩いて頷《うなず》く。

「勿論《もちろん》だよ！　それにアーサー、俺が十歳の時より断然細いし！　絶対痩せれるよ！」

俺は、自分がどうやって痩せたのか、それから急激なレベルアップの副作用で死にかけたことなどを話し、結論として、スライムを追い掛けるのが良い運動になると教えた。

「よし、明日スライム探してきてあげるよ！」

「本当!?　やったぁ！　ありがとうサミュエル！」

嬉しそうに笑うアーサーに俺もニコニコする。

そんな俺達の後ろのベンチで、面白くなさそーにクレープをもっしゃもっしゃ食べながらキュルフェがずーっと様子を見ていたなんて露知《つゆし》らず、二人で日が暮れるまでお喋《しゃべ》りした。

十二　白豚令息の白豚令息による白豚令息のための……

「——うわぁぁ!!」

「アーサー！　頑張れー！　君ならできる！」

薔薇《ばら》の実が蔦《つた》で作ったリングの中で、アーサーがタラバンクラブに追われて逃《に》げ惑《まど》っていた。俺が励《はげ》ましても、剣を放り投げてとうとう逃げてしまう。

「うわぁぁん!!　痛いよ！　疲れたよ！　こいつ気持ち悪いよぉ！」

「アーサー！　無理そう!?　やめる??」

「うわぁぁん！　畜生！　やってやるぅぅ!!」

流石《さすが》にもう無理かと思って声をかけると即座に否定され、俺はアーサーの負けん気の強さに舌を巻くと共に、あと少しだけ待つことにした。

トゲを引っ込めた薔薇《ばら》の蔦《つた》を握る指に、力が入る。

あの後、俺は夕食の時間だとキュルフェに呼ばれ、アーサーと別れた。

俺は弟ができたみたいで嬉しくて、アーサーのことをいっぱい話す。スーロンは少し困ったように笑い、キュルフェは何時《いつ》もより荒っぽくガフガフとご飯を食べた。

「サミュがアーサーの話ばかりするから、少し寂しいです」

ちょっと拗《す》ねたように言うキュルフェの言葉に、スーロンが困ったような笑いで微《かす》かに頷《うなず》く。

それが、やきもちを妬《や》かれているようで……

もしそれが、やきもちなら。妬《や》かれて喜ぶなんて変なのに、俺は擽《くすぐ》った嬉しくて、足をバタバタさせた。

何時《いつ》も寝る時はキュルフェやスーロンがほっぺや頭にチューしてくれる。その日はやけにキュルフェのチューが多くて。それがやっぱり擽《くすぐ》った嬉しくて。

俺はてろんてろんに蕩《とろ》けた気分で、二人の腕を抱き締めて寝た。

そして翌日。俺はアーサーのためにスライムを探したいと二人に相談したのだけど、生憎《あいにく》この島にスライムはいないらしく……

その日はダンジョン脇の砂浜で、スーロンと俺が魔物を倒すのを見せたり、キュルフェに痩せるための心得講座を開いてもらったりした。

アーサーは身分が下の人に横暴に振る舞う癖がちょっとあったので、やんわりそれを窘《たしな》めて、こまめにお散歩して過ごす。

そして今日。色々考えた結果、防御に特化している分ほぼ攻撃をしないタラバンクラブなら最適だろうと考えて、そこそこ弱そうなヤツを一匹捕まえ、ガチガチにバフを掛けまくったアーサーと対戦させることにしたのだ。

ところが、殴られてもちょっと痛い程度のはずなのに、アーサーは痛みに慣れていないらしく、パニックになって逃《に》げ惑《まど》う。暫《しばら》くはぽかりぽかりと調子良かったんだけどな。

それでいて終わりにしようとすると奮起して戦おうとする。

その結果、追い掛けて運動作戦が、追い回されて運動作戦に変わってしまった。困ったなぁ。

俺はこまめに回復をかけ、肉体強化や防御力強化で、タラバンクラブの攻撃や股ずれ、軋《きし》む体の痛みからアーサーを守り続ける。

とうとう追い詰められて転んだアーサーは、タラバンクラブにぽかりぽかりと殴られるままになった。

「うわぁぁん！　サモナイト！　サモナイトォ!!　ち、知恵を貸せぇー！」

その叫びに、護衛のサモナイトが弾かれるようにリングへ駆け寄る。

俺は、アーサーの一貫して戦おうとするその姿勢に感動すら覚えた。本当にすごいなぁ！

「坊っちゃん！　耐えてください！　泣いたら疲れます！　体を丸めて暫《しばら》く休んでください！　肉

体強化されまくってますから怪我はしません！　少し痛いかもですが落ち着いて休んで、反撃の力を溜めるんです！　剣は此処《ここ》ですからね！」

坊っちゃん、という呼び声に俺の胸がキュッとなる。

「ぅにににに……こんにゃろー!!　閃光の斬撃《スラッシュ》!!」

サモナイトが剣を拾って、アーサーが取りやすそうな所へ置く。アーサーが気合と共に剣を掴み、力任せに横薙《よこな》ぎにした。

突然の反撃に対応できなかったタラバンクラブがひっくり返る。

俺とサモナイトは歓喜し、声を振り絞ってアーサーを応援した！

「やったぁ！　ひっくり返った！　アーサー！　今だ！　そこだ！　頑張れ！　お腹《なか》のおんなじ所を突くように攻撃するんだ！」

「うあああああ!!　閃光の斬撃《スラッシュ》！　閃光の斬撃《スラッシュ》！　閃光の斬撃《スラッシュ》！」

「坊っちゃん!!　頑張れ坊っちゃん!!　いけぇ！　坊っちゃぁ――――ん!!」

「～～～～～～～ッッ!!　（ヤバい、全知全能の子豚が増えた!!）」

「うぉおおおおおあああ!!　！」

バキバキ！　ザクッ！　と、タラバンクラブの腹が割れ、剣が突き刺さる。興奮が最高潮に達したのか、アーサーが獣の咆哮《ほうこう》のような勝鬨《かちどき》を上げた。

勝った――!!

俺とサモナイトは薔薇《ばら》の実の作ったリングを潜《くぐ》り、アーサーへ駆け寄り抱き合って喜んだ!!

「やったぁ！　やったよ！　倒したよ!!　すごいよアーサー!!」

「ふぉぉぉ!!　俺はやった!!　やったぞぉぉ!!」

「坊っちゃん！　よくやりましたね!!」

喜びのあまり、アーサーは薔薇《ばら》の実に肩車されて砂浜を何周も叫びながら駆けた！　俺も嬉しくてぴょんぴょんし、その後ろをずーっと追い掛けて走る。

そうやって暫《しばら》く興奮のままに駆けずり回り、少し落ち着いたところで、倒したタラバンクラブをスーロンに焼いてもらって美味《おい》しく食べた。

残念ながらキュルフェは、ダンジョンの奥にいる貝の魔物とアーチンの亜種の蕩《とろ》けるような食感のものが急に食べたくなったらしく、夕飯までには間に合わせますと言って猛ダッシュで行ってしまった。

「アイツはこーゆーの、照れちまうのさ……」

肩をひょいとすくめてスーロンが言った言葉は、俺はちょっと何の話なのか理解できない。

レベルアップしたアーサーは、タラバンクラブをムシャムシャと食べ、すごく嬉しそうに何度も何度も倒した時の再現をしてくれた。

Θ　Θ　Θ

「ヒャッホー——イ♪　速い速いすごぉい!!」

皆でタラバンクラブを食べた後、アーサーとサモナイト達も一緒に夜まで楽しく過ごし、翌日。

俺は今日もメッチャクチャ楽しんでいた。

長袖長ズボンの潜水用スーツを着込んだ俺を背中に乗せて、スーロンがプール内をすごい速さで泳いでくれる。

バタフライの盛大な水飛沫《みずしぶき》が気持ち良い。

「あ、ミューだ！　ミュー!!」

子供達が声をかけてくれるのに、水飛沫《みずしぶき》の向こうから手を振り返す。なんだか、パレードしてる英雄みたいでカ・イ・カ・ン♡

昨日、タラバンクラブを倒したアーサーだったが、彼の幼い体に連日の訓練は酷だということで、今日はリゾートを楽しむデーなんだ。

今、アーサーとサモナイトとキュルフェはリゾートスパのエステコースを施術中。俺とスーロンは留守番をしている。

何かパンフレットによると、特殊な泥を塗ったり、異国の王家が愛したマッサージ方法で老廃物を流したり、骨の歪《ゆが》みを直して体調を整えたり、小顔になったりするらしいのだ。あ、あとね、いい匂いの香油のマッサージで極上の時間なんだって。ワォワォ。

それを俺はすごく楽しみにしていたんだ……。だけど――

「――ヤダヤダヤダヤダ！　何で俺とスーロンはエステお預けなの⁇　したいよぉ!!」

ふも、ふもー！　と鼻息荒く、地団駄踏んでキュルフェに抗議する。スーロンは横で妙に凪《な》いだ瞳をしていた。

「だって、サミュとスーロンの肌を私以外がマッサージしたりするのは嫌なんです……。私、一回でちゃんと全てマスターしてきますし、なんなら、此処《ここ》のエステティシャンより気持ち良く、効果的に施《ほどこ》しますから。ほら、このキュルフェなら、そのパンフレットみたいに三十分、とかじゃなくてサミュがしてほしい所をしてほしいだけしてあげますよ？」

「ぐ、ぐにゅにゅ……。で、でも、アーサー達も一緒に行くんでしょ？　俺とスーロンも行きたいよぉ……」

「アーサーはちょっと、色々溜まっている体でしたからね。サモナイト殿は、これからはもっとキチンとアーサーのお世話をしてもらわないと、ですから、その修業です。ね、今日はお風呂とその後にたーっぷりマッサージしてあげますから♡」

ちょっと絆《ほだ》されそうになったのを、なんとか堪える。コメカミとかね、脛《すね》とかね、気持ちいい所をいっぱい揉《も》んでもらえたら、それはそれは嬉しいんだけど……

すると、キュルフェがすっと膝を着いて、少し上目遣いに見上げてきた。キレイな金緑の瞳が悲しそうにうるうるしている。

うわぁ、今にも泣きそう。

「サミュの肌を他の人に触られたくないんです……！」

「わ、分かったよぉ。ゎゎゎ、泣かないで、キュルフェ～。俺我慢するからさ。ちゃんとマスターして俺にも特殊な泥のヤツとか、香油の極上の時間とか、体験させてね。ね？」

俺は慌ててキュルフェを宥《なだ》める。

「良かった♡　じゃ、行ってきますから、スーロンと仲良くお留守番しててくださいね」

あっという間に上機嫌になったキュルフェはさっさと行ってしまった……！

あの潤《うる》んだ瞳は何処《どこ》へ⁉

呆然とする俺の肩をポンとスーロンが叩く。

「キュルフェはあーいうヤツだぞ、ミュー。そのうち、ミューも慣れるさ。さ、俺らはプールでも行くかー」

――ということがあって、俺とスーロンは現在プール遊びと、プールサイドの屋台メニュー踏破《とうは》に勤《いそ》しんでいるのだ。

ま、これはこれで楽しいからいっか！

十三　唐紅髪奴隷は新たな白豚令息に怒りを抱く。

「――おい！　お前！　すごいデブだな‼」

意地の悪そうな顔をして彼がうちの可愛い子豚に声をかけた時は、どう料理してやろうかと思った。

私──キュルフェは、今日も相棒のＳＨＩＮＩＮＧ ＳＬＥＧＥ ＨＡＭＭＥＲ ＭＡＲＫⅡと共にリゾートスパ内の巡回とやらに行くサミュの後を着いていく。

川へ洗濯、山へ芝刈り……じゃないけれど、スーロンと交代でどっちかはサミュの護衛に付くようにしているのだ。

ただ、全知全能の子豚は一人で行動したいようなので、その意思を尊重してステルス護衛だ。スーロンに教えてもらった覚えたての変身魔法の訓練だと思えばちょうど良い。

お散歩して、ミュー！　ミュー！　と寄ってくる子供達と少し遊んだり、お小遣いでこまこまと買い食いしたり、家族や使用人への土産《みやげ》を選ぶ子豚は本当に可愛い。

生クリームに真っ赤な苺《いちご》とカスタード、ふっくらしっとりとした生地。

ベンチにいそいそと座ってその苺《いちご》のクレープを、まずはスカイブルーのキラキラお目目で味わった後、満を持してそっと齧《かじ》り付く子豚。

うっとり味わいながら、色々頭で評しているのだろう。

「特にこの生クリームの砂糖加減が絶妙だ……」

うっとり呟《つぶや》いた言葉が生意気に美食家然としていて、笑ってしまう。

「おい！　お前！　すごいデブだな!!」

だから、突然の意地悪な大声に、ビックリして目をぱちくりさせる子豚が可哀想だったたし、自分のほうが明らかに醜《みにく》くデブなのにそんなことを叫ぶ子デブにすごく腹が立った。

ベットリ脂《あぶら》で張り付いた金髪、盛り上がった肉に埋まった目鼻立ち。肌は脂《あぶら》ぎったり粉が吹いたり吹き出物が出たり。体はでっぷりまん丸で。

うーん。悔しいが出会った時の子豚と割と似ていて、悪口が思い浮かばない!!

だが、内面が最悪にひねくれている！　如何《いか》にうちの子豚が内面の可愛らしさで外見すら可愛く思わせていたか、よく分かる！

今だって、同じ太っちょ属性なのに、子供に慕われ行く先々で笑顔で挨拶《あいさつ》され、店員には苺《いちご》やクリームを多めにサービスされて幸せそうにクレープを頬張るサミュを、僻《ひが》んで傷つけようと悪口を言ってきたのが丸分かりだ。

すごいデブ！　と言われて、クレープの美味《おい》しさが吹き飛べば良いと思ったんでしょう。でもね、サミュを傷つけようとしたその行動は、お前が一番傷つく方法を教えているようなものですよ。

誰にされたか知らないが、自分が傷ついたからこそ、傷つける手段として覚えたのです。

この私が、それを痛いほど分からせてやろう。

私はそう思ったが、どうやらうちの子豚には彼の態度が、大変可愛らしく映ったらしい。え、信じられない。

サミュにとってはこの程度、よちよち子猫のチクチクした爪が刺さる程度なの？

わーちっちゃーい。一丁前にねこぱんちしてるー♡　とでも言わんばかりの魔力の動きに戦慄《せんりつ》する。顔が見えないが絶対笑顔だ。

「うん。そうだね。でも、ちょっと前は俺、この倍以上太ってたんだよ！」

お花が咲きそうなくらいの駄々《だだ》漏れ好意で、サミュが手を広げる。子デブは不思議そうな顔をして、次の瞬間にはもうすっかり懐いていた。すごい。子デブが伝説級のチョロインなのか子豚が伝説級の人たらしなのか……

兎《と》に角《かく》すごい。

あっという間に仲良くなる二人が面白くなくて、内心ちょっと歯噛みする。

だが、会話する毎《ごと》に、サミュが子デブの心の諸刃のトゲを優しく抜いていく様《さま》はなんだか見てて面白かった。

子デブ改めアーサーは、どうやら親や兄弟から満足に愛情を得られず、また、愛情を得る術《すべ》も学べず、ただ周りを羨《うらや》み妬《ねた》み僻《ひが》み、自分より立場が弱いものに当たり散らしてきた、典型的な白豚君だったようだ。

我が異母兄弟にも数人、茶豚君がいたのでなんだか懐かしい。どうしてるかな、なんて思えないのがちょっと辛《つら》いな……

それにしても、さっきからずーっと気配を消して張り付いてる口下手そうな護衛も、陰でガリガリと素描や報告を書いているらしきパパラッチコンビも、二人が仲良くするのが嬉しそうだ。

子豚はまだ無垢《むく》でニュートラルだし、子デブも、我が儘《わがまま》を受け入れられた上に好意を向けられた嬉しさと理想の未来像を見つけたかのような憧れだとは理解できるんだが……

面白くない……！

あまりに面白くないので、サミュを呼び戻す時間までクレープを三つも自棄食《やけぐ》いしてしまった。

はぁ。そんなこんなで、私的には非常に面白くないのだが、どうやらサミュは初めての友達&弟分ができた喜びで舞い上がり、暫《しばら》くは友好を深めたいらしい。

諦めて、フレンドリーに対応してやることにする。

サミュから素直に何でも吸収するアーサーの姿は、少し好感が持てた。

全知全能な部分まで吸収して、剛胆なる子豚の攻撃力を倍増してきた時は死ぬかと思ったが。

「使用人みたいに一番傍《そば》で見てくれてる人がアーサーを怖がって、アーサーのためになる指摘を黙ってたら、それで困ったり損をしたりするのはアーサーなんだよ？　それに、お互い敬意を持って接し合えばとても居心地の良い空間になるけど、今みたいなことをしてたら、何処《どこ》もかしこも監獄みたいになるんだ。俺はアーサーがそんなふうになるのは嫌だな。哀しくなっちゃうよ」

使用人に対する態度を咎《とが》められると、アーサーは居心地悪そうにモゴモゴ言い訳していたが、其《そ》処《こ》からは目に見えて癇癪《かんしゃく》を抑えるようになる。サミュの使用人に対する一挙手一投足を見つめては、同じように振る舞おうとしていた。

自分もサミュみたいに愛されたい。そんな想いに溢れた直向《ひたむ》きな姿勢に、まぁ、少しは協力してやっても良いかな、なんて考え直す。だから、護衛のサモナイトとかいう不器用軍人を軽く躾《しつけ》てやることにした。

アーサーへの好意を忍耐という形でしか表現できていなかったこの不器用軍人が、もう少しうまく叱《しか》ったり褒めたり、好意を伝えたりできたら、アーサーも少しは淋しくなくなるだろうから……

それとなく会話から二人の日常を探る。どうやら、部屋は別室、風呂もアーサー一人で入らせていたようだ。私は彼らをスパのエステに誘い、取り留めなく話しているように見せかけて、一つずつ二人に刷り込んでいく。

私達が一応は主従の関係にあり、その上でサミュはこの無礼講スタイルを選んだこと。

皆、ここって時だけ主従らしくしているからアーサーは知らないだろうけど、主従の関係が近い人達ってのは実はありふれているんですよ、とか。

サミュはいつも寝る時に私とスーロンに抱き締められていること。

お風呂は毎日一緒に入って、体を洗ってあげていること。

時々、サミュも私達を洗ってくれて、お互い洗いっこするのが楽しいこと。

食事はいつも三人一緒にとること。

遊ぶ時も、護衛として警戒はするが一緒に遊ぶこと。

私やスーロンの職を護衛として話し、ちょっと大袈裟《おおげさ》に言った部分もあるが、二人には大分効果があったようだ。

サモナイトに、人の体を洗う力加減なんかはこのマッサージを参考にすると良いですよ、などと言うと、素直に色々やる気になっていた。


スパのエステを終え、プールのサミュ達と合流する。

遊び疲れたサミュがプールサイドのキングサイズのソファベッドでぷぅぷぅ寝息を立てていた。

可愛いその寝顔を見つめ柔らかい髪を撫《な》でていると、スーロンが買い物に行ったタイミングでアーサーが私に話し掛けてくる。

「なぁ、……キュルフェは俺のこと……好き？」

「ふぅ。全く……、この子豚その二は……。人を見る目が皆無《かいむ》ですねぇ！　えいっ♪」

私は意を決して聞いてきただろうアーサーの鼻を指先でピィン！　と弾いた。

フフフ、少し痛かったのか赤くなった鼻を押さえて涙目になっているのは可愛いですね。サモナイトがちょっと怒っていますが、フン、無視無視。

「良いですか？　まずはこれを頭に叩き込んでくださいね。アーサー、貴方は男を見る目が皆無《かいむ》です。オーケー？」

アーサーが鼻を擦《こす》りながらコクコクと頷《うなず》く。その直後、サミュがぷぐぅう、と妙な音を出して寝返りをした。可愛い。寒かった？

「アーサー、貴方、デカいからスーロンがちょっと怖いんでしょ？　だから、スーロンがいなくなった隙に私に声をかけた。それに、私のほうがニコニコ笑って色々世話焼きしてますからね。優しいと思ったんでしょう？　フフフ、大間違いですよ、アーサー」

サミュに薄布をかけてやり、笑って言うと、アーサーは顔を赤らめる。

エルフのミニスカートで頬を赤らめたサミュといい、子供って、そのまま顔に出るんだなぁ。

「スーロン――あのデカいほうは元々すごく優しい上に子供も大好きですから、貴方のことも好きだと答えたでしょうに。本当に見る目がない」

「キュルフェは……俺のこと好きじゃない……？」

おずおず聞き返してくるアーサーにキッパリと言う。

「ええ。貴方は大好きなサミュの大切なお友達、それ以上でもそれ以下でもありません。嫌いではないですが、全くの他人よりちょっと毛が生えた程度の好きです。白状すれば、最初のサミュへの声かけの時はかなり貴方に怒ってましたし、今は貴方の泣きながらもガッツあるところとか、直向《ひたむ》きに何でも学ぼうとしてるところを、好感が持てるとは思ってます。でも、それだけです。貴方が転んでも、おや、転んだな。と思う程度です。サミュやスーロンやサモナイト殿なら慌てて駆け寄ったり心配したりするでしょうけど……だって考えてみてください。私達、出会って日も浅いし、お互いを理解するような会話も、これが初めてでしょ？　正直このメンバーで一番貴方に対する好きの度合いが低いのに、そんな私によく聞きましたね？」

つらつらとのたまうと、アーサーはポカンとした顔でこちらを見つめたまま、私の言葉を反芻《はんすう》しているようだった。

その様子がおかしくて、彼の眉間《みけん》をとすっ、と突く。

「本当に、見る目のない子」

寡黙《かもく》で、無表情で、不器用な皮の下に沢山《たくさん》の愛情を詰めた人がすぐ隣にいてくれるのにそれに気付かず、変な所ばかり探して、まったく、馬鹿だな。

そう思い、サラサラになった金髪を撫《な》でて笑う。ボン！　と音を立てる勢いでアーサーの顔が真っ赤になった。

おや？　もしかして今、惚《ほ》れた⁇

昔から顔と愛想の良さで、私に初恋をした人は多い。そのせいで王宮の真の支配者を自称していた時期もあったけれど、まさかアーサーが私に、淡いとはいえ恋心を抱くなんて。

でもそうか、エルフのミニスカートで顔が赤くなるような世代には、先程からのスキンシップと笑顔でも刺激が強すぎたかもしれないな。

「……言っときますが、私は攻め入る者の中の攻め入る者ですからね」

念のため釘を刺すと、今度はアーサーは真っ青になる。

なんて可哀想なヤツ。私なんかにうっかり恋心を抱くから、一瞬で初恋が終わった……。本当に男を見る目がない。

ぷひー、ぷひー、と子豚の寝息が響く。

「……そういえば、キュルフェって幾《いく》つなんだ？」

暫《しばら》く青くなったり赤くなったり、上を向いてのぉぉと呟《つぶや》いたり、下を向いてはぁぁと溜め息を吐《つ》いたりしていたアーサーが、ふと聞いてくる。

「十九ですよ。……ただ、今後のためにも教えておいてあげますが、年の差は年齢が上がる度に気にならなくなるものです。十と十九じゃ子供と大人ですごい差ですが、二十と二十九ではまぁ、そこまで。三十と三十九に至ってはその差は微々たるものですよ」

アーサーがチラチラと赤い顔でこっちを見て口をとがらせたりへの字にしたりした後、ポソポソと爪を見つめて呟《つぶや》く。

「お、俺が……十八になったら、キュルフェ、二十七かぁ……。どうなってるかな……。俺、きっと大きくなったら、結構、格好良いんじゃないかなって……思うんだよね。……キュルフェはどう思う？」

必死に考えて絞り出したであろう、ちょっと何が言いたいか分からなくなってしまっている言葉に、笑いがこみ上げる。

本当にアーサーはガッツがあるね。

背後のサモナイトの、不動の無表情に反して萌えたり動揺したりして飛び回っている魔力が、更に笑いを誘う。

「まぁ、今から頑張ればそこそこ格好良くなるんじゃないですか？」

クスクス笑って答えると、アーサーは嬉しそうにはにかんだ。

「そっかぁ……キュルフェ、俺、頑張るよ！」

「まぁ、頑張ることは大切ですからね。応援してますよ♪　お風呂もちゃんと毎日入って、サモナイトに洗ってもらうんですよ？」

「ぇ、毎日かぁ。……毎日じゃなきゃダメ？」

アーサーの言葉に私も驚いたが、後ろでサモナイトがすごい顔をしている。

「……こいつめ。大きくなって遠征とかで入れない時以外は毎日入りなさいね。サモナイトにしっかり洗ってもらって。キュルフェは清潔な子が好きですよ」

「分かった。毎日入る。サモナイトに洗ってもらう」

「今日からですからね」

「分かった。今日から、サモナイトに洗ってもらって毎日入る」

真剣に頷《うなず》くアーサーに腹筋が若干痙攣《けいれん》する。ちょうど良い頃合だったので、買い物を終えたものの戻りづらくてクラーケンを囓《かじ》りながらウロウロしていたスーロンを視線で呼び戻した。

サミュが寝ながらぐーんと伸びをする。もう起きるかな？

「そっかぁ、キュルフェは十九かぁ……」

感慨深《かんがいぶか》げに呟《つぶや》くアーサーの言葉に、サミュがパチッと目を覚ました。

「え、キュルフェが幾《いく》つって……？」

目をしぱしぱさせて聞いてくるのが可愛くて、頭をナデナデしながら答える。

「十九ですよ、サミュ。そういえば、言ってませんでしたね」

「え？　十九？　年齢が？」

「ええ、そうですすよ？」

「えっ」

最初は聞き取れなかったのかと思ったが、この反応は……!?

すっと、血の気が下がる。

「……え？　……ちょっと待ってくださいサミュ。貴方、私達を一体幾《いく》つだと思ってたんですか??」

焦《あせ》って問《と》い質《ただ》す私とモゴモゴするサミュをアーサーがポカンと見つめ、その背後でサモナイトが無表情バイブレーションし、ちょうど戻ってきて会話を聞いたスーロンがショックで眩暈《めまい》を起こしていた。

私の可愛い子豚は、黙って冷や汗をかくばかりだ。

そんな、そんな……！　ショックだ――!!

あまりのショックでプールに飛び込み、息の続く限り底で三角座りしてしまった。

今日の夜からスキンケアとか念入りにしよう。ぐすん。

十四　白豚令息、己の見る目のなさに戦慄《せんりつ》　そして、東へ、北へ……

「はぁ……私、まだ十代なのに……」

「俺だってぴちぴちのハタチさ」

シュワシュワと泡が立ち上る紺碧《こんぺき》の海みたいなソーダに、むくむくの入道雲みたいな二段重ねのバニラアイスが乗った飲み物を前に、キュルフェが咥《くわ》えたストローをプラプラさせて言った。隣で七色の削り氷をサクサク混ぜてたスーロンもぼやく。

俺がスーロンとキュルフェの二人を実年齢より上だと思っていたことが分かると、キュルフェはプールに飛び込んで浮いてこないし、スーロンは悲しみのノンブレスバタフライでプールを何往復もするしで、もう、俺は申し訳なさでちっちゃくなるしかなかった。

「すまない。キュルフェ、スーロン。見た目とか俺よく分かんなくて……。二人ともすごく大人で頼りになったから、きっとこのくらいかなぁって」

「良いさ、子供の頃ってのは、年上は随分大人に見えるもんだ。だが、二十六から三十六歳くらいだと思ったって、随分幅があるよなぁ」

「まぁ、そうですよね。よく考えたら私、お肌も見た目も完璧コンディションですもん。でも、後でクリーム買い足しておこう。……因《ちな》みに、サミュ的にはそこの笑いを堪えて震えてるサモナイト殿は幾《いく》つに見えるんです⁇　（サモナイト、貴様も道連れだ！）」

う――――ん。

俺は考えた。俺が四十代だと思っていた漁師は二十八歳だと言っていた。

四十一くらいに見えるからここは……

「う――――ん。さ、三十一、かな？」

サモナイトがガクッとくずおれる。

どうしよう。どうやら俺は、見る目がないらしい。

「サミュエル、それはないよー！　サモナイトは……そうだな、二十一だよきっと！」

からからと笑って言うアーサーにスーロンとキュルフェも頷《うなず》くが、サモナイトはへにょへにょ声で違います、と言った。

「坊っちゃん、俺も十九です……」

ええ、俺、倍に見たの⁇　これは酷《ひど》い。俺はちょっと見る目を養うべきかもしれない。

そんなふうに俺が決意を固めている横で、キュルフェとアーサーがサモナイトに、きゃっきゃとちょっかいを出す。オールバックの髪型がいけない、とか、スキンケアがどう、とか。

「大体、十九だなんて、サモナイトは何年も俺の護衛してるのに！」

「あ、俺は傭兵団育ちで……十六になったと同時に坊っちゃんの護衛として公爵家に雇われたんです。坊っちゃんが貴族の騎士や軍人は気に入らなくて次々辞めさせるから、年の近い平民なら、って執事長さんが……」

サモナイトの言葉にアーサーが真っ赤になり、両手で顔を覆《おお》って机に突っ伏してしまった。うん、暴君だったんだね。

過去を思い出して悶《もだ》えたり後悔したり羞恥《しゅうち》したりと忙しそうなアーサーの頭を、皆で代わる代わる撫《な》でる。最後に、遠慮がちにサモナイトが撫《な》でると、アーサーは顔を上げて、ぎこちない笑みを浮かべる彼をじっと見ていた。

その、不思議そうな、それでいて嬉しそうな顔を見ながら、そう言えば、アーサーにサモナイトが触れているのは初めて見たな、と思い当たる。

あ、や、タラバンクラブを倒した時は感極まって皆で抱き合ったけどさ、平静で触れているのは初めてだ。

というか、タラバンクラブ以前は、側《そば》にいるだけでちょくちょく存在を忘れるくらい影が薄かった。

この数日で二人が少し仲良くなったのなら嬉しいな、と思う一方で、そんなアーサーが愛しくて、俺は彼をギュッと抱き締める。

「わ、サミュエル！　急に何だよー！」

驚いたアーサーは、こらー！　なんて言いながら、嬉しそうにくふふっと笑う。

それが可愛くて、俺はアーサーの肉の詰まったむちむちほっぺに俺のふにゃふにゃほっぺをスリスリと擦《こす》り付《つ》けた。

へへへ……

Θ　Θ　Θ

そして——

「手紙書くからな！　サミュエルも手紙くれよな!!　絶対だぞ！」

「勿論《もちろん》だよ！　絶対書くから！　アーサーも俺のこと忘れないでー！」

わんわん泣きながら俺にしがみついて別れを惜《お》しむアーサーに、俺も泣きながらお別れを言った。

たっぷりリゾートを楽しんだ翌日。アーサーとサモナイトと俺達は、リゾートスパを後にし、フェリー乗り場に来ている。

俺達三人は、アーサーの故郷——西の隣国アサルテア国ではない側の隣国、東のヨルダルネ国に向かうフェリーに。アーサーとサモナイトは、俺がスライムを初めて倒したウメシのダンジョンに向かうためにイワォーコス行きフェリーに乗るので、ここでお別れだ。

昨日、スライム狩りが運動になるだろうということで、アーサーに比較的安全なダンジョンとして俺の思い出の地——ウメシのダンジョンをスーロンがすすめた。そして、折角《せっかく》なので、今日皆でこのウ・ス・ジョーンユ島を出ようということになったのだ。

俺達もそろそろ次の場所に行こうかと思っていたし。

淋しくなるけど元気でね、こまめに手紙を書こうね、とアーサーとお互い言い合う。ちょうどサモナイトとスーロンがギルドの私書箱を持っていたので、それを利用して手紙を送り合うことにして笑顔で手を振って別れた。

朝も、一緒に食堂で食事をして、ニコニコ笑顔で次に合う時までに痩せてビックリさせてやる！　だとか、すんごく強くなってるから手合わせ楽しみにしてて！　だとか、話していたのに、いざ、お互いのフェリー乗り場に行こうという時に急に悲しくなる。俺達は抱き合ってわんわん別れを惜《お》しんだ。

結局、キュルフェが乗船手続きを先に済ませ、俺とスーロンはアーサーのフェリー乗り場まで見送りに行く。

これ以上は乗り遅れる！　というところで俺を担《かつ》いだスーロンが肉体強化して爆速でヨルダルネ行きフェリーに飛び乗るという手法で、時間ギリギリまでアーサーと一緒にいさせてくれた。

サモナイトが、できるだけ長く俺を見ていられるようにとアーサーを抱っこしてフェリーに乗り込み、アーサーはずっと手を振ってくれている。

俺もスーロンの肩越しに、ずっとアーサーを見ていた。

婚約者でも、俺を気にかけてくれる人達でもない。スーロンやキュルフェとも違う、俺の生まれて初めての友達。弟みたいに可愛いアーサー。

元気でね。絶対、絶対、また遊ぼうね！

第四章　彷徨《うろつ》く自由人は思春期《ティーンエイジャー》

一　今日も今日とて白豚令息は

ヨルダルネ行きフェリーに乗り込み、父上達に手紙とお土産《みやげ》を送る手配をして、俺は早速アーサーに手紙を書いた。

手紙は次に何処《どこ》かのギルドに立ち寄った際に送信を頼めば、サモナイトの私書箱へ送られる。

例えば、スッパのギルドで私書箱を作っていれば、スッパの私書箱に送られるのだ。そして、受け取る際は、何処《どこ》かのギルドで受取の手続きをする。そうすると、スッパの私書箱に溜められていた郵便物が、日数はかかるけれど、受け取り手続きをしたギルドに送られてくるという、居所の定まらない冒険者にはありがたいシステムなのだ。

取《と》り敢《あ》えず、今別れたところだけどとても淋しいこと、ヨルダルネに行ったら美味《おい》しいものだらけらしいので、今から楽しみなこと、なんかを書いておく。

ギルドで出す前に追加で書くだろうから封はまださせずに。

ヨルダルネの港町のギルドで手紙を出して、二つ先の街のダンジョンに行き、暫《しばら》く滞在したら次の場所へ。そうやって俺達はどんどん移動していった。

俺のトレードマークと化したオーバーオールも、あちこちのダンジョンで引っかけたり、溶けた

いってて
り、燃えたり、と、あっちこっちに穴が空いていて。そこにキュルフェが色んなワッペンをあてていった。

お尻の生地が薄くなった時は、大きくて平べったいハートのワッペンを逆さにあてられてしまう。

これ、エルフの雄ネーサンとかの服の胸元用のワッペンだよね??

オーバーオールの青に逆さハートのピンクが非常にお猿さんチックで、俺は非常に恥ずかしい。

だが、スーロンもキュルフェも俺の尻に頬擦りして可愛い可愛いと連呼するので、その、悪い気はしなくなって、甘んじることに……

そして、時々尻に雄ネーサン方が飛び付いてくるものの、すれ違う人達の反応も悪くなかったせいで、気に入ってしまった。へへへ……

そうやって補強したオーバーオールも、どんどんボロボロになり、新しいオーバーオールになり、またワッペンで補強してお猿さんヒップになり……を繰り返す。

父上達はどの国にいても届くようにか、俺の誕生日の頃にはタブロイド紙の紙面を見開き一面買い取って誕生日おめでとうコメントを載せてくれた。

父上や兄上、バーマンやアマンダ達使用人、親戚、お付き合いのあるお家のおじさんおばさん達など、いつも誕生日のメッセージカードをくれていた人達からのお祝いメッセージが書かれ、誕生日プレゼントに何を贈ったかも記載されている。

俺はそれをスーロンとキュルフェと一緒に確かめ、お礼を手紙にしたため、ギルドで依頼して送った。

あっちの国、こっちの国、色んな場所で名所や名物を堪能《たんのう》しては、コートニー家に色々な物を届ける。俺が帰ってから使いたいものも、スーロンやキュルフェの気に入ったものも、皆にあげるプレゼントも。

アーサーから貰《もら》った大事な手紙も、ある程度溜まってくると、名残《なごり》を惜《お》しみつつコートニー家に送った。旅の途中で何かあったら嫌だしね。

アーサーも、少しずつレベルアップしながらあちこちサモナイトと一緒に回っているようだ。すごく背が伸びたとか、強くなったとか、手紙にいっぱい書いてあった。

ただ、俺はもう全知全能の十四歳を卒業したので、アーサーの手紙にある暗黒とか疾風とか、格好いい文字に尻がムズムズする……

最初の頃は、俺もこんな手紙を送っていたんだよな……とほほ。

アーサーは何度か家に帰ったようだ。でも、もう、両親も兄弟も怖くないし、嫌われてても気にならないらしい。良かった良かった。

それにしても、家かぁ。俺もいつかは帰らなきゃだよね。

——そうやって気が付くと、家出してから三年以上経っていた。

Θ　Θ　Θ

「おじさん、五つくださーい！」

「あいよー！　お、二、三……はいちょうどね。……はい、どーぞ。ありがとさん♪」

俺の手から小銭を受け取った店主が、ハンバーガーかな？　というようなサイズの最中を五つ、紙袋に入れて渡してくれる。

今日はこの道にして正解だった。こんな裏道にこんな屋台があるとは。

水路が張り巡らされた迷路みたいな街の一角で今日も買い食いを楽しむ。

買い食い——それは悪魔の誘惑と天使の慈愛が作り出した人生を彩《いろど》る無上の喜び……！

なんて、ちょっと意味の分からないことを考えながら近くのベンチに腰をおろし、おもむろに一つ取り出してかじりつく。

むほほほほ……暴力的！　この最中、あんこの暴力だよ！

俺は喜びで思わず足をジタバタさせてしまった。痩せても治らなかった荒い鼻息が、ふんもす、ふんもす、と洩《も》れる。

「ふふふ、しあわせー！」

昔は最中の魅力に気付いていなかったが、最近よく分かるようになった。最中とは、あんこをたっぷり食べたい時に、手を汚さずに食べるための菓子と見付けたり！　なのだ。

そして、この模様のない真四角の皮にあんこをギッチリ詰め込んだ暴力的な最中は、まさにその真骨頂と言えるだろう！

俺がご機嫌で最中を堪能《たんのう》していると、屋台のおじさんがサービスでほうじ茶を持ってきてくれた。

俺が客寄せになって通行人が数人最中を買ってくれたらしい。やったぁ！

今日の服はジュンクォ公国とかいう西の大陸の国のジンミン服というものらしい。割と着やすくてお気に入り。深緑の落ち着いた色合いなのに、お揃いの帽子と一緒に着て彷徨《うろつ》いていると目立つらしくて、時々こんなことが起きる。嬉しい。服って大事なんだな。

俺は一個食べ切ると、おじさんにお礼を言って湯呑みを返し、数件並ぶ屋台の一つ、クリームの実の屋台でクリームの実を一つ購入した。

養殖した植物モンスターの人喰い蕾《つぼみ》の頭部分を切って中に生クリームを詰めたもので、どういう原理かは分かっていないが、絞るとホイップクリームが出てきて、しかも割と日持ちがするという、正に神が甘党のために作ってくださった至上のアイテムだ。

俺はおもむろに最中を一つ出してぱかりと開き、生クリームをた――っぷり絞り出して再び閉じ、生クリームあん最中にした。

へへへ、ごめんね、おじさん。でも、俺これ好きなんだよ……

クリームの実の屋台と最中の屋台のおじさんがあんぐり口を開けて此方《こちら》を見ているのを背中にひしひしと感じながら、生クリームあん最中を頬張った。

ん――!!　デリシャス!!

暴力的なあんこが生クリームに包まれて軽やかになり、最中も唇や口の中に張り付かず、全てが滑《なめ》らかで丸く収まって……!

羽根のように軽くなった最中は、あっという間に俺の腹の中へ消えていった。

口の端についたクリームを指で拭《ぬぐ》って舐《な》め取《と》りつつ路地を進む。数人のいかにもゴロツキといった風体の男が前に立《た》ち塞《ふさ》がった。

「よう、旨《うま》そうなもん喰ってんな……」

俺はヘラヘラと笑う男達を軽く睨《にら》み、背中のスレッジハンマーを外して数回振り回してから地面に突く。

ブンブン、ギョォオン！　と、石畳に当たったスレッジハンマーが重そうな音を立てた。

ミスリルで造られたスレッジハンマーは戦鎚《せんつい》系の武器の中じゃ小ぶりで軽いほうだが、重さを稼ぐために中に重隕鉄を仕込んだ特注のドワーフ製だ。来るなら来てみろってんだ。

「ぉお、おいおいおい……そんな警戒すんなってば、……ぇと、そ、その食ってたヤツ！　そ、それの売ってる場所聞きたかっただけだってばよぉ！」

慌てて両手を上げつつ弁解する男に、なんだ、と武器をしまう。

「物盗りかと思っちゃった。ごめんね、そこで売ってるよ♪　じゃ」

「お、そーか。ありがとな。へへ、バイバイ♪」

来た道を示して手を振ってお別れした俺は路地を後にした。

変な気配を感じたと思ったけど、空腹で気でも立っていたのかな。

「――ヤベェ……下手したら死んでたな……」

「だから言ったろ……。変なナンパは止《よ》せって。一人で路地を彷徨《うろつ》いてる美少年なんざ、俺らの手に負えるかよ……。もう、いいだろ、何か旨《うま》そうだったし、美少年と同じもん食って満足、といこうぜ」

「手、振ってくれたから、俺暫《しばら》く手ぇ洗わねー♪」

「意味ねーし汚ねーよ！　洗え！」

なんて会話が、俺が見えなくなった後にされているなんてこれっぽっちも知らない俺は、その後も裏路地探検を続け、肉まんとサモサとチュロスとドーナツとステーキ串と焼き鳥とロティサリーコカトリスを買ってホテルに戻った。

二　甘党白豚令息と奴隷×2の日常的な苦難

「たっだいまー！」

おやつを抱えて戻った俺にキュルフェが笑顔を向けて……すぐに目を吊り上げて怒った。

「おや、サミュお帰りなさい……ギャッ！　何です？　その泥んこは！　早く浄化かけて！　それからすぐお風呂に入って！」

途中で可愛い野良犬数匹と戯《たわむ》れた際、どうやら汚れてしまったらしい。

一応気をつけていたつもりだが、鏡を見る。前はキレイでも後ろが泥だらけだ。Ohhhh……悪《いた》戯《ずら》わんこどもめ。

俺は背中の泥んこ足跡スタンプに苦笑しながら全身浄化を念入りにかけて、脱いだ服を脱衣籠にポイポイしていく。

「ただいまー……お、もうミューも帰ってるのか。ミュー、アーサーから手紙が届いたぞー！　ここ置いとくからなー」

何だって⁉

「えっ⁉　ギルド行ってきたの⁇　何通来てた⁉」

「ちょっとサミュ！　裸で出てこないで！　後で……わっ⁉」

「あっ⁉　スマン！　キュルフェ！」

俺が脱ぎかけのパンツを慌てて穿きながら脱衣場から出ると、ちょうどスーロンが手紙をヒラヒラとテーブルに置こうとしているところだった。

その際に何気なく手を着いた場所に、俺がクリームの実を置いていて……

ぷりゅっ！　と飛び出したクリームが近くにいたキュルフェにかかる。

「俺のクリーム‼」

俺は慌ててキュルフェに飛び付いた。彼はキレイ好きだから、絶対拭くか洗い流すかしてしまう！　クリーム！　俺のクリーム‼

「ぎゃぁぁ！　サミュ！　止《や》めなさい！　止《や》めっ……！」

「お、おい！　……うわっ‼」

ドッシ――ン！

勿体《もったい》ないから上辺のクリームだけでも救おうとしただけなのに、キュルフェが暴れてバランスを崩し、更にそれを無理な体勢で受け止めようとしたスーロンも巻き込んで三人一緒に転んでしまった……。とほほ。

結局、クリームはスーロンにもキュルフェにも俺にも付く。

可哀想な俺のクリーム……

なんだか知らないがキュルフェが石みたいに固まっているので、その隙にちゃちゃっと彼の頰に付いたクリームを舐《な》めとってしまう。自分の顔や腕に付いたクリームも指でこそげ取ったり、舐《な》めたりしてさっさと腹に収める。俺が救ってあげないと、ゴミにされちゃうからね。

あ、お腹《なか》にも付いてる……

ふと気付くと、スーロンの上にキュルフェ、キュルフェの上に俺が乗っていた。そんな早口言葉があったよね？

俺はおかしくなって、クスリと笑う。キュルフェの腹の上から退《ど》き、テーブルに散ったクリームも指で掬《すく》って舐《な》め、さっさと風呂場に退散した。

アーサーの手紙は後で見よう。

いつもならキュルフェが行儀が悪いとか、お腹《なか》壊しますよー！　とか、めっちゃ怒るのに、今日はなし。ラッキーだったな♪

「…………誰だ、あんな子に育てたのは……」

「……そりゃ……俺達だろ……」

キュルフェとスーロンの呟《つぶや》きは、湯を溜めている水音にかき消されて俺には届かなかった。

結局クリームが付いたので三人一緒にお風呂に入ったが、スーロンもキュルフェも最近はとっとと上がってしまう。前はもっとマッサージとかいっぱいしてくれていたのにさ。

まぁ、皮も完全に縮んだし、セルライトもないし、身体も柔軟で、マッサージする必要もないんだけどさー。

なんて一人でつらつら考えながらバスタブにぷかぷか浮いていると、スーロンが通りがかりに水面に浮かんだ俺の尻をピシャリと叩いてバルコニーに出ていった。

「早よ上がれ、ミュー。風邪引くぞー」

「なんだよー。別に風邪引かないよ。お湯に浸《つ》かってるんだから」

今回の宿はスッゴいお洒落《しゃれ》だけど、風呂場や脱衣場が透《す》かし彫《ぼ》りのパーティションで区切られているだけだ。スーロンとキュルフェは早く違う宿に変えたいらしい。

俺は長風呂しながらお喋《しゃべ》りできるから好きなんだけどなー。

「キュルフェー♡　おやつ何か取ってぇー♪」

「ダメです。ちゃんとお風呂上がってからにしなさい」

長風呂しながらおやつを食べたいなって思ったからお願いしたのに、ぴしゃりとお断りされてしまった……。ちぇっ。ふやけるまで入るのが好きなのに……。ていうか、俺をこんなに風呂好きにしたのはキュルフェなんだから、責任取ってよねー！

でも、そんなことを言うとニコニコ笑顔でこめかみをグリグリをされちゃうので、言うことを聞いておくことにする。

ザバ――――！　っと勢い良くバスタブから出て、魔法で床に飛び散った水気とか汚れとかを吹っ飛ばしつつテッテッテッ……と、おやつに向かう。

タオルで髪を拭いたり体を拭いたりしながら、どれを食べようか品定め。ど、れ、に、し、よ、う、か、な？

チュロスを咥《くわ》えてフンフン♪　と足の裏を拭く。チュロスってもっさもっさしているのね。ドーナツと被ってない？

「こら、サミュ！　お行儀が悪いですよ！　裸でウロウロしないで！　ちゃんと拭いてからおやつを……じゃない、拭いて服を着てからおやつを食べなさい!!」

ヒェッ……！

俺はテステスと退散し、タオルを脱衣籠にシュートしてパンツを穿く。そこでふと、鏡の俺と目が合う。

うーん、大分身長が伸びたな。家出した時は百四十センチ程度だったというのにあれからぐんぐん伸びて、百七十五センチほどになった！

でっぷり太っていた体はすっかり痩せて皮も縮み、昔の面影《おもかげ》はほとんどない。

肌も生っ白かったのが健康そうに日焼けして、鼻の上には薄くソバカスが浮いている。

筋肉も結構付いた！　ムキムキだ！

力瘤《ちからこぶ》を作って確認すると、鏡の中の腕白そうな青年がムッキリ力瘤《ちからこぶ》を作って笑う。へへへ……

「お、何だ、どーした？　……フフ、ミューは全然筋肉付かねーよなぁ。魔力が先に育ちまくってたからかなぁ……。まぁ、気に病《や》むな。今のままで、ミューは充分カッコいいぞ。魅力的すぎて困るくらいだ♪」

バルコニーで装備を干していたスーロンが戻りがてら、鏡に向かっていた俺に声をかける。

え!? 気に病《や》むなって、スーロンの発言のが気に病《や》むよぉ!! ひどぉい!

俺的にはスーロンやキュルフェほどではないにしろ、大分筋肉が付いたと思っていたので、彼の言葉に愕然《がくぜん》とする。……からの、しょんぼりしょぼんだ。

意気消沈しつつテステスとテーブルに向かい、ステーキ串を三本と肉まんとサモサを掴んでベッドに向かった。

ベッドには、上半身裸で柔らかなスウェットだけを穿いたスーロンが寛《くつろ》いでいたので、その隣にひっついて寝そべり、彼にもおやつをすすめる。

肉美味《おい》しい。サモサ美味《おい》しい。肉まん美味《おい》しい。ああ美味《おい》しい♡

「ああ! こら!! まーたベッドの上でおやつ食べて! サーミュ! この腕白坊や! 早く片付けて服を着ないとお仕置きですよ?」

「坊やじゃない! こんな美青年捕まえて何言うんだよー!」

キュルフェの言葉に憤慨《ふんがい》して、落ちた屑《くず》をペッペッとベッド下に払いながら言い返す。

「おやおや、誰が美青年ですって?? 何処《どこ》? 何処《どこ》に美青年が?? プププ……私やスーロンみたいなのを美青年と言うのですよ? 子豚くんは確かに可愛くなりましたが、その童顔とヒョロヒョロ体型で青年を名乗ろうとは、百年早い♡ さ、早く服を着なさい」

ムッキ――！　悔しい！　でも、キュルフェに口で勝てたことがない……や、バトルのほうでも勝ったことないんだけどさ。

「ベッドの屑《くず》は払ったよ。服はまだいーでしょ？　お風呂上がりなんだし、部屋の中だもん」

俺はゴロンゴロン転がってひんやりしたシーツの感触を全身で楽しんだ。

「あー分かる分かる。……風呂上がりは服着たくないよなぁ、暑いもんなぁ。……うっ！」

ハハハ、と笑って俺の意見に賛同してくれたのが嬉しくて、俺はギュッとスーロンの逞《たくま》しい褐《かっ》色《しょく》の腹に抱き着いた。

すべすべの肌が隆々の筋肉で凸凹していて、熱くってなんだかカッコいいからスリスリ頬擦りする。

俺もこんな腹筋になりたーい！

「ほら見たことか。ほら見たことか、兄さん。まったく、兄さんが裸で彷徨《うろつ》くからサミュが覚えたんだからな。自業自得だよ……」

キュルフェがちょっとよく分からないことをブツブツ呟《つぶや》いて、テーブルをキレイに整える。

「ほら、サーミュ？　おやつ没収されたくなかったら、服を着てテーブルに着きなさいね？」

笑顔の脅迫に、俺は慌ててスーロンの腹から離れ、ひとっ飛びで着替えを持つキュルフェのもとに馳《は》せ参《さん》じた。

今度の服は何かヒラヒラしたブラウスとスラックスだ。今日の夕ご飯は格式張ったものなのかな？　ぐぇ――。俺は冒険者酒場の無礼講のが好きなんだけどなー。

ま、キュルフェが喜ぶから、少々の窮屈《きゅうくつ》さは我慢するか。

キュルフェはロティサリーコカトリスにかぶり付く俺の洗《あら》い晒《さら》しの髪を綺麗に乾かして、軽く毛先にオイルを塗って三つ編みにする。

ダンジョンで焦《こ》げたり攻撃されたりして、相変わらず髪の毛の大半はショートカット程度なのだけど、スーロンとキュルフェの故郷では身分の高い人は髪を伸ばす慣習があるらしく、後頭部から下の辺りの毛だけはキュルフェに死守され、今はもう膝まで伸びてしまった。

本当はプチッと根本で切っちゃいたいものの、こうやってキュルフェにお手入れされる時間が心地良いから、長いのもまぁ、悪くはないかな、なんてね。

あれ？　俺ってば我慢強くて優しい子??

「サミュ、……何か生意気なこと考えてません？」

ギクッ！

「そんなことないよ。キュルフェ大好きって考えただけさ」

大まかに言えばそういうことだから嘘じゃなかったのに、お仕置！　とばかりにロティサリーコカトリスの俺がいつも楽しみにしている真ん中の軟骨の所を後ろからガブリ！　と囓《かじ》られる。俺はヒンヒンとスーロンに泣きつく羽目になった。

三　侯爵家執事長の回想と決定。そして、お迎えが来た

「バーマン様、此方《こちら》に置いておきますね」

「おや、ありがとう、アマンダ」

自分の執務室で報告書に目を通していると、アマンダが今朝の郵便物を置いていった。

身長二メートルのムキムキ君は今日もお気に入りのキャンディの髪飾りを着けて、仕事に励《はげ》んでいる。始めはカラフルだった髪飾りも、今ではもう、塗装が褪《あ》せてパステルカラーだ。

坊っちゃんがウ・ス・ジョーンユ島を出て、ヨルダルネ国に向かったと報告があってから暫《しばら》くした頃、手紙と、ウ・ス・ジョーンユ島でのお土産《みやげ》が届いた。

旦那様とロレンツォ様には魔物が落としたという小さな珊瑚《さんご》と少し歪《いびつ》な真珠。お二人は早速、小さなピンに仕立てていらした。

そして、私バーマンには、上質な酒と貝細工を施《ほどこ》した万年筆。

分かりますよ。魔物が珊瑚《さんご》と真珠一個ずつしか落とさなかったから、私に少し罪悪感があるのですね？　坊っちゃんたら、可愛いんだから。

他の使用人には、日持ちのする菓子や、坊っちゃんが拾った貝やヒトデや土産物《みやげもの》の貝殻、貝細工、星の砂など。庭師には寄せ植えや飾りに使えそうなウニの殻や貝殻、丸くなったガラスの欠片《かけら》などでした。

そして、驚いたことに、アマンダへの土産《みやげ》は耳付きキャスケットとピンクのハート型のサングラス、そして、ペロペロキャンディの髪飾りです。いやはや、以心伝心というか……

あれには、この私も驚きましたね。……感激したアマンダの邸を揺るがすような号泣ぶりにも驚きましたけどね。

すぐに部屋に飾ってある素描にキャンディの髪飾りを描き足し、それ以来ほぼ毎日キャンディの髪留めを付けて……アマンダは本当にいじらしい。

アサルテア国のオーガニクソン公爵家三男のアーサー君との出会い、あれも良かったですね……パパラッチがどうもこういう友情物語が好きだったみたいで、えらく詳細な報告と膨大な素描が届きました。

お陰で、坊っちゃんが初めて自分の力だけで仲良くなった友人とのやり取りを、まるで隣で見ていたかのように知られて良うございました。

どうやら、アーサー君は坊っちゃんと出会うまではかなりの癇癪《かんしゃく》暴君坊やだったみたいですが、たった数日で可愛いおでぶ坊やに変身するんですから、坊っちゃんの手腕に驚きです。

そこからは、坊っちゃんが一介の冒険者並に強くなったせいか、国を跨《また》いでの冒険旅で……ヨルダルネ、アケニスタ、カハターソ、グルモンニ、ヌーニー、ウフタヌーニ、グルイブニン、トーライト、ヨーイー……

今では大きな大陸地図にまち針が点々と刺さって針山のようだ。

私の執務室にも大分、坊っちゃんからのお土産《みやげ》が溢れて……

願いの叶う石、少数民族のお守り人形、キレイな織物の敷き布、文鎮《ぶんちん》、毛皮のスリッパ、毛皮の敷物、独特な刺繍のクッションカバー。

ダンジョンからの土産《みやげ》も幾《いく》つか届いて……。魔法薬錬成の薪《まき》に欠かせない巨大トレントも、貴重な香料が摂れる巨大スカンクタートルバグも、今やコートニー保護林の一員です。

本当に色々な冒険をされたなぁ。

時々、寂しくて耐えられなくなった旦那様やロレンツォ様を、こっそり様子を見に行かせてあげ、これまで冒険を続けさせてあげましたが、そろそろお迎えの時間のようです。

私は、学園から来た、このまま休学を続けるなら退学を勧告する旨《むね》が書かれた書状を手に、溜め息を一つ吐《つ》きました。

家庭教師に学んでいた際のテスト結果の提出では、卒業まではもぎ取れなかったのです。

もう少し、旅を続けさせてあげたかったんですがね……

私は、少し溺愛度が過激になってきたので領地の任務につかせていた騎士ポールに、坊っちゃんのお迎え任務を命じることにしました。

Θ Θ Θ

「――ねーねー！　どっか行こうよー！　ダンジョンダンジョン！　ダンジョンいこーよースーロン、キュルフェー！」

朝だ！　元気だ！　遊び日和《びより》だー！

俺の言葉に、スーロンとキュルフェが、うーともふーともつかない声を上げる。なんだよぉ。

「ダンジョンなぁ。ここのダンジョンは昨日結構狩ったし、今日はもうカスカスだ。質が良い魔物を狩ろうと思ったら狩りすぎは良くないんだよ、ミュー」

「くぁぁ……眠い。サミュは朝から元気ですね……」

「じゃぁさ、じゃあさ、カジノ行こうよ！　カジノ！　まだ行ってないカジノあったでしょ⁇」

ダンジョンと言うと渋い顔をするので、ならカジノ！　と提案する。

ここは水路の張り巡らされた街だけど、一歩外に出ると砂漠と岩山とダンジョンくらいしかないせいで、カジノがあるのだ！

ダンジョンがある場所は他の産業や農業なんかが興《おこ》りにくい代わりに人と金は集まるから、リゾートやカジノができやすいんだって！

俺はこの街ですっかりカジノの魅力に嵌《は》まった！　といっても、自分で賭けるより、見物がメインなんだけど。

くぁぁ、と俺を着替えさせながら再び大あくびするキュルフェのキレイな首筋に、ちゅ、とキスをして言う。

「ねー。キュルフェ、カジノ行こ？　一緒にカジノのカフェで朝ご飯しよ？　ね？　ダメェ？」

どうやら驚かせちゃったみたいで、彼は舌を噛む。

慌てて回復魔法をかけたのに、コメカミグリグリ攻撃をされてしまった。あてててて……なんだよぉ。なんだよぉぉ。

ドタバタしつつ、朝の支度を終える。

今日の服は、ダンジョン行くかカジノ行くか決めあぐねているせいか、冒険者仕様だ。

着心地の良いコットンリブのタンクトップに、諸々の耐性を付与された丈夫なツナギ、魔法強化したワークブーツ。これが、最近の俺のダンジョン服だ。

暑がりなので、いつもツナギはウエストをベルトで締めた後、上半身は着ずにくるっと丸めて腰で結んでいる。

これに、スレッジハンマーを背負えば、格好良い冒険者の出来上がりー！

それに加え、キュルフェがきっちり三つ編みにした白髪と、耳に着けた強化付与付きイヤリングとイヤーカフスで、俺の全装備、全トレードマークだ。

スーロンとキュルフェは、二人で対になるように、スーロンは左、キュルフェが右サイドをコーンロウにしている。

コーンロウから三つ編みになったところは前に垂らし、強化付与された髪飾りで留めていた。

正直言って格好良い。憧れる。

俺もお揃いにしてほしいとキュルフェにお願いしてみたが、子供には似合わないと言われてそのままだ。

でも、諦めない。もう少し大きくなったらきっとお揃いにしてもらうんだ♪

スーロンは素肌に金属光沢を放つ長手甲、その上にノースリーブの白いコート、黒い何かの革でできた鞆《しな》やかなズボンとブーツが最近のダンジョン服で、右腕に属性強化の魔法紋を入れて、いつも超でっかい大剣をブンブン振り回してる。

超格好いい！

魔法紋は魔法で入れる刺青《いれずみ》みたいなもので、魔法紋屋さんで入れてもらったり解除してもらったりするんだけど、スーロンは土魔法の強化や、苦手な風魔法の強化を入れているらしい。

格好いいから俺も全身模様だらけになるくらい入れてみたかったのに、これも子供には似合わないと却下された。

そしてキュルフェは、いかにもダンジョン！　みたいな服を着るのは嫌みたいで、いつも動きやすい格好で特に戦いに向いた装備は着けない。今日はシンプルな黒のシャツにかっちりした布のコート、黒のスラックスだ。武器は魔剣。両手剣なのだが、キュルフェの意思に従って変化し、よく鞭《むち》になってる。それと、隠しナイフみたいな暗器をちょくちょく使っていた。

俺も投げナイフとか魔剣とかに憧れるけど、魔剣ってそうそう落ちていないので、魔法と鈍器で頑張る。

と、今日は朝から完璧装備。

取《と》り敢《あ》えず、朝ご飯を何処《どこ》に食べに行こうかと話していたところに、ドアがコンコンとノックされる。

キュルフェがドアを開けると、見覚えがある、真面目そうな騎士が立っていた。

「坊っちゃん、お迎えにあがりました」

……坊っちゃんって誰だ？

って、俺だ。俺だった。

一瞬、自分が〝坊っちゃん〟であることをすっかり忘れていたや……

スーロンとキュルフェと騎士のお兄さんの視線を浴びて思い出す。

そうそう、俺、デブで振られて、ショックで家出したんだった。

そうだったそうだった。

いや、いつかは帰らなきゃな、って思っていたんだけど、こうやってお迎えが来ると、ビックリして頭真っ白になるな。

バビューーーン！　と勢い良く吹っ飛んでいった頭の中身がノロノロと帰ってきて、色々蘇《よみがえ》ると共に、騎士のお兄さんの名前も思い出す。

「ポールだ……久し振りだね！」

俺のその一言に、ポールは顔をぐしゃぐしゃにして泣き始めてしまった。

「坊っちゃん……大きくなって……!!」

俺は慌ててポールにハンカチ……は持っていなかったので、近くにあったクリーニング済みのタオルをひっ掴んで涙を拭いて慰《なぐさ》めた。

キュルフェがお茶の準備を始め、スーロンがポールの肩をポンポンしながら部屋に招き入れ、椅子をすすめる。

そっかぁ、お迎えかぁ……。まぁ、考えてみれば、よく今まで旅を続けさせてくれたなって感じだよね。もう三年……いや、四年に近い。

そっかぁ、お迎えかぁ。

四　センチメンタル白豚令息は猪突猛進瓜坊《うりぼう》令息に。

アイ、レフトマイホーム♪　アイ、レフトマイホーム♪

カジノのバーで、嗄《か》れた歌声が、軍へ入隊のために故郷を置いて出た男の唄を唄う。

母も、妻も、息子も置いて出たと唄うが、その中の故郷を置いて出たというフレーズが俺の中でリフレインした。

俺は別に入隊するんじゃなかったけどさ。

スーロンは今、この唄をどんな気持ちで聞いているんだろう？

隣でじっと唄に耳を傾けているスーロンをそっと見上げ、俺もまた、唄に耳を傾けた。

ポールが迎えにきた後、明日発とうということが決まる。だから今日は俺が行きたがっていたカジノに行くことになった。

暫《しばら》く各々彷徨《うろつ》いた後、バーで飲んでいるスーロンを見つけて合流し、今に至るってわけだ。

カジノの綺羅綺羅《きらきら》した灯り、ダイスやカードに幸運のキスをと笑顔で声をかけてくる人達、ポールに絡み付きながらウィンクするオネーサン達、パンツにいっぱい挟んだ札を一枚俺のタンクトップに挟んでくるムキムキオニーサン、ウサギを薔薇《ばら》に変えて俺にプレゼントしてくれたマジシャン、俺に風船をくれた後、針を刺して破裂させて笑わせたクラウン……、俺の心を弾ませてくれたカジノの全てが、今日はなんだか少し遠く感じて。

俺は黙ってスーロンと一緒に、なんだか心に染み入ってくる嗄《か》れた唄声に耳を傾けた。

アイ、レフトマイホーム♪

スーロンが椅子に背を預けて腕組みをすれば、俺も椅子に背を預けて腕組みする。スーロンがカウンターに頬杖つけば俺も頬杖ついて。

スーロンがキテーラのショットを呷《あお》れば、俺もゴクッとノンアルモヒートを大きく一口呑んだ。

まさか、自分が無意識にスーロンの真似をし続けているとも、それをバーテンや客達に生温かく見守られているとも、ましてや、パパラッチにガッツリ記録されているとも知らず、どっぷり感傷に浸《ひた》る。

からり、とスーロンが頼んだムラ酒ロックの氷が音を立てた。

ちょっと匂いを嗅《か》いでみようと覗き込むと、スーロンの大きな手に鼻をキュッ！　と摘まれる。渋々ノンアルモヒートをグビリと流し込んだ。

そうこうしているうちにキュルフェが俺達を見つけ、初めてカジノに来たというポールも合流し、そろそろ帰ろうということになる。

席を立つ前、最後の一杯にと、そっとバーテンがウィンクと共に出してくれたデミタスカップのホットミルクは、一滴にも満たないだろうが、ムラ酒で香り付けしてあった。

湯気と共に吸い込んだ香りは、バーテンの悪戯《いたずら》っぽい笑顔と保護者達には内緒♡　というジェスチャーと共に、忘れられない思い出になる。

その日はいつも以上に三人でくっついて寝て、翌朝、俺達は水路とカジノの街、モネッツーアを出た。

Θ　Θ　Θ

ボー！　ボー！　と、行き交う船達から汽笛が聞こえる。

水路を運行する小船に乗り、街を出た俺達四人は一旦海に出た。

ここから大きな川を運行するフェリーに乗って川を遡《さかのぼ》り、二つほど国を跨《また》いで陸に上がる。

そこから先は馬車を乗り継ぐか、馬車を買うか。

なーんてことは置いておいて。

「キャッホ――イ!!　港だー！　お!?　あれは何だ!?　すごいぞぉー！」

「サミュー！　待ちなさーい!!」

「ミュー!!」

「ぼ、坊っちゃぁぁん!?」

何かよく分からないデカイ生き物が檻《おり》に入れられて運ばれており、気になって見に行こうとした俺は、キュルフェにタックルで捕まえられた。

「この！　この！　こんの子豚！　瓜坊《うりぼう》！　毎度毎度チョロチョロと……！　下調べしてない場所で突進しないで！　幾《いく》ら強くなったって言っても、マダマダ、サミュより遥《はる》かに強い人はごまんといるんですからね!?　拐《さら》われたらどーするの！」

「イテテテ……ごめんなさっ……ヒーン！　ほっへはちひれふ！　フーローン！」

「ミューが悪い。ミューが」

「坊っちゃん……、脂肪の下にこんなヤンチャ坊主を隠してたんですね……。ビックリ……」

怒ったキュルフェにぎゅうぎゅうと頬をつねられながら叱《しか》られ、俺は泣いて謝るものの、どーも、気になった瞬間に動いちゃう癖があるんだよなー。毎回怒られて毎回泣いている気がする……イテテ。

最後にコツン、とおでこを小突いたキュルフェの顔が、まったくもうと言わんばかりで、でも、愛情いっぱいって感じで、俺は申し訳ないのと同時に嬉しくなり、彼の背中に抱き着いた。

次こそは気を付けよう。

キュルフェはおんぶみたいに背中に俺を張り付かせたままフェリーに乗り込み、俺達は一路ヒルトゥームに進んだ。


フェリーから降りて馬車を買った俺達は、まっしぐらにヒルトゥームを目指し、それはそれで面白い旅になった。

名所も廻《まわ》らず、旨《うま》いものも漁《あさ》らないけれど、立ち寄る街で補充する食べ物や街並、人の装《よそお》いにお国柄を感じる。

駆け足ながらも味気なくはない旅に、少しずつポールと俺達の仲も深まっていった。

そして、馬車旅の道程の中ほど辺りで、俺は衝撃的な出逢いを経験する。

プギィイ！　ブゴォァ――!!

甲高《かんだか》い咆哮《ほうこう》と共に土埃《つちぼこり》を上げてソイツは突進してきた。

ガギィン！　ゴォン！　ガン！　ガン！　と俺のミスリルスレッジハンマーとヤツの鈍色の牙が打ち合う。

アングリーボア、それも超巨体。

馬車で人気《ひとけ》の少ない街道を進んでいる時に、道のど真ん中でキングリザードをモッシャモッシャ食べていたのだ。こっちは立ち往生しただけなのに雄叫《おたけ》びを上げて突進するぞ、と前足で土を蹴り出す。

ポールが馬車を下がらせた後、俺にやらせて！　と前に出たものの、勝負は――

「ふんぉぉー!!」

プギギィイー!!

ドドドドドド……ドガン!!　ガンガンガンガギィン！

「このこのこのこのこのこのこのこのこのこのこのこんのぉ!!」

プギギィイ！　プギギギギ！　プギギギギギギギギィィイ!!

「すっっっっごい互角……サミュがんばれー」

「何て言うか……実力だけじゃなく、取《と》り敢《あ》えず目についたモノは叩いとこう、突いとこうって戦術レベルの低さまで全くの互角だな……」

「すごい！　坊っちゃん、色々俺より強いかも……けど、多分模擬戦したら俺、勝てる……」

苦笑いと共に三人に生温かく見守られながら、俺はこの拮抗する現況を何とか打破しようとあの手この手を考えていた。

が、それはアングリーボアのほうもおんなじで。

結局かれこれ三十分はお互い全力全開でぶつかり合っている。

俺が力を矯《た》めて背を弓なりに丸め、ふんもすー、と鼻息を荒らげると、アングリーボアも前足で地面を掻いてフンゴォ――――！　と鼻息を洩《も》らす。突進すると、お互い牙とハンマーでギリギリと鍔《つば》迫《ぜ》り合いを繰り広げ、同時に離れ、同時に突進する。

横薙《よこな》ぎを避けてカウンターを狙うも、がっちり牙で防がれる。

その牙を無理やり弾いて、そのままハンマーの柄《つか》で刺突を繰り出すも、向こうも弾かれた所から不思議な捻《ひね》りと共に牙を振り下ろしてきて、それをまた俺が受け止める。

「こんの――――!!　何かシンパシー感じるくらい攻撃が被るー!!」

お互い攻撃が通らなくて苛苛《いらいら》して叫ぶと、ヤジに近い応援が返ってきた。

「でしょうねー。その猪《いのしし》、サミュに超そっくりですよー」

「坊っちゃん、もう少し引き付けたりとか、分かりにくいフェイントを入れてですねー……！　駆け引きって分かりますかー？」

「ミュー！　頭を使うんだ！　頭突きじゃないぞー？」

ムッキャー!!

苛苛《いらいら》に更に油を注いでくれた三人のお陰で俺の怒りは天を突くほど膨れ上がって爆発する。魔力がキュワキュワと叫び、ぶつかり、擦れ合い、火花を散らさんばかりに駆け巡った。

まるで獣になったかのような、火の玉になったかのような、力が漲《みなぎ》った状態になった俺は、拮抗していたアングリーボアの牙をぐいっと弾き、ミスリルスレッジハンマーを思いっきり振り上げて渾身《こんしん》の一撃をその眉間《みけん》に喰らわせた。

ぎゅぐ！　と息が洩《も》れたような断末魔を上げて、ズズン！　とアングリーボアが倒れる。

ふぅ。スッキリした。

グゴゴゴぉぉうごうグォオオウキュキュキュきゅるるーん？

「あーあ、力業でゴリ押しとか、スーロン並みの脳筋に育っちゃって……」

「……うわぁ……坊っちゃん……うわぁ……」

「うぉ――！　ミュー！　やったな！　レベルアップおめでとう！　ボアの解体は俺に任せておやつでも食べとけ♪　おめでとうミュー！」

久々のレベルアップの空腹は強烈で、解体されたボアはとっても美味《おい》しく俺の腹に収まる。

三人の話を纏《まと》めると、俺はバーストモードというものを習得したらしい。

カッコいい！　アーサーに自慢しよう！　って思ったのに、キュルフェに頭カラッポの戦い方を好むお馬鹿ですと宣言しているようなスキルだと言われ、自慢しにくくなってしまった。

えーん、キュルフェの意地悪ー！

五　瓜坊《うりぼう》令息の帰還

ガラガラと車輪の音が響く。

道中ちょっと他人とは思えない猪《いのしし》との出会いがあったものの、基本的には安全で、俺達はあっという間にヒルトゥーム国に入った。

石造りの街並は、まるで家出したのが昨日のことのように何の変わりもなく俺達を迎え入れる。

整然と組まれた石畳、並木道、そして、王都の邸が見え……

「……あれ？　うちって、あんなだった？」

家出した時とまったく変わらない我が家が出迎えてくれる……と思ったのに、目に飛び込んできた邸は、太い茨《いばら》に囲まれ、門や塀の上を大小様々な薔薇《ばら》の実がウロウロと徘徊《はいかい》していた。

ね、眠り姫でも、……滞在しているの？

「あ、ちょっとセキュリティに色々ありまして……最近はローズヒップを常駐させてるんです。コートニー家の使用人は皆あの魔法が使えるようになったんですよ♪　棘薔薇乃実《ローズヒップ》！」

ポールはそう言うと、ポン！　と二体の小型の薔薇《ばら》の実を出した。

くるりと楽しそうに宙返りして馬車から降りた二体は、チャッチャッチャ……と蔦《つた》が地面を蹴る音をさせて仲間達の所へ駆けていく。

その姿が軍用犬みたいで、俺の薔薇《ばら》の実とは全然違うなぁ、と眺《なが》めた。

馬車から降りて、エントランスにと思ったが、横の庭園に懐かしい姿が見えたので思わず走り出す。

「父上――!! 兄上――!! バーマン！」

紙束を手に険しい顔で何かを相談していたらしい父上と兄上は、一瞬険しい顔を此方《こちら》に向けた後、目を見開き、紙束を放り投げて駆け寄ってきてくれた。

「「サーミ!! サーミ！ お帰り!!」」

あっという間に俺のもとに駆け付けた二人がギュッ！ と抱き締めてくれる。

父上と兄上が放り投げた紙束をシャシャッと回収したバーマンも駆け付け、二人に抱き締められている俺の腰に抱き着いて喜んでくれた。

「サーミ！ こんなに大きくなって!! 会いたかったよ！ 私の天使くん！」

「サーミ！ サーミ！ 兄上にお顔をよく見せて……！ ああ、サーミ！ 寂しかったよ！ 会いたかったよ！」

「坊っちゃん!! まぁ、まぁ、こんなに凛々《りり》しくなって!! このバーマン、坊っちゃんが笑顔で帰ってきてくださったことが何よりも……！」

三人ともおいおい泣くもんだから、俺まで泣いてしまう。

「父上、兄上、バーマン。……黙って家出してごめんなさい……。それなのに、今まで旅を続けさせてくれてありがとう！ 俺！ 俺！ スッゴク強くなって帰ってきたよ!!」

「ああ、サーミ！ 声も低くなって!! 背もこんなに伸びて!! 立派になったなぁ!!」

「ちいちゃかった私の天使が、もう私の背を追い抜かんばかりじゃないか！　ああ、サーミ！　立派になった!!　こんなに立派になったのに、相変わらずの愛らしさだなんて、本当にお前は天使だよ!!」

「ああ、坊っちゃん……！」

俺はもう大人だし、父上に頬擦りされるとちょっと恥ずかしい。けど、今だけは良いかなって思って、暫《しばら》く、父上や兄上にされるがまま、頬擦りやらほっぺにチューを受け続けた。

心行くまで父上や兄上を堪能《たんのう》した俺は、ふむっと満足の鼻息を洩《も》らし、二人を見上げた。

二人もすっと目元を拭《ぬぐ》い、着衣を軽く整えて咳払いする。バーマンはすっと後ろに控えてサッサッと身嗜《みだしな》みを整えた。相変わらずカッコいいなぁ。

ちょっと気恥ずかしいけど、俺は二人から体を離して、改めて言う。

「えへへ、改めて、……父上、兄上、バーマン、ただ今帰りました」

「ああ、お帰りなさい。サミュエル」

「サミュエル、お帰りなさい」

「お帰りなさいませ、サミュエル坊っちゃん」

にこりと微笑《ほほえ》んでお帰りを言ってくれる三人の声がくすぐったい。

俺は意を決して踵《きびす》を返すと、少し離れた後ろについてきてくれていたスーロンとキュルフェの腕をしっかり抱き締めて、父上と兄上の前に戻った。

「紹介します！　ぇと、スーロンとキュルフェです！　旅の間、ずっと俺を支えてくれてて……えっと……！　ス、スーロン、キュルフェ、俺の父上と兄上なんだ、えっとえっと……」

わ――ん！　何かもうなんて言おうと思っていたのか、真っ白だー！

最初は買った奴隷と主って関係から始まったが、そもそも、俺は一度も二人を奴隷と思ったことはなくて。時々、二人の主だからしっかりしなきゃと思ったことはあるけど、でも、従者だと考えているかと言うと、それも違って……

だから、絶対に挨拶《あいさつ》で跪《ひざまず》いてほしくなくて、二人が間違っても跪《ひざまず》かないようにギュッて腕を抱きしめる。

二人を何て紹介したら良いんだ⁇　旅の仲間⁇　ってだけじゃないつもりなんだけど。えっと！ えぇっと‼　考えろ！　サミュエル！　うわー！　父上と兄上の顔が渋い‼　絶対奴隷を買ったの知っているよね。でも、違うんだ、スーロンとキュルフェは……その、大事なんだ！　そう、大事！　でも、大事だけだと友人とかも入らない⁇　大事だけど、スーロンとキュルフェは、友人とは違う……友人はアーサーみたいなヤツのことを言うんだ……。スーロンやキュルフェにも勿論《もちろん》、友情とか、兄みたいに慕う気持ちもある。でも、でも、俺は、あの時、俺が求めたのは……、ぁぁ、でも、二人の気持ちもあるしな。

いや、少なくとも二人は奴隷じゃない！

考えている内にどんどん腕に力が入る。

「えっと……スーロンとキュルフェは大事なんだ……！　大好きなんだ！　だから、……ぇと、よろしくね!!」

もう、俺、今何て言ったかもよく分かっていないや……

完全に思考がオーバーヒートして必死にスーロンとキュルフェの腕を抱き締めているつもりが、寧《むし》ろ腕に掴まってやっと立っているような。あゎゎゎゎ……あんな怖い顔をした父上と兄上初めて見るぅ！

兎《と》に角《かく》何とかしなきゃと必死に考える俺を、スーロンとキュルフェがそっと抱き締めてくれる。安心させるように頭を撫《な》で見つめてくる二人の視線には、愛情がいっぱい詰まっていて、俺は少しほっとした。

これが勘違いだったら俺、今度は家出じゃ済まないくらいのショックだけど、そんなことはないって信じている。うん。

「ミュー、ありがとう。少しだけ俺とキュルフェと、ミューのお父上と兄上で話をさせてもらってもいい？」

「……サミュ、心配しないで♪　大丈夫ですから、ね？　そんな顔しないで」

ほっとしたのも束の間、するりと俺の腕の中から二人の腕が抜けて、優しく頬を撫《な》で、頭にキスした後で離れていった。

それに不安を掻き立てられて、俺はふらりと二人の後を追い掛けようとする。

けれど、そんな俺の肩を優しくバーマンが止めた。

「坊っちゃん、大丈夫ですよ。さ、そんな顔せず落ち着いて……。このバーマンにお二人の好き嫌いや嗜好品《しこうひん》などを教えてくださいませんか？　今日のお夕食はお祝いですからね、お二人にも好物を出してあげなければ……ね？」

優しく微笑《ほほえ》むバーマンは、相変わらず全部知っていて教えてくれるような、予言者めいた雰囲気がある。

懐かしくて堪《たま》らなくなった俺は、ギュッと彼に抱き着いた。

むかーしむかし、俺がバーマンに抱き着いていた頃は、太腿《ふともも》や腰に手を巻いていた覚えがある。

それがいつの間にか腹になって、家出する前は胸に抱き着いてた。

それが今じゃ肩だ。

「バーマン、ちっちゃくなっちゃった」

ぽそりと呟《つぶや》いた俺の言葉に、バーマンがプンプンと反論する。

「おお、なんと言うことを……！　いくら可愛い坊っちゃんでも、今の発言は許されませんぞ。このバーマン、ひどく傷ついてしまいました……。良いですか？　バーマンがちっちゃくなったのではありません。坊っちゃんが大変お育ちあそばせたんです。バーマンの骨は少ぉしも縮んではおりませんからね？」

喉でくつくつ笑って言うバーマンの言葉が嬉しくて、俺は肩に顔を埋めたまま胸いっぱいに彼の匂いを吸い込んだ。昔から変わらない、古木のような落ち着いた香りに、少しの苦味。それに、皆で薔薇《ばら》の実を使役しているせいか、薔薇《ばら》の香りがした。

ふむぅ、と満足の鼻息を洩《も》らして、ふと、振り返る。スーロンとキュルフェは何故《なぜ》か服を捲《まく》って父上と兄上に腹を見せていた。

え。何してるんだろう？

父上が目元を手で押さえて天を仰《あお》ぎ、兄上はなんだかプンプンしている。

逆に、スーロンとキュルフェは勝ち誇ったように胸を張り……、あ、スーロンがすごく気安く兄上の肩をポンポンした！

わ、兄上がすごく不機嫌そうだ……。でも、ちょっとそれだけではなさそう……？

なんて眺《なが》めている内に話が終わったみたいで、キュルフェがすごい勢いで駆け寄ってくる。

「サミュ!!　可愛い子豚くん!!　やりましたよ！　私達の勝ちだ！　くぅっもう離しませんからねー？」

何がなんだかよく分からないものの、感極まったらしきキュルフェが抱き着いてきて、むっちゅぅ～♡　とほっぺにチューーした。

スーロンも反対側に、いつもより少し滞在時間の長いキスをちゅうっとする。

それだけで、俺は目尻が下がったヘロヘロ顔になってしまう。

「予想通りの展開だったが、まぁ、何とかなったたな。ミュー、これからもずっと一緒だからな♪」

そう言って、スーロンもキュルフェも何度も頬にキスをするので、俺はすっかりフニャフニャだ。

なんだかよく分からないけど、取《と》り敢《あ》えずうまくいったみたいで良かった良かった。

まぁ、……俺が上手に二人の紹介をできなかったのは心残りだが。

父上と兄上は三人団子になっている俺達を渋いような微妙な表情で見る。

思わず、二人の腕を掴む自分の手にキュッと力が入った。

だけど父上は、当面、俺達三人はこのまま今までみたいに三人ひとかたまりで行動して良いこと、今日はゆっくり休んで明日から超特急で今まで習った分の勉強と学校で習うはずだった勉強を詰め込むことを伝えると、今はゆっくり休みなさいと言って邸に入る。

俺達三人とバーマンは荷解きと馬車の処遇について相談するためにエントランスに向かった。

六　侍従長との再会

「坊っちゃぁぁぁん！」

「あ！　アマンダ――！」

猛然と駆けてくるアマンダに俺は手を振り、……スピードが尋常《じんじょう》じゃなかったので、腰を落として衝撃に備《そな》えた。

エントランスが見えてきた辺りで、視界の先に懐かしい黒い塊《かたまり》がバッと沈んだかと思うと、クラウチングスタートからの猛ダッシュで此方《こちら》へやってきたのだ。

「きゃぁぁ♡　ぼっちゃぁぁん!!　お帰りなさぁい♡♡」

「あわ、アマン……ダッふぁ――」

全然スピードダウンしないアマンダに一瞬怯《ひる》む。けれどアマンダは衝突する瞬間、俺をフワッと掬《すく》い上げるような衝撃を殺す抱き上げ方をして、そのまま中庭に続くレンガ敷きの通路を滑走した。ザザ――――!! という凄《すさ》まじい擦過音が聞こえ、アマンダの靴とか足の裏の摩擦熱が心配になる。

「坊っちゃん坊っちゃん坊っちゃん坊っちゃん坊っちゃんんん!! お帰りなさーい!!」

く、くぇぇぇ……

感極まって頬擦りしながら俺の肺の中の空気を空っぽにしかけたアマンダだが、俺の空気が抜ける音に慌てて離してくれた。

アマンダに下ろしてもらって、改めて顔を見る。いつも見上げていたアマンダは、やっぱり、見上げるほどだけど、その距離は大分近くって……。俺はそれがとても嬉しくなった。

「ただいま! アマンダ! 俺、おっきくなったでしょー? スッゴク強くなったよ!」

どれだけ成長したか見せたくて、俺はアマンダの脇腹をそっと掴んでぐいっと抱き上げた。

「きゃ、きゃぁぁ♡ きゃぁぁぁ♡ 坊っちゃん!? きゃぁぁ♡」

驚いたアマンダがギュッと身を縮めて野太い声でキャァキャァ言うのがなんだかおかしい。そのまま俺はくるくる回った。

アマンダの黒い塊《かたまり》みたいなメイド服の裾がピロピロッと風に靡《なび》く。暫《しばら》くくるくるした後、アマンダを下ろし、スーロンとキュルフェと共にバーマンの話を聞いた。

「おやおや、坊っちゃん、あんまりアマンダに刺激の強いことをしてはいけませんよ? アマンダが腰を抜かしてるじゃないですか……。では、馬車はもう処分いたしますね。それでは此方《こちら》へどうぞ……。スーロン殿、キュルフェ殿」

合流した俺にバーマンがビックリすることを言う。慌てて振り返ってアマンダを見たけど、もう彼はしずしずといつも通り歩いていた。

なーんだ、ジョークかぁ、と一安心。

アマンダ怖がらせちゃったかと思ったよ。良かった♪

「それでは此方《こちら》へどうぞ……。スーロン殿、キュルフェ殿」

バーマンがスーロンとキュルフェを中に招き入れる。すごい勢いでアマンダもバーマンの隣にびたっと張り付いた。

相変わらず真面目だなぁ。

ツンと顎《あご》を上げて口をキリッと結んだアマンダは、キッとスーロンとキュルフェを見ると、胸を張って自己紹介する。

「ワタクシ、侍従長のアマンダと申します。スーロンとキュルフェね。これから、同じコートニー家で働く者としてビシビシ指導していくから、よろしくね？」

そのアマンダの言葉を、俺は慌てて訂正した。

「あ、スーロン！　キュルフェ！　紹介するね♪　侍従長のアマンダだよ♪　俺のお姉さんみたいな人なんだ。もう、アマンダってば真面目なんだからー。でも違うんだ。スーロンとキュルフェはうちで働く使用人じゃないんだ……。その、……ぇっとぉ……えへへ」

そこまで言ったのに、言えたのに、そっから先が言葉にならない。

気恥ずかしくて、チラチラとスーロンとキュルフェを見上げてしまう。

そんな俺を見て、キュルフェがにんまり悪い顔で笑った。それから必殺の美人スマイルとナイスボイスで囁《ささや》く。

「私達は使用人じゃなくて……、何なのです？　サミュ。ねぇ、教えてよ。サミュの口から聞きたいです♡」

ッア――!!　もう!!

キュルフェってこーいう時、スッゴク意地悪なんだから!!

俺は堪《たま》らなくなってスーロンの後ろに回り、真っ赤になっているであろう顔をその背中に押し付けて隠した。

なんだあのお色気スマイルは！　何年経っても馴れないどころか、受けるダメージ年々デカくなっているよ！

その時、エヘン！　というアマンダの咳払いで我に返る。

あ、アマンダ怒らせちゃったかな？　ふざけすぎは良くないよね。

慌てて俺もスーロンの背中から離れてエヘンエヘンと咳払いした。

「そうなんですか……。分かりました。お部屋に案内しますね。ちょうど良い部屋がなかったので、スーロン……殿と、キュルフェ……殿の、部屋は此方《こちら》になります」

アマンダが固い表情で指し示した方向は、玄関入ってすぐから俺の部屋の方向とは違っている。

え。そんなぁ。

ていうか、アマンダって人見知りなんだ？　……あ、分かった！　スーロンとキュルフェがイケメンだから緊張しているんだな⁇　照れ屋だもんなぁ。ふふ、気持ちは分かるけどね。

「えーそっか、部屋別かぁ。しかも遠いとか耐えられないよ……。ね、スーロン、キュルフェ、俺の部屋、いつも泊まってるホテルよりちょっと狭いか同じくらいだからさ、一緒の部屋で良いだろ？　……な？　……な？」

本当はちゃんと部屋を用意しないと失礼なんだけど、もうずっと一緒にいたから、考えただけで耐えられなくて、俺は結構強引に二人にお願いした。

想いを込めて二人を交互に見つめると、にこやかな笑みが二つ返ってくる。

「勿論《もちろん》だ、ミュー。ミューのお父上も今まで通りで良いって言ってたし、一緒の部屋を使わせてもらうよ」

「そうですよ、サミュ。サミュが嫌って言っても一緒の部屋にするつもりでしたから安心してください。……もう私、サミュの寝息がないと安眠できなくて……」

二人の言葉が嬉しくて、俺はにんまりした。良かった。本当に良かった。

と、アマンダがすごい勢いで、けれど音もなく走り去ってしまう。

「あ、ごめんね、アマンダー！　もっと早く言えば良かったー‼　そんなに急ぐと危ないよー！」

きっと荷物をもう部屋に入れちゃったんだな。二度手間かけさせちゃった。後でお詫《わ》びしよう。

そんなことを考えながら、俺はスーロンとキュルフェを俺の部屋に案内した。

ふぁ。なんだかドキドキする！

「おお、アマンダ……」

静かにバーマンが呟《つぶや》いたが、興奮して支離滅裂、頭フワフワな俺はちょっと気が付けなかった。

七　ただいま。そして……

久し振りに入った自分の部屋は、妙な感じだった。

前回は、金目のものをかき集めて、そのまますぐに奴隷市場に行ったんだよな。

そう思った瞬間、ふうふうと重そうな体を引《ひ》き摺《ず》ったチビッちゃい俺が手紙を書いたり、貴重品の中から売っても良いものをかき集めている残像が見える気がする。

あの時はショックで、泣くことすら許されないくらいに自分が悪い気がしたり、そんなことはないんじゃないかと思い直したり、一生懸命色々考えていた。

家出していなかったら……、スーロンとキュルフェに出会ってなかったら……

今の俺はなかった。

部屋の入り口で止まってしまった俺を、スーロンとキュルフェがそっと励《はげ》ますように入室を促《うなが》してくれる。

「ただいま……」

残像の俺にそっと呟《つぶや》いて、感慨《かんがい》に耽《ふけ》りながら入室した。

『……おかえりなさい』

なんて、残像の俺が応えてくれた気がする。

——何にも知らなかった俺。何にもできなかった俺。悲しかった。ショックだった。恥ずかしかった。

そして、そんな俺を変えたいと思った。変わりたいと……

魚屋で魚を選ぶどころか買い物すら一人でできなかった俺は、今や、一人で買い食いをして知らない街を探検するほどになっている。

色んなことをして、色んなことを知って、痩せて、俺、大分変わったよ！ どうかな？

残像のチビッちゃい俺に聞くと、喜んでくれるのが見える。

あの頃なりたかった俺になれているのかな、なんて思ったりしないぞ。あの頃なりたかったどころか、想像すらできなかった俺になったんだから。

そして、かけがえのないモノも沢山《たくさん》できた。友人《アーサー》、そして——


「フフフ、ここがサミュの育った部屋ですか。……懐かしい。あの小さくて、でっぷりと太った体の中に悲しさをめいっぱい詰め込んだ白豚君が今まさに部屋を飛び出していったみたい」

「懐かしいな……。一人じゃ生きていけないって鳴いてるみたいで、ほっとけないとか思ったのが、今やこんなやんちゃ坊主だ」

俺の大切なスーロンとキュルフェ。

部屋に入ってきた二人が呟《つぶや》きながら、そっと俺の頭を撫《な》でてくれる。

俺の大切な仲間、俺の大切な人……

この部屋を出て出会った時は、二人ともボロボロだったっけ。俺も心がボロボロでさ。

「色んなことあったね……」

初めて皆で食べたサンドウィッチ。ダンジョンでレベルアップして……

あの頃を思い出して言うと、キュルフェがクスリと笑って俺の頬を突つく。

「何、おじいちゃんみたいに思い出噛み締めてるんですか??」

「そうだぞ、ミュー。色々あったが、明日からも更に色々あるぞ。……勉強とか」

スーロンが、大らかに笑いつつ、現実を突きつけてくる。

うーん。勉強か……。うーんむ……

勉強が済んだら学園復帰だ。

学園に戻ったら、きっとビクトールともいつか顔を合わせるだろう。

あの日。ビクトールに振られて、逃げるように学園を去ったっけ。

でももう、俺は平気だ。きっとビクトールとも笑顔で挨拶《あいさつ》を交わせるに違いない。強くなって帰ってきたよ♪　って。

なんなら、ビクトールより強いんじゃないかな??　楽しみだ！

ビクトールは元気かな？　男爵令息と、きっとラブラブなんだろうな。俺も、大事な人ができたんだと教えたら、おめでとうって言ってくれるかな？　あ、そもそも、俺ってビクトールにおめでとうって言ったっけ??

「サミュ？　ぼーっとしてないでお風呂入りましょ♡」

取り留めなく考え事をしていた俺を、いつの間にか荷物を置いて風呂の用意をしていたキュルフェが呼ぶ。

「ミュー、久しぶりにゆっくりマッサージしてやろう。早くおいで♪」

スーロンも髪を纏《まと》めながら俺を呼ぶ。二人とももう準備万端だ。早い！

「うおー！　待って！　今行く！」

俺も慌ててシャツを脱ぎ、二人のもとに馳《は》せ参《さん》じた。

この作品に対する皆様のご意見・ご感想をお待ちしております。

おハガキ・お手紙は以下の宛先にお送りください。

【宛先】

〒150-6008 東京都渋谷区恵比寿 4-20-3 恵比寿ｶﾞｰﾃﾞﾝﾌﾟﾚｲｽﾀﾜｰ８F
（株）アルファポリス　書籍感想係

メールフォームでのご意見・ご感想は右のＱＲコードから、
あるいは以下のワードで検索をかけてください。

アルファポリス　書籍の感想　検索

ご感想はこちらから

本書は、「アルファポリス」（https://www.alphapolis.co.jp/）に掲載されていたものを、改題、改稿のうえ、書籍化したものです。


勘違《かんちが》い白豚令息《しろぶたれいそく》、婚約者《こんやくしゃ》に振《ふ》られ出奔《しゅっぽん》。

～一人《ひとり》じゃ生《い》きられないから奴隷《どれい》買《か》ったら溺愛《できあい》してくる。～

syarin（しゃーりん）

2023年 3月 20日初版発行

編集－黒倉あゆ子
編集長－倉持真理
発行者－梶本雄介
発行所－株式会社アルファポリス
〒150-6008 東京都渋谷区恵比寿4-20-3 恵比寿ｶﾞｰﾃﾞﾝﾌﾟﾚｲｽﾀﾜｰ8F
TEL 03-6277-1601（営業） 03-6277-1602（編集）
URL https://www.alphapolis.co.jp/
発売元－株式会社星雲社（共同出版社・流通責任出版社）
〒112-0005 東京都文京区水道1-3-30
TEL 03-3868-3275
装丁・本文イラスト－鈴倉温
装丁デザイン－kawanote（河野直子）
（レーベルフォーマットデザイン―円と球）
印刷－中央精版印刷株式会社

価格はカバーに表示されてあります。

落丁乱丁の場合はアルファポリスまでご連絡ください。

送料は小社負担でお取り替えします。


ISBN978-4-434-30999-1 C0093